JOVEN PISTOLERO

I0546439

Serie Joven Pistolero Libro 1
de
Robert J. Alvarado

Traducción mediante ChatGPT Explicación:

Este libro constituye la traducción de una obra de ficción realizada por su propio autor. La serie original, galardonada y titulada Young Pistolero, fue escrita en inglés estadounidense y posteriormente vertida al español mexicano por el autor con el apoyo de la herramienta de inteligencia artificial ChatGPT. Cualquier error o imprecisión que pudiera encontrarse en la traducción es fortuito y responde únicamente al uso de dicha herramienta.

OTRAS OBRAS

Sinopsis de la premiada serie de *Joven Pistolero:*

La saga sigue a Rafael Ortega de Estrada, un peón mexicano de diecisiete años que huye montado en un semental Appaloosa robado. Tras disparar contra el hacendado que había violado a su hermana menor, Rafael emprende rumbo al norte y cruza a los Estados Unidos en 1866, donde descubre que la vida al otro lado de la frontera encierra nuevos peligros junto con la promesa de un nuevo comienzo.

Este relato crudo se desarrolla en el suroeste estadounidense, mientras estadounidenses y mexicanos luchan por rehacerse tras la guerra entre México y Estados Unidos. En esta era tumultuosa de finales 1800s, Rafael (Rafe) se convierte en un hombre que honra su herencia y, al mismo tiempo, abraza la vida en su nuevo país.

Publicación en español de Sierra Press:

Joven Pistolero (Libro 1)

Estrella del Joven Pistolero (Libro 2)

Muerte Acecha al Joven Pistolero (Libro 3)

Legado para el Joven Pistolero (Libro 4)

Ajuste de Cuentas para el Joven Pistolero (Libro 5)

Aventura Peligrosa (Libro 6)

Venganza Justificada (Libro 7)

El Fantasma Negro (Libro 8)

Tesoro Perdido (Libro 9)

Introducción al Joven Pistolero (Libro 1):

Después de disparar contra el hacendado que violó a su hermana menor, un peón de diecisiete años huye montado en el semental Appaloosa del hacendado. Rumbo al norte, el joven Rafael Ortega de Estrada entra a los Estados Unidos para descubrir que la vida al otro lado de la frontera guarda nuevos peligros junto con la promesa de una nueva vida.

Benicio Zúñiga, un aristócrata español de antigua familia hispano-neomexicana, despojado de sus tierras y riquezas, se convierte en forajido en busca de venganza. En su furia, es capaz de matar a cualquiera, incluso a su propio hermano.

Los estadounidenses están llegando en masa a este antiguo territorio español y los bastiones del estatus social están cambiando rápidamente. Desde los extremos opuestos del antiguo sistema de castas español, Rafael y Benicío buscan rehacer sus vidas en el suroeste americano, pero solo uno sobrevivirá.

JOVEN PISTOLERO

Sitio web: www.youngpistolero.com

Publicado originalmente en inglés por
Sierra Press, febrero de 2014

Publicación en español de Sierra Press,
octubre de 2025

Impreso en los Estados Unidos de América

ISBN-13: 978-1953599049

SIERRA

PRESS

Publicado de Sierra Press, octubre 2025
Phoenix, Arizona

DEDICATORIA

Este libro está dedicado a José "Eddie" Encinas, quien me salvó de ahogarme en un canal de corriente rápida en Phoenix cuando yo tenía alrededor de ocho años. Sin su acto heroico, no estaría vivo hoy. Eddie perdió su batalla contra el cáncer a principios en 2014.

AGRADECIMIENTO

Quisiera reconocer la valiosa riqueza de información histórica que se entrelaza en esta obra para retratar los lugares y eventos del período en que se desarrolla esta saga. Como obra de ficción histórica, cuando se utilizan figuras históricas reales o ubicaciones auténticas, las situaciones, incidentes o diálogos relacionados con dichas personas o lugares son completamente ficticios y no tienen la intención de representar eventos reales ni de alterar la naturaleza totalmente ficticia de esta obra.

DECLARACIÓN DE RESPONSABILIDAD

Con el fin de describir con precisión el tejido social de Nuevo México durante el período en que se desarrolla esta obra, el lector debe considerar las transiciones hechas por el autor entre los términos españoles y mexicanos. Tras el descubrimiento de Sudamérica en 1492, la región conocida como la Nueva España, que abarcaba México y gran parte de Centroamérica, quedó bajo el control de los reyes y reinas de España.

Durante los siguientes siglos, los españoles emigraron hacia el norte, hacia lo que hoy conocemos como el suroeste de los Estados Unidos. Legiones de colonos viajaron con el propósito de difundir la religión católica y buscar fortunas en oro y plata. Como recompensa por sus esfuerzos, la realeza española otorgó tierras y títulos a estos colonos aventureros. En Nuevo México, los españoles fundaron Santa Fe como capital del Reino de Nuevo México en 1610. Trabajadores y decididos, los colonos españoles establecieron una economía sólida y formaron familias durante generaciones. Aislado en gran medida, Nuevo México permaneció como una extensión de la Nueva España hasta el inicio de la Revolución Mexicana en 1820.

Tras la conclusión de la Revolución Mexicana en 1821, surgió el país que hoy conocemos como México, liberado del dominio español. Luego, al finalizar la Guerra México-Estadounidense en 1848, surgieron disputas sobre la frontera entre México y el suroeste estadounidense. Finalmente, el Tratado de Guadalupe Hidalgo estableció la frontera tal como la conocemos hoy. En dicho tratado, los Artículos VIII y IX garantizaron la seguridad de los derechos de propiedad existentes para los ciudadanos españoles/mexicanos que vivían en los territorios del suroeste. Sin embargo, y a pesar de las garantías del tratado, las concesiones de tierras en Nuevo México a menudo no fueron reconocidas por Estados Unidos debido a interpretaciones del tratado y decisiones legales de las cortes estadounidenses. El fraude y la codicia de abogados y políticos poderosos estadounidenses despojaron a muchos descendientes de los propietarios originales de sus tierras.

Dado que este libro está ambientado después del Tratado de Guadalupe Hidalgo, los términos españoles y mexicanos aparecen entrelazados con frecuencia. Aun en la actualidad, los descendientes de los primeros colonos españoles conservan su herencia como españoles. Sin embargo, los estadounidenses que comenzaron a asentarse en Nuevo México en aquella época utilizaban el término mexicanos para referirse a la población local que vivía en los territorios.

Hoy en día, el término hispano se utiliza con frecuencia para describir a una población diversa de personas hispanohablantes. No obstante, este libro intenta ser fiel al uso fundamental de los términos españoles y mexicanos, tal como podrían haber sido utilizados por los distintos personajes dentro de la historia. En ningún momento se pretende menospreciar a las personas descritas mediante el uso de estos términos.

Los cascos crujían sobre la grava en un ritmo lento mientras el caballo avanzaba entre gobernadoras y cactus. El jinete escuchaba el zumbido de las abejas trabajando las flores amarillas de las gobernadoras mientras dejaba que su caballo descendiera hasta el fondo de una mesa en el desierto del norte de México. El semental Appaloosa resopló y sacudió la cabeza sacando de golpe a su joven jinete mexicano de su ensueño en la silla.

—¡Mierda! —maldijo el joven jinete al sentir el escozor de la herida aún fresca que la bala le había dejado en la pierna. Con la mano espantó un par de moscas que rondaban su pantalón cubierto de sangre seca. El estrés de los acontecimientos recientes era evidente en la preocupación reflejada en su joven rostro.

Deteniendo a su caballo, el jinete se empujó el ala ancha del sombrero hacia atrás y pasó el dorso de la mano por la boca. Levantando el guaje, sus labios saborearon las últimas gotas. Tanto él como el Appaloosa necesitaban agua y descanso. No muy lejos, un refugio con buena arboleda parecía prometedor. Una leve patada hizo que el Appaloosa siguiera adelante por el sendero. Mientras bajaba por la mesa, el joven observó cómo el sol poniente pintaba las rocas y las hendiduras del cerro con tonos de naranja y púrpura. Tirando suavemente de las riendas del lado derecho del cuello del caballo, lo condujo por una vereda hacia un arroyo claro que corría bajo la sombra de los mezquites.

Deslizándose de la montura, el jinete se acercó al borde del arroyo agotado. Sació su sed y se limpió del rostro el polvo del camino, encontrando un sitio blando junto a la orilla. El exhausto jinete se sentó a descansar. Sacando una pistola de chispa de la faja y colocándola en el suelo junto a él, se estiró y respiró profundamente el aire fresco y dulce del cauce. Al evaluar su situación, sus perspectivas lucían sombrías. Un muchacho de diecisiete años montando un caballo robado y huyendo de las autoridades mexicanas, por lo general, no tenía larga vida. Que hubiera llegado tan lejos desafiaba las probabilidades. Al menos ahora había encontrado agua fresca.

Su corazón dolía al pensar en su hogar en Torreón. «Mi pobre madre», se angustiaba por ella. Cuatro años atrás había llegado la noticia de que su padre había muerto combatiendo a los franceses mientras servía en el Ejército Mexicano. Su madre se esforzaba por ocultar el dolor ante él y su hermana. Antes de que él saliera a hacer sus quehaceres cada día, su madre siempre sonreía, con un brillo especial de alegría en los ojos. Le tocaba la mejilla y decía: —Rafael, eres mi rayo de sol cada día.

Rafael se preguntó si volvería a sentir aquella alegría y calidez, tragando con dificultad el nudo que le ardía en la garganta.

Lágrimas de tristeza nublaron su vista mientras observaba sin interés una hoja flotando en el agua cristalina del manantial, deseando poder abrazar a su madre, sentir su cálido abrazo y respirar su aroma reconfortante. Quería decirle que algún día regresaría para llevarla a ella y a su hermana lejos de la horrible hacienda cerca de Torreón, y asegurarle que era un hombre capaz de cuidarlas. Pero la realidad pintaba un cuadro muy distinto. Secándose la humedad de los ojos con el pulgar y el índice, apretó el puente de la nariz.

Rafael había huido hacia el norte después de dispararle al hacendado que violó a su hermana. Unos vaqueros, que dormían la siesta tras sus labores de rancho, escucharon el disparo y los gritos que venían de la casa grande. Lo vieron salir corriendo y montar al Appaloosa. Uno de los vaqueros alcanzó a disparar, y la bala le rozó la pierna.

Cabalgando a toda prisa, evitó los caminos y veredas principales sabiendo que las autoridades mexicanas estarían registrando el campo buscando a un peón asesino y ladrón de caballos. No cabía duda de que su nombre, Rafael Ortega de Estrada, sería conocido en toda la región.

Durante tres días Rafael viajó con cautela, siguiendo

arroyos y evitando las crestas. Aquellos días largos y duros comenzaban al amanecer y a menudo terminaban bien entrada la noche. En cualquier parte de México, un orgulloso semental Appaloosa montado por un simple campesino en una silla con incrustaciones de plata proclamaba al mundo que ese peón cabalgaba el caballo de otro.

El crujir de los arbustos a sus espaldas lo sacó bruscamente de sus pensamientos. Agarrando la pistola de chispa con la mano derecha, se arrastró a lo largo del arroyo hasta un grupo de rocas. El sonido de muchos cascos bajando por el sendero se hacía más fuerte. Un sabor metálico amargo le llenó la garganta y su corazón golpeaba con fuerza en el pecho.

«¡Los agentes de policía me han encontrado!» El miedo le oprimió el pecho y le costó respirar temiendo que la policía estuviera sobre él. Rafael giró la cabeza buscando a su caballo. El Appaloosa estaba al otro lado de un matorral. El semental tenía la cabeza alzada y las orejas erguidas hacia el ruido.

—¡Mierda! —murmuró entre dientes, incapaz de alcanzar al Appaloosa antes de que la policía cayera sobre él. No había escape.

Extrañamente consciente de la gota de sudor que le bajaba por la espalda, levantó el arma, apuntando con firmeza hacia la cima de la roca frente a él. El polvo levantado por los cascos bajaba por el sendero antes de los jinetes. Flotaba en el aire, cortado por rayos de sol entre los mezquites. Rafael trató de mantener firme la pistola mientras luchaba por respirar. Solo tenía un disparo.

Un resoplido profundo llenó el aire. La vaca guía del hato apareció y se acercó al agua. Detrás, otro animal bramó y fue respondido. Una docena más descendió el sendero y se dirigió al arroyo. A través del polvo vio a tres hombres siguiendo el hato a pie.

El polvo sofocante giró a su alrededor. Un novillo rojo y blanco se detuvo y lo miró con poco interés. Rafael desarmó la pistola, con las manos temblando. La metió en la faja de sus pantalones y se aseguró de que la camisa suelta cubriera el mango antes de salir de detrás de las rocas. Carraspeó y se humedeció los labios, tratando de que su voz sonara tranquila.

—Buenas tardes —saludó al mayor de los tres hombres.

El más joven, a unos pasos de distancia, dio un salto hacia atrás. Al tropezar con una roca, el muchacho soltó un gemido ahogado y cayó sentado en el polvo. Se levantó de prisa y retrocedió tambaleándose. Los otros dos dieron un paso al frente, apretando las manos en los largos bastones que llevaban.

—No les haré daño. Solo estoy descansando —les aseguró Rafael en español. Sonrió y, avanzando un paso, les mostró las manos vacías.

—Bienvenidos —dijo el mayor, relajando el gesto severo antes de soltar una carcajada amistosa—. Debo admitir que nadie había logrado hacer que mi nieto se moviera tan rápido —dijo divertido. El nieto se sonrojó y apartó la mirada buscando algo en qué fijarse. Se entretenía pellizcando el puño derecho de su camisa con el pulgar y el índice. El chico no tendría más de doce años. Era evidente para Rafael que tenía ante sí tres generaciones de una misma familia, los tres cortados del mismo paño. Veinte años de vida dura los separaban, marcados en los rostros curtidos de los mayores.

—Este es mi hijo y mi nieto —continuó el arriero—. ¿Hacia dónde se dirige en su viaje? No vemos muchos viajeros por estos parajes —dijo, echando una mirada al semental Appaloosa y luego de nuevo a Rafael. Él vio en su rostro que quería hacer la pregunta obvia, pero no lo hizo.

—Viajo al norte —respondió Rafael con vaguedad, gesticulando con la mano izquierda.

—Viaja ligero, amigo —comentó el viejo arriero.

—Sí —admitió Rafael. Había salido de casa con un pequeño saco de tortillas y otro con pólvora y municiones para la pistola de chispa. Ambos colgaban del arzón de la silla. Las tortillas ya se habían acabado.

—Tuve un percance en el camino —explicó por encima del hombro, caminando hacia el Appaloosa y tomando las riendas para amarrar al caballo a un mezquite lejos del ganado. Por curioso que era, el viejo arriero no preguntó por el notable caballo. Los arrieros se lavaron la cara en el arroyo, río arriba de donde el hato bebía, y se secaron las manos sacudiéndolas.

El viejo arriero lo invitó a compartir su campamento y una cena modesta de tortillas y frijoles. El nieto encendió el fuego y preparó la comida. Un conejo cazado durante el día se asaba sobre las brasas. Rafael, que había comido poco en los últimos tres días, saboreó el placer de la comida caliente y la compañía. Tortillas y frijoles, aunque fueran alimento común, jamás le habían sabido tan bien junto al conejo asado.

Durante la conversación en la cena, Rafael supo que estaba a medio día de cabalgata del río Bravo del Norte. El anciano le dijo que el cruce más seguro hacia los Estados Unidos era en Ojinaga, un pequeño poblado al oeste de Presidio, Texas. Mientras Rafael y el viejo conversaban, los hombres jóvenes reunían leña para la noche fresca que se acercaba.

Cuando las criaturas nocturnas comenzaron su serenata, los hombres se acomodaron cerca del fuego rugiente. Envolviéndose el delgado sarape sobre los hombros, los pensamientos de Rafael se fueron a los recuerdos de su niñez. Cuando tenía cinco años, su padre había llevado a la familia a visitar a tío José en El Paso, el hermano de su padre. Aunque solo tenía recuerdos vagos del viaje, su padre solía repetir la historia del trayecto y la visita al rancho de su hermano. En el viaje, fueron hacia el norte hasta Ciudad Juárez siguiendo el camino principal de carretas, conocido como el Camino de Chihuahua, y cruzaron el lodoso río Bravo del Norte hacia El Paso. Aquel camino era muy transitado por comerciantes que cambiaban sus mercancías con los americanos. Su padre ayudaba a los carreteros con los caballos y las ruedas rotas, ganando unos pocos pesos en el trayecto. Rafael se quedó dormido, abrigado por el fuego, por primera vez desde que había salido de casa.

Por la mañana, el viejo arriero le indicó que siguiera

una vereda ganadera en la planicie que iba al noroeste. No se usaba mucho en esa época del año. Le advirtió que tuviera cuidado. Además de las tropas francesas, los bandidos merodeaban por el campo, incluso en lugares apartados.

Rafael montó en la silla haciendo girar el caballo una vez hacia la izquierda. Dio las gracias al anciano, se tocó el ala del sombrero y chasqueó la lengua para que el Appaloosa avanzara, cabalgando hacia la mañana.

Según sus cálculos, ayer fue 26 de marzo de 1866, el trigésimo octavo cumpleaños de su padre, si hubiera vivido. Se le apareció la imagen de su padre el día que partió con su uniforme nuevo y recordó la fuerza de su abrazo.

—Cuida de tu madre y de tu hermana hasta que yo regrese —le dijo su padre—. Ya eres un hombre.

Rafael tenía casi catorce años la última vez que lo vio.

—Si no fuera por los pinches franceses, mi padre aún estaría vivo y yo no andaría huyendo —murmuró a su caballo. Girando la cabeza, escupió y siguió cabalgando, perdido en sus pensamientos.

A media mañana, Rafael llegó al cruce cerca del adormecido pueblito de Ojinaga. Manteniéndose fuera de la vista, esperó a que el sol subiera alto y la actividad del pueblo se calmara por la siesta. Luego, cruzando con cautela la cresta del desierto, avanzó despacio para no levantar polvo que llamara la atención.

El Appaloosa se detuvo y bajó la cabeza para beber en la orilla del río Bravo del Norte. Con una leve patada, Rafael lo animó a avanzar y miró hacia el norte, mientras cruzaban las aguas turbias del río. En una loma del lado Texas, donde llamaban al Río Grande, giró el caballo hacia el sur y contempló su tierra natal, el hogar que tal vez nunca volvería a ver.

Dando media vuelta, clavó los talones en los ijares del caballo. Puso la vista al oeste, hacia El Paso, donde esperaba encontrar el rancho de su tío José y un refugio seguro.

CAPÍTULO 2

Era última hora de la tarde de su tercer día en Texas. El día anterior Rafael había dejado la tierra plana y comenzó a serpentear por las estribaciones de las montañas que rodean El Paso. El Appaloosa avanzaba con cautela por el sendero pedregoso y Rafael se conformaba con dejarlo escoger su paso al bajar la pequeña mesa. Apenas podía mantenerse en la silla reaccionando a los movimientos del caballo. Estaba llegando al punto en que el cansancio y el hambre le pasaban factura. Las tortillas que le había dado el viejo arriero se habían acabado y el conejo que tuvo la suerte de atrapar dos días atrás parecía un recuerdo lejano. Sus comidas de vainas de mezquite machacadas con un poco de agua ciertamente no eran sustanciosas. Quizá moriría allí mismo en Texas.

El Appaloosa se detuvo y sacudió la cabeza de lado a lado tanteando el viento. Rafael lo instó a seguir, pero sintió los músculos del caballo tensarse a cada paso. Entornando sus jóvenes ojos morenos, miró hacia el sol, pero no vio más que arbustos raquíticos del desierto y yucas puntiagudas.

—¿Qué pasa, amigo? —preguntó, palmeando el cuello del caballo, pero este volvió a negarse—. ¡Ándale, caballito!

Clavándole los talones de las sandalias de huarache en los ijares del Appaloosa no logró hacerlo avanzar. Percibía la inquietud del animal y sabía que algo en el sendero lo espantaba, pero no tenía otra opción que seguir la vereda cuesta abajo. Al empujarlo de nuevo, el caballo resopló y se lanzó por el angosto camino. Tirando de las riendas, Rafael trató de mantenerse erguido cuando el caballo se detuvo en seco al pie de la bajada y se hizo a un lado. Salió catapultado del lomo del Appaloosa y cayó de bruces en un montón de hierbas primaverales sobre la tierra pedregosa.

—¡Mierda! —maldijo al caballo, escupiendo tierra y briznas de hierba de la boca, cuando un hedor repugnante le asaltó la nariz—. Puaj. Se cubrió la nariz y la boca con la camisa suelta para no arcadas.

El tufo que flotaba en el viento venía de detrás de una mata de tamariscos al lado sur del claro. El ruido repentino de su llegada dispersó a una bandada de zopilotes. Graznaron al remontar el vuelo y comenzaron a girar de nuevo muy cerca. El Appaloosa resopló, sacudió la cabeza y se apartó. Era evidente que no quería tener nada que ver con lo que hubiera tras los tamariscos. Rafael pensó en recoger al caballo y marcharse en dirección contraria, pero la posibilidad de encontrar carne no muy echada a perder era demasiado tentadora. A esas alturas se habría conformado con compartir la comida del zopilote.

Con cautela, se acercó al hedor dulzón y nauseabundo. Al llegar a los tamariscos, el zumbido de las moscas llenó el aire. Asomándose por la cortina de árboles desgreñados, vio una pequeña carreta cubierta volcada de lado, con el fondo hacia él. Bajo la rueda delantera yacía un hombre muerto, con una flecha clavada hondo en el vientre hinchado.

Conteniendo la respiración y escuchando con atención cualquier sonido, no oyó nada. Solo los graznidos de los zopilotes que regresaban y el zumbido de las moscas llenaban el silencio. Avanzó con cautela hacia la carreta.

Boca arriba, la cabeza del muerto estaba girada de manera extraña hacia la derecha. El cubo de la rueda se incrustaba en su rostro. Sangre negra le manchaba el hombro de la camisa de mezclilla. En torno a su cabeza un enjambre de moscas devoraba con ansia; el cuello parecía alquitrán en movimiento. Rafael se volvió y cayó de rodillas; lo poco que tenía en el estómago se le subió en seco. Solo obtuvo dolor de arcadas.

Secándose la boca con la manga y con las rodillas temblándole, se incorporó. Tragándose la bilis, caminó hacia la parte trasera de la carreta. Apoyado en el armazón de madera había otro hombre con una flecha clavada profundamente en el muslo derecho, justo encima de la rodilla. Una herida profunda y coagulada, roja y quizá supurante, se perdía en la línea del cabello en su frente. El gringo vestía un traje gris de lana, entallado, camisa blanca y un lazo negro delgado bajo un cuello rígido. La cara estaba afeitada, pero ya renegrida por la barba.

Una ráfaga ligera dispersó por un momento el olor a muerte y le provocó nuevas arcadas. Cuando Rafael se inclinó sobre el cadáver bien vestido, un sonido ronco y tenue lo sobresaltó desde la garganta del herido.

—Señor. —Empujó el hombro del hombre sin obtener respuesta. Parecía que llevaba mucho rato sentado donde había caído. Rafael volvió a tocarle el hombro. La mano izquierda del gringo se alzó de golpe y le sujetó la muñeca. Rafael le arrancó la mano y retrocedió tambaleando.

—¡Ayeeee! —El corazón le retumbó en el pecho ante aquella alma atormentada en el suelo.

—Aaahhh, Dios, Frank, ¡ahí vienen otra vez! —gritó el hombre. Con los ojos desorbitados y sin ver, tanteó el fusil apoyado sobre sus piernas. Rafael se abalanzó y le arrancó el arma. Aun débil como estaba, el hombre intentó retenerla.

—Señor, no hay necesidad de… —Un gemido de dolor le cortó la frase. El hombre manoteó a ciegas buscando el fusil. Luego suspiró y se desplomó de costado. Rafael recargó el arma contra la carreta y corrió por su guaje. Con cuidado intentó verterle agua en la boca. El hombre la rechazó, pero al fin tragó un poco. Poco a poco más agua se deslizó entre sus labios resecos. Esta vez el gringo gimió antes de abrir los ojos, enrojecidos y vacíos, clavándolos en Rafael.

—Frank, Frank, ¿ya se fueron? —preguntó antes de que la cabeza se le fuera hacia atrás y cayera ladeada a la derecha.

«¿Qué en el nombre de Dios pasó aquí?» se preguntó Rafael, y por qué los indios no remataron a ese hombre.

Rafael giró la cabeza, atento, mirando en todas direcciones por si algo se movía. Solo se oían el viento entre los matorrales y un resoplido leve del Appaloosa. Todo lo demás estaba en calma. No conocía las costumbres de los indios, salvo por las historias de la hacienda. La mayoría eran relatos de brutalidad y muerte.

Volvió la vista al hombre. El fusil del gringo era magnífico. Las iniciales GSW estaban grabadas en el cañón. Tenía una palanca ovalada detrás del gatillo y una recámara redonda para seis balas.

Acariciando con los dedos las letras grabadas, Rafael evaluó la situación. Un hombre estaba muerto y el otro no tardaría. No necesitaba ese problema.

El herido volvió a gemir, incoherente. Rafael sabía que lo más fácil era saquear lo que pudiera de la carreta, montar de nuevo y poner millas de por medio entre él y aquel lío. El herido estaba casi muerto de todos modos. La idea de comida, cosas de valor y escape era poderosamente atractiva, y ya tenía bastantes desafíos propios en ese momento.

—¡Mierda! —chilló, dándole una patada a una piedra y acertándole de lleno—. ¡Ayeeee! Pendejo, no ayuda quebrarse un dedo del pie —murmuró para sí. Frunció los labios, negó con la cabeza y volvió rengueando junto al herido. Con las manos en la cintura, le estudió el rostro.

—Señor, no puedo dejarlo a morir solo en el desierto. Quizá para la mañana ya esté muerto. —Rafael se descubrió hablándole al medio muerto, o a sí mismo, y decidió quedarse esa noche con el gringo y descansar. Había tomado la decisión, sin saber bien por qué.

Rafael se había criado en la hacienda de don Bernardo, donde la vida era dura para un chico peón. El gachupín hacendado no ofrecía pizca de compasión. Don Bernardo Reyes era un bruto arrogante, una condición que se había criado en su sangre. Desde la conquista de los aztecas por Hernán Cortés, los españoles que siguieron, la clase gobernante, fueron gachupines o gente de sangre española pura. En el sistema de castas de la Nueva España, a los nacidos de sangre española e india se les llamaba mestizos. Históricamente, a los mestizos se les tenía por peones y fueron brutalmente maltratados durante cientos de años por los gachupines.

Por áspera que hubiese sido la vida para Rafael y su familia, su madre y su padre le inculcaron un sentido de decencia y honor. Su madre siempre le decía que una montaña de oro no compra el corazón de un buen hombre. Desde niño había visto a los gachupines golpear y abusar de los peones de la hacienda. Eran muchas las historias de mujeres deshonradas por gachupines, y al final le tocó en carne propia cuando don Bernardo violó a su joven y hermosa hermana. No había justicia para los trabajadores de la hacienda: solo una vida mezquina, y luego morían.

Podía oír la voz de su padre diciéndole que preguntara a su corazón qué era recto, honesto y justo. Si tu corazón es verdadero, nunca te fallará, le decía. En Torreón había escuchado a su corazón y el hacendado bastardo estaba muerto. Ahora, frente a aquella escena de carnicería, volvió a escuchar a su corazón.

Haciendo rodar al hombre de lado y agarrándolo por las axilas, Rafael gruñó con el esfuerzo. Le hizo falta toda la fuerza de su esbelto cuerpo de cinco pies diez para arrastrar al hombre grande hasta la sombra de un tamarisco cercano y estirarlo allí. El hombre chilló de dolor durante el arrastre y luego se desmoronó, inconsciente. Rafael murmuró entre dientes mientras iba por el Appaloosa. Le quitó la silla y amarró al caballo cerca de la carreta.

—Caballito —dijo, palmeando los ijares del Appaloosa; luego cargó la silla al hombro. La llevó hasta el herido y lo acomodó recostándolo contra ella, arrancándole un quejido débil.

El gringo había tenido suerte de que la flecha no diera en el hueso. Rafael cortó con el cuchillo el pantalón del hombre. La mayor parte de la punta sobresalía por la piel y el músculo, justo encima de la corva. El tejido rojo e hinchado alrededor parecía limpio. Aún no había señales de que el veneno de la sangre ascendiera por la pierna.

La madre de Rafael daba muchos de los remedios básicos a los trabajadores de la hacienda. Muchas veces lo había visto aplicar curas y cataplasmas. Su madre hervía hojas de gobernadora y con esa agua lavaba los cortes de vaqueros y caballos por igual. Solía decir: Dios provee, y hacía la señal de la cruz mirando al cielo, besando el pulgar y el índice con los que formaba una pequeña cruz.

Recordando esas lecciones, Rafael juntó paja seca y leña. Encender fuego fue fácil con querosén de lámpara de la carreta y golpeando un pedernal de su bolsa de pistola con una piedra. Pronto el agua empezó a hervir en una olla de hierro que halló en la carreta. Tomó un puñado de hojas de gobernadora de un arbusto cercano y las echó al agua hirviendo.

Rafael sostuvo la pierna del hombre por la rodilla y cortó con cuidado el extremo emplumado de la flecha, raspando la asta para quitarle astillas. Humedeciendo un trapo en el cocimiento de gobernadora, limpió con cuidado la asta y luego la empujó a través de la pierna. Metió la mano por detrás y la sacó. El hombre lanzó un grito ahogado, estiró las piernas, se aflojó y se ladeó.

Un trapo húmedo sirvió bien como torniquete. Lo apretó con un palo por encima de la herida para impedir que la infección subiera por la pierna. Con el agua caliente de gobernadora lavó la herida y la vendó con otro trozo de tela. Poniéndole un trapo mojado en la frente, el paño empapado de la infusión le ablandó y limpió la herida de la cabeza. Pronto quedó limpia y también vendada. El inconsciente seguía vivo, aunque apenas.

El hedor del otro muerto seguía enrareciendo el aire. Solo empeoraría y atraería carroñeros durante la noche. Apretando los dientes contra el olor, Rafael volvió al cadáver. Tiró de él con todas sus fuerzas, pero no hubo manera de liberar la cabeza de debajo de la rueda pesada. Tras pensarlo, trajo al Appaloosa y amarró una soga a su cuello y al otro lado de la carreta. Conduciendo al caballo hacia delante, la cuerda tiró de la carreta para enderezarla. Al urgir al Appaloosa a jalar, poco a poco la carreta se meció hasta quedar, entre una nube de polvo, derecha sobre sus ruedas.

El cuerpo del muerto quedó hecho un guiñapo. La cabeza supuraba el contenido del cráneo donde la rueda la había aplastado. No quedaba rostro con el que reconocerlo. Las moscas devoraban el hoyo pastoso y a Rafael le costó toda su fuerza de voluntad no vomitar.

«¿Así debe terminar una vida?», pensó, negando con

la cabeza. Con lo poco de fuerzas que le quedaban, arrastró el cuerpo hasta un talud y lo echó a un arroyo seco a unos quince metros. El cadáver rodó por la pendiente y quedó boca arriba entre una polvareda. Mientras recuperaba el aliento, Rafael lo observó.

Deslizándose por la barranca, llegó hasta los pies del hombre. Piedras y tierra lo siguieron cuesta abajo y se amontonaron junto al cuerpo. Evitando mirar al hueco pulposo que antes fue el rostro, le tiró del tacón de una bota y luego de la otra. Le soltó el cinturón de cuero y se lo quitó. Aún llevaba unas cuantas balas en las trabillas. Amontonó piedras del arroyo sobre el cuerpo hasta formar una tumba improvisada. Trepó de nuevo por el talud, se secó el sudor de la frente con la manga y volvió al fuego, con sus botas nuevas y el cinturón en la mano.

Su estómago rugiente exigía comida. Trepó a la carreta ya enderezada, hurgó en la penumbra baja y encontró un costal de cecina y varios frascos de duraznos. Abrió uno y se embuchó varias cucharadas de fruta pegajosa y dulce. El cuerpo casi le vibró de gusto. Encontró un poco de café y la cafetera. Puso la olla sobre las brasas encendidas y se dispuso con la cecina. El olor del café calentándose y el humo del mezquite mejoraron el persistente olor a muerte.

Con el crepúsculo encima, Rafael era muy consciente de su posición vulnerable ante merodeadores de dos y cuatro patas. Si venían coyotes, esperaba poder ahuyentarlos. Si volvían los indios, estaría en serios aprietos. «Tal vez solo querían llevarse los caballos», pensó, intentando tranquilizarse y deseando que ya se hubieran ido.

Revisó de nuevo al herido, le levantó la cabeza y, sosteniéndosela con la mano izquierda, vertió agua fresca sobre sus labios. Esta vez el hombre pareció tragar un poco. Tras cubrirlo con una manta hallada en la carreta, Rafael trajo a su caballo, le dio agua y lo amarró al tamarisco, cerca del herido.

Retrocedió unos pasos, puso las manos en la cintura y contempló la escena que había dispuesto. A ojos de cualquiera, parecía un hombre durmiendo junto al fuego con su caballo amarrado cerca. Rafael decidió dejar que el fuego se apagara hasta quedar en brasas. La noche no sería helada y el herido estaría abrigado bajo la manta. Por un instante, Rafael se sintió extrañamente satisfecho de haber ayudado a aquel desconocido y casi olvidó sus propios problemas. Casi.

Se quitó las sandalias y se calzó las botas nuevas. Estaban muy usadas y un poco grandes, pero eran suaves y cómodas. Tomó el fusil, lo cargó y caminó hacia un matorral apartado de la carreta.

Aquella noche pensaba montar guardia bajo el árbol más grande, un poco elevado sobre el claro, en una pequeña lomita. Allí, fundido con la sombra del árbol, casi no se le vería y tendría buena vista de casi todo el terreno abierto. Si los hostiles volvían al claro, quería verlos antes de que lo vieran.

Con el estómago lleno por primera vez en días, se acomodó y se envolvió en el sarape. Lentamente, los músculos adoloridos se le aflojaron. Miró a través de las ramas hacia el cielo nocturno del desierto, negro y profundo. Diamantes brillantes delineaban la Vía Láctea y el Carro Mayor resplandecía arriba. Una media luna casi perfecta sonreía. Acarició el fusil a su costado para asegurarse de tenerlo a mano y dejó el cuchillo en el suelo junto a su muslo derecho.

Recostado contra el tronco para aliviar el cuerpo rendido, la mente volvió a inquietarse. —¡Mierda! —murmuró entre dientes, esperando que el gringo amaneciera muerto y él pudiera seguir su camino. Cambió de postura hasta estar lo más cómodo posible para dormir contra un árbol. Al acomodarse, la oscuridad lo envolvió.

Las criaturas de la noche llenaron la oscuridad con una cacofonía rítmica, cada una tocando su parte en el concierto nocturno del desierto. Las cigarras zumbaban en los árboles y los sapos croaban sus cantos de amor. En lo alto de la mesa una jauría de coyotes chilló, gimoteó y aulló sobre la presa cobrada esa noche. Un par cazador de grandes búhos cornudos empezó su lúgubre llamado y respuesta.

Rafael observó a su caballo Rayo, el Appaloosa, quieto junto al gringo herido. «Ese caballo es mi único amigo», pensó. «Rayo me avisará si algo o alguien se acerca demasiado», o eso esperaba.

El agotamiento venía en oleadas. Trató de resistir, pero hasta el miedo cedió por fin al sueño. Los sonidos de la noche y la visión del muerto en el arroyo se desvanecieron a negro, reemplazados por imágenes de su madre, su hermana y don Bernardo, que inundaron su mente y lo llevaron a casa mientras se hundía en el sueño.

CAPÍTULO 3

El sol del mediodía le calentaba la espalda cuando Rafael se encaminó a casa para almorzar. Cruzó a prisa el patio polvoriento frente al jacal de techo plano y una sola pieza que llamaba hogar. No era gran cosa, pero era la casa de su familia en la hacienda de don Bernardo Reyes, cerca de Torreón, Coahuila, México. Tras pasar la mañana en las caballerizas, cuidando con especial esmero al Appaloosa de dos años, orgullo de don Bernardo, iba a comer. Apenas cruzó la puerta supo que algo no estaba bien. Se detuvo hasta que los ojos se le acostumbraron a la penumbra. El humo del fogón del desayuno flotaba en el aire y se perdía hacia la ventila del techo.

Unos sollozos quedos venían del rincón detrás de la cama de su hermana. Cruzó la habitación de un salto y encontró a su hermana encogida en el suelo, abrazándose las rodillas. Su hermoso cabello, negro azabache y lo bastante largo para rozarle la cintura, solía estar atado con pulcritud. Hoy no. Alzó la vista hacia él con lagrimones rodándole por el rostro. Mechones pegados a sus mejillas húmedas; un rizo adherido a la sangre en la comisura de los labios. Hinchado y partido, el labio superior se empalmaba con un moretón fresco en la mejilla. Con el corazón desbocado, a Rafael se le doblaron las rodillas y cayó a su lado.

—Hermanita, ¿qué te pasó? —le preguntó.

Ahogando un sollozo, ella le echó los brazos al cuello. La blusa rota se le abrió, dejando al descubierto sus pechos nacientes. La ira se le amontonó, incrédulo; contempló los destrozos en aquella piel tierna por manos brutales. Rafael la rodeó por la espalda y la atrajo hacia sí mientras ella lloraba.

—Rafael... don Bernardo... él, yo... yo no pude detenerlo... me hizo daño —sus palabras entrecortadas salían en ráfagas entre sollozos.

—Desgraciado —gruñó, llamando al don desalmado,

la rabia encendiéndole un fuego por dentro. Un calor abrasador le irradiaba de la cara y de las manos. Soltó a su hermana, agarró con manos temblorosas una cobija y se la echó sobre los hombros que tiritaban.

Don Bernardo Reyes, dueño de la hacienda, la había golpeado y ultrajado. México no se había librado aún del orden feudal traído de España hacía más de trescientos años. Los peones tenían muy pocos derechos y, si sus quejas eran contra el hacendado, no tenían ninguno.

María no cumplía todavía quince años; seguía siendo una niña. A Rafael se le hervía la sangre al pensar en el jefe, don Bernardo, tomando lo que todos los jefes creían su derecho. En la hacienda, peones y animales se trataban por igual, como propiedad, y a menudo se abusaba de ambos. Ahora su hermanita estaba arruinada.

Con su ayuda, María se puso en pie y se acurrucó en la cama. El movimiento abrió el desgarrón de la falda, dejando ver rodillas ensangrentadas y largos arañazos enrojecidos. Sollozaba quedito. Rafael la atrajo a sus brazos y la sostuvo. De pronto ella se revolvió y se incorporó. Llevándose la mano a la boca, tosió y escupió sangre en la palma. En brazos y hombros se veían las marcas del látigo. Rafael sabía que don Bernardo siempre llevaba una cuarta de montar.

Un grito rasgó el aire del jacal cuando su madre tropezó en la entrada. No necesitó explicación; con una mirada entendió lo ocurrido. María se le colgó del cuello, llorando contra su pecho. A su madre le corrían las lágrimas por las mejillas. Alzó la vista desde su hija y se clavó en los ojos acerados de Rafael.

Sin que él dijera nada, ella supo que ese día traería más infierno. —Rafael, el don es un bastardo, un bastardo inmundo del demonio, pero no hay nada que hacer. Nada se puede cambiar —su voz delataba miedo, desesperación y un recuerdo que jamás la abandonaría.

Con apenas diecisiete años, Rafael era hijo de su padre, en espíritu y en carne. Al mirarle el rostro hermoso y hondo en los ojos morenos, vio arder la misma furia. A su padre se la había visto muchas veces.

—Debes estar sereno, Rafael. Nada bueno saldrá de esto. ¡No puedes vengarte del don! —le tembló la voz.

Rafael se arrodilló junto a la cama. Los ojos se le llenaron de lágrimas que le corrieron por las mejillas. Abrazó a su madre y a su hermana.

—No puedo hacer otra cosa —siseó, con las palabras atorándosele en la garganta.

Se puso de pie y se volvió para salir. Su madre alzó las manos para detenerlo, pero llegó tarde. Lloró viéndolo alejarse y cruzar la puerta. El sol le abrasó el rostro ya encendido por la ira. Enfiló como un vendaval por el sendero a las caballerizas. El Appaloosa alzó la cabeza cuando Rafael abrió de un tirón la puerta del pesebre.

En minutos, Rafael sacó al caballo ensillado y se montó de un brinco. Con una espoleada, el semental saltó hacia adelante y se detuvo en seco frente al jacal. Enrolló las riendas en un poste y entró hecho una furia.

Su madre se levantó para alcanzarlo. Lo sujetó de los hombros al pasar, pero él le apartó las manos con firmeza. En el cofre al pie de la cama de su madre estaban la pistola de chispa de su padre y un saco con pólvora y munición. Cerrando los oídos a las súplicas de su madre, se sentó al borde de la cama y cargó el arma.

—No, no, no, por favor, hijo mío. ¡Dios mío! —se santiguó.

—Vas a morir hoy si haces esto —suplicó cuando Rafael se volvió para irse.

—Mamá, no voy a morir solo —le dijo. La resolución en su rostro hablaba tan alto que ella supo que no podría detenerlo.

—¡No, no! —Le aferró la camisa, implorando, intentando retenerlo, con lágrimas desbordadas.

—Te amo, mamá. Perdóname, pero debo hacerlo —la besó suavemente y se apartó. Se detuvo en la mesa de la cocina y llenó un costal con las tortillas de siempre y un par de manzanas bichosas. Sí, esa era la parte del peón por su duro trabajo. Al recoger las manzanas y echarlas al saco, el odio por esa vida le ardió dentro.

Afuera, Rafael colgó los costales del arzón junto con

un par de guajes de agua y montó. Su destino estaba echado. Al mirar a su madre, un movimiento detrás de ella le llamó la atención. Su hermana María estaba en la sombra del umbral, frágil y rota.

Rafael articuló «te amo» para su madre y su hermana, y enfiló al Appaloosa al galope. Una estela de polvo lo siguió hasta la casa grande de la hacienda, en lo alto del cerro. El sabor salado de las lágrimas de su madre le persistía en los labios. Hizo trotar al caballo hasta detenerlo detrás de la casa de don Bernardo. Bajó del estribo y tragó saliva.

Rafael sabía dónde encontraría a don Bernardo a esa hora. El jefe estaría de siesta con su esposa. Subió de un brinco los escalones del porche trasero y entró a la cocina. Al oír pasos, la cocinera se volvió con el ceño fruncido. Conocía a Rafael, pero aquel no era su lugar. Nadie salvo cocineras y sirvientes podía entrar a la casa grande.

Las palabras se le congelaron en los labios cuando se cruzaron sus miradas. La furia y el miedo en el rostro de él la hicieron retroceder. Tropezó con su ayudanta y ambas se apartaron de él. La cocinera empezó a protestar, pero calló a media frase cuando Rafael alzó la pistola. Él se llevó un dedo a los labios y negó con la cabeza. Con el arma les indicó la puerta, y las dos mujeres aterradas no tardaron en salir disparadas. Cruzando la cocina, Rafael entró al comedor vacío.

Arriba, don Bernardo se estiraba en su cama con dosel después de que la sirvienta le quitara las botas y saliera. Echado de espaldas, con la cabeza en la almohada, miraba a su esposa cepillarse el hermoso cabello oscuro. Pasó las palmas y los dedos desde la nariz por el bigote y la barba hasta la barbilla. Le persistía el olor de María. El recuerdo del trofeo cobrado esa mañana le torció la sonrisa.

«Putita. ¡Los gritos y la pelea! Ésta era virgen, y bien hermosa», se regodeó en silencio. Tomar a las jovencitas siempre le hacía sentirse como garañón premiado montando yegua nueva.

Se acarició el miembro que despertaba, pensando en tomarla de nuevo mañana. Inclinada sobre la jofaina para lavarse el rostro, su esposa preguntó:

—¿Dijiste algo, mi amor?

—Nada, querida —repuso. Se acomodó en la cama buscando postura.

Rafael cruzó el comedor entre una mesa maciza de roble y un aparador con copas y decantadores de cristal. Un alto candelabro ocupaba el centro de la mesa. Se detuvo y escuchó el silencio, luego dobló hacia el vestíbulo. La casa estaba muda.

Un gong estalló a su lado y lo obligó a saltar, casi perdiendo el equilibrio. Un reloj de pie, con un gran péndulo dorado oscilando de un lado a otro, estaba junto al muro. Marcó las dos y luego tocó una melodía. Cuando se desvanecieron las vibraciones del reloj, las sustituyó el golpeteo del corazón de Rafael. Al subir la escalera vio sus pies polvorientos en huaraches, fuera de lugar sobre la madera bruñida. Peldaño a peldaño subió, pasando retratos enmarcados con ornato en la pared.

En el descanso, frente a las puertas dobles de arco de madera, oyó la voz de don Bernardo decir: «Nada, querida». Bajó la aldaba y empujó la hoja derecha. Se abrió lenta y silenciosamente.

La alcoba era más opulenta que cualquier cosa que Rafael hubiera visto. Cortinas color crema colgaban del techo y caían, de no menos de cuatro varas, por las paredes verde oscuro. Un cubrecama carmesí, echado a medias, rozaba la alfombra oriental sobre el entablado pulido de roble. Sobre el cabecero labrado, justo encima de la cabeza de don Bernardo, pendía una cruz de plata labrada.

—Muchacho, ¿qué haces aquí? —exigió don Bernardo, incorporándose y echando las piernas al lado de la cama. Se puso de pie y fulminó a Rafael. Doña Carmela aspiró y dejó escapar un leve grito.

Rafael se detuvo un instante, mirando al don, que se alzaba enorme frente a él. Al dar un paso hacia él, el don lo desdeñó:

—Muchacho baboso.

Como en cámara lenta, Rafael vio su propia mano alzarse y apuntar con la pistola al pecho de don Bernardo.

Una voz oscura, hueca, desde lo más hondo de sí, gruñó:

—¡Bastardo, por María!

Hubo un fogonazo, una explosión y una nube de humo gris brotó de la pistola. A través del humo, Rafael vio el cuerpo de don Bernardo desplomarse lentamente en el suelo. Un instante de quietud pasmada, que pareció eterno, se quebró con los gritos de doña Carmela.

Rafael se volvió y corrió. Bajó de dos y tres escalones por salto, agarró la barandilla abajo y se lanzó al vestíbulo, casi cayendo cuando las sandalias de cuero le patinaron en la madera pulida. Gritos confusos de vaqueros lo recibieron al irrumpir por la puerta de la cocina y cruzar el porche. Hombres corrían por la vereda, encabezados por Mariano, el capataz de la hacienda. Los alaridos de doña Carmela resonaban dentro de la casa.

Rafael cayó en la silla y viró el caballo a la izquierda, luego lo azotó con las riendas.

—¡Hí-ya!

El Appaloosa se lanzó al galope de frente por la vereda, contra los vaqueros que venían. Se dispersaron como gallinas de corral mientras caballo y jinete volaban junto a ellos. Mariano apuntó con cuidado a Rafael, que se alejaba veloz. Rafael oyó el disparo antes de sentir el ardor de la bala que le rajaba el muslo.

De pronto, el sueño se desvaneció y sobrevino el silencio, demasiado silencio. Habían callado los sonidos de la noche. Rafael despertó sobresaltado. Tenía empapadas de sudor la camisa y la cara. Poco a poco despejó. Estaba sentado bajo el tamarisco, en la lomita.

Barrió con la mirada el claro apenas iluminado por la luna. El Appaloosa relinchó quedo y se movió nervioso junto a la carreta. Una sombra que un instante antes parecía un matorral avanzó despacio hasta hacerse un indio en cuclillas. Sin hacer ruido, el indio se acercó al herido que dormía junto a las brasas del fogón.

Rafael palpó el fusil a su costado. Lo alzó despacio al hombro, pegó la mejilla a la culata y encuadró al blanco, preguntándose si el indio estaría solo; luego apretó el gatillo.

El fusil tronó en la noche y le pateó la cara, tirándolo hacia atrás y arrancándole el arma de las manos. Se arrastró a gatas. Mientras tanteaba el fusil, un cuerpo se le vino encima por la espalda y lo arrojó de cabeza. Rodaron hechos nudos de brazos y piernas por la lomita, entre tierra y piedras.

Desenredándose como pudo, alcanzó a ponerse en una rodilla. El indio se lanzó con el hacha emplumada en alto. Rafael se dejó caer a la izquierda, rodando lejos. Saltaron chispas donde el hacha rebotó en una piedra y salió volando inofensiva en la oscuridad. Incorporándose como pudo, la mano de Rafael dio con una piedra y la arrojó al indio. Le pegó con un golpe sordo. El indio aulló, sacó un cuchillo de la vaina y arremetió otra vez.

Rafael sujetó la muñeca del indio con la izquierda, deteniendo el cuchillo a centímetros del rostro. Una mano fuerte le apretó la garganta mientras rodaban por el suelo pedregoso alrededor del fogón. Entre una nube de polvo forcejearon. Con la mano libre, Rafael aporreó el costado izquierdo del rostro del guerrero. Fueron a estrellarse contra la rueda de la carreta. Atragantándose por el agarre mortal del indio en su cuello, Rafael estiró el brazo para arrancarle el cuchillo.

El peso del guerrero lo oprimía contra el suelo. Rafael le olió el sudor y le sintió el aliento caliente en la cara. Echó la cabeza hacia delante con toda su fuerza y le estrelló la frente en la nariz. El indio flaqueó un instante cuando la sangre le saltó a borbotones. Rafael le descargó el puño en la oreja y en la cara una, dos, tres veces, y el indio soltó su presa y rodó a un lado. Rafael giró a gatas y se lanzó en busca de un arma. Agarró la olla pesada junto al fuego, la alzó sobre la cabeza y la estampó en el pecho del indio con un crujido rotundo.

Jadeando y a horcajadas sobre el cuerpo, alzó de nuevo la olla y la estrelló contra la garganta y el cráneo una y otra y otra vez. Solo oía gritos.

¿Por qué no muere? ¿Por qué seguía gritando? El agotamiento lo venció hasta que ya no pudo levantar la olla ensangrentada. Se le resbaló de las manos y cayó en la tierra.

Los gritos, ya apagados, eran los suyos.

Con las manos temblorosas y los pulmones ardiéndole, Rafael tosió y se dejó caer contra la carreta. Entumecido por el choque, se sentó junto al cuerpo destrozado y quedó mirando fijo al frente.

El tiempo pareció detenerse. Todo volvió a quedar en silencio. Al cabo de un rato, el horizonte del este se aclaró y comenzó a teñirse de rosa.

CAPÍTULO 4

Un resoplido le roció la cara a Rafael y lo sacó de su sopor exhausto. La enorme cara del caballo estaba a escasos centímetros de la suya; los grandes ojos oscuros lo miraban con calidez. El animal volvió a resoplar y se apartó. Rafael se limpió la cara con la manga.

—¿Te alegra entonces que esté despierto y no muerto? —le dijo al caballo, pero no obtuvo respuesta.

Rafael miró al guerrero muerto tendido frente a él, hizo una mueca y se rodó a la izquierda para incorporarse. Al agacharse para recoger el cuchillo del indio, un dolor le atravesó el cuerpo. Le ardían la garganta y el cuello donde el indio lo había sujetado con una llave al cuello.

Caminando lentamente alrededor de la fogata, revisó al herido, que respiraba, pero seguía inconsciente y ajeno a lo ocurrido. —Gringo, esperaba que amanecieras muerto, pero el que casi se muere fui yo —murmuró para sí.

Pasándole por encima, Rafael apretó el cuchillo y volvió al cuerpo hecho un guiñapo a dos varas de allí. La hendidura abierta en la garganta del indio daba fe de la eficacia del disparo del fusil. El indio se desangró rápido donde cayó.

Rafael tembló en el aire fresco de la mañana. Estaba entumecido y tenía frío.

Dando la espalda a la escena junto a la carreta, subió la lomita y recogió su sarape, su sombrero y el fusil. Amartilló la palanca para hacer avanzar la siguiente munición y lo alzó al hombro, probando el arma. Estaba magníficamente equilibrada y había disparado recto y cierto. Se tocó el corte y el moretón que se le levantaba en la mejilla por el retroceso. Le haría falta práctica. Calentado por el sarape, avivó el fuego y se dejó caer junto a su calor.

El amanecer tendió largos dedos naranjas, rosas y grises para arrancarle la noche al azul profundo. Era un espectáculo hermoso, no distinto a tantos amaneceres que Rafael había visto por la ventana de su casa en Torreón.

Cómo quisiera estar en casa y no aquí. «Mi mamá tendría listas mis tortillas calientitas con miel», pensó. Siempre lo despedía a sus quehaceres con un abrazo y una caricia en la mejilla. Una oleada de nostalgia lo barrió cuando los sucesos de los últimos días le pesaron encima como lastre muerto.

Con unos leños más sobre las brasas de anoche y un poco de atizar, levantó un buen fuego. Pronto el agua empezó a hervir. Le tomó buen restregado volver a dejar la olla como olla y no como arma. Con cuidado limpió de nuevo las heridas del gringo y las volvió a vendar. El hombre alzó la cabeza y abrió los ojos, mirándole el rostro a Rafael. Se pasó la lengua por los labios resecos y trató de tragar. Rafael lo incorporó con cuidado y le vertió un poco de agua en la boca. El pálido tragó con algo de tos y examinó al joven mexicano. Pestañeó con sus ojos azul claro, pero no habló. Rafael sonrió y alcanzó a ver un destello de conciencia antes de que el hombre cerrara los ojos y volviera a desmayarse.

Con el sarape envolviéndolo, Rafael se sentó junto al fuego masticando un trozo de cecina, esperando a que el café hirviera, y se puso a cavilar sobre los indios muertos en la tierra. «Ahora tengo la sangre de tres hombres en las manos. ¿Qué hace Dios conmigo ahora?» Se persignó y tiritó, no por el fresco de la mañana.

El sol subió por encima del lomerío al oriente. Con ayuda del sol, el fuego, la comida y el café, Rafael evaluó su situación a la luz del día. Inspeccionó la carreta, rodeándola con las manos en la cintura. Tenía poco daño, salvo unas tablas rajadas; el gringo estaba más vivo que muerto, y Rafael tenía dos cuerpos más que enterrar.

—Una carreta de poco sirve sin su yunta —murmuró, notando que de nuevo hablaba solo. Era lógico que los indios se hubieran llevado los caballos y dejaran a los hombres por muertos.

Rafael tomó el fusil y comenzó a rastrear hacia atrás, siguiendo con facilidad la senda de la carreta por las hierbas y matas aplastadas. Peinando el horizonte en busca de movimiento, hizo amplias zetas sobre el rastro. Caminó un buen rato hasta que divisó unos zopilotes en el aire y se encaminó hacia ellos. A treinta pasos al oriente del camino halló un cuerpo destrozado. Zopilotes y coyotes habían cenado del indio y quedaba poco. No lejos de ahí había otro montón de huesos roídos sobre una mancha negra reseca en la tierra. Rodeó el paraje dejando los huesos a los zopilotes y siguió buscando. Se echó el sarape a la espalda cuando el sol empezó a calentar el día. Al fin, el rastro de la carreta giró en seco hacia la derecha rumbo al río. Desparramados en la línea de árboles, a cinco zancadas del agua, yacían otros tres indios muertos. Del otro lado del río, nueve caballos pacían a placer, incluidas las dos bestias de tiro.

Era obvio para Rafael que los indios atacaron primero a los gringos en ese campamento. Los gringos debieron intentar huir en la carreta. Solo podía suponer que la carreta volcó; a los hombres los flecharon y dejaron por muertos. Los indios sobrevivientes se llevaron los caballos de la yunta.

Rafael ya conocía la muerte en su corta vida. Sufrió la pérdida de su padre en la guerra contra los franceses. Vio a peones muertos por los hacendados por faltas menores y a los viejos morir. Presenció un tiroteo entre dos vaqueros en la hacienda que dejó un muerto. Pero la muerte era personal ahora. La muerte estaba húmeda y estaba cerca. Le respiró encima y sangró sobre él. La muerte volvió a estos hombres despojos sobre la tierra. Aspiró la peste de la muerte y ahora era parte de él.

«Primero, don Bernardo; luego el hombre aplastado por la carreta; y ahora siete indios muertos, dos por mi mano», pensó Rafael. Un escalofrío le recorrió el cuerpo al sentir que la muerte lo seguía demasiado de cerca. Ese pensamiento le incomodó y calculó que, si la muerte se mantenía así, pronto también lo alcanzaría. Sacudiéndose la idea, se volvió a recoger los fusiles de los indios.

Siguiendo el río, serpenteó de vuelta a la carreta. Se mantuvo cauto, aunque presentía que aquella partida de saqueo estaba entera muerta. Abriéndose paso entre la maleza, entró al claro donde descansaban la carreta y el gringo. Soltó los fusiles, ensilló al Appaloosa, montó y aguas abajo fue hasta divisar los caballos que pastaban.

Rafael entendía de caballos. Su aprendizaje en la hacienda lo había preparado para esa faena. Se bajó de un salto y le azotó las ancas al suyo; el Appaloosa trotó hacia la manada. No tardó en hostigar a una de las yeguas indias. El Appaloosa había sido criado para ser líder. Rafael sabía que la manada lo seguiría.

Mientras los caballos pacían, examinó los cuerpos de los indios, o lo que quedaba. Cada guerrero llevaba cuentas y una pequeña bolsita de cuero al cuello. Calzaban mocasines suaves hasta la rodilla. Uno vestía un chaleco de cuentas de plata y turquesa. Reunió los mejores cuchillos y las cuentas, y recogió un carcaj con flechas y un arco que quizá le sirvieran para cazar venado o berrendo. Dejó los cuerpos, ya en buena parte devorados, a los carroñeros.

Mirando a los caballos del otro lado del río, varias yeguas se arrimaban al Appaloosa. Entró en un claro y chasqueó la lengua quedo. El Appaloosa giró la cabeza, orejas en punta, y miró a Rafael. Al seguir llamándolo, el Appaloosa resopló y trotó hacia él. Rafael le habló en voz suave y el caballo se detuvo frente a él y le rozó el pecho con el hocico.

—No te tomó mucho hacerte el jefe de tus amigos —le susurró al caballo, viendo a los demás girar y seguir con calma al Appaloosa.

Los años con el mayoral de caballos en las caballerizas pulieron su instinto y su mano suave. Los caballos respondían a él por instinto. Las dos bestias de tiro aún traían los arreos. Acercándose a ellas y hablándoles en voz baja, no tuvo dificultad en tomarles las riendas. El pequeño cortejo de caballos siguió a Rafael y al semental Appaloosa por la orilla hasta la carreta.

Tras amarrar los caballos al ronzal, revisó al herido. El gringo parecía reposar y tenía mejor color.

Las cosas mejoraban para un pobre muchacho mexicano que, un día atrás, no tenía más que la camisa puesta, una vieja pistola de chispa y un caballo robado.

Trabajando a la luz ámbar de la mañana filtrada por la

lona de la carreta, se puso a organizar los víveres derramados. Había frijol seco, azúcar, harina, papas, manteca, naranjas y un trozo de tocino. Puso los utensilios de cocina en una batea. Encontró un par de pistolas, municiones y varias cantimploras. Cada hombre llevaba varias mantas y mudas de ropa. Separó un pantalón y una camisa que, creyó, eran del muerto. Parecía que la carreta venía bien surtida de lo básico y que los indios no la habían saqueado.

Saltando del portón trasero, revisó por fuera. Unas tablas estaban rajadas y el barril grande de agua tenía un agujero de bala a media altura. Hizo palanca con la tapa y se asomó. Una bala de fusil rodó por el fondo. La recogió y la tiró. El barril podría arreglarse después. Por ahora, el cercano Río Grande les daría agua.

Aunque era primavera, los días estaban sorpresivamente calurosos. El sol ya iba acercándose a media mañana y le calentaba la espalda. Rafael aventó su sarape al asiento de la carreta. Pensó en enterrar a los indios, pero desistió. Se descubrió un instante y se quitó el sombrero. Se preguntó si cabía rezar por indios. Con certeza no eran católicos, y dudaba que fuera propio rezar por hombres a los que él había matado. «Dios quizá no esté muy contento conmigo ahora», pero aun así dijo una oración breve y se persignó sobre cada indio.

El gringo herido se removió varias veces y murmuró, llamando a Frank. Rafael estaba seguro de que necesitaba un médico. Para lograrlo tenía que subir a ese hombre grande de la tierra a la caja de la carreta. Le llevaba, sin exagerar, unas cien libras. Anoche apenas pudo arrastrarlo unos pasos.

Dándole vueltas al problema, le dio más agua al gringo y urdió un plan. Pasó una soga por debajo de las axilas del hombre y le hizo un nudo seguro, luego la llevó hasta la parte trasera de la carreta. Las varillas de metal que sostenían la lona tenían anillas cerca de la parte alta. Enhebró la soga por los aros y lanzó el cabo suelto por encima del asiento hacia el suelo delante de la carreta. Saltó fuera y bajó la portezuela.

De reojo le sonrió a su caballo:

—Amigo, fíjate bien. Lo subiremos como a una piñata —se rió para sus adentros mientras traía a la yunta del amarre.

Las bestias de tiro se quedaron quietas, hechas a su sitio al frente de la carreta. Ató la soga a los tiros y fue a la parte trasera para revisar el nudo del hombre; volvió a tomar las riendas. Rafael se apartó tirando de los caballos. Con la cabeza ladeada para asomarse por la carreta, vio tensarse la soga y al gringo arrastrarse por la tierra.

De cabeza y boca arriba, el gringo se deslizó hasta el portón. Cuando la soga lo alzó derecho, como piñata, el Appaloosa relinchó y sacudió la cabeza, como si disfrutara del espectáculo.

—¡Hijo de la chingada! ¿Qué demonios... ayyy! —aulló—. ¡Bájenme! ¡Córtenme!

Rafael paró a los caballos y corrió a la trasera. Columpiándose de lado a lado y girando un poco, Rafael contempló a un hombre muy poco divertido y definitivamente consciente.

—Buenos días, señor. Me alegra verlo despierto —dijo en español, preguntándose si el gringo entendería.

—¡Córtenme! ¡Córtenme! —gimió señalando abajo. Rafael brincó a la caja y lo atrajo, rodeándole el pecho enorme con el brazo izquierdo—. Un momento, señor. —Con la otra mano sacó el cuchillo y cortó la soga.

Rafael no tuvo la menor opción de sostenerlo. Con estrépito, las botas del gringo golpearon el piso de la carreta y ambos cayeron en montón, exprimiéndole a Rafael el aire de los pulmones.

—¡Chingado! —maldijo Rafael al quedar panza arriba bajo aquel hombre enorme. Lo empujó y lo picoteó, pero el hombre no se movió. Retorciéndose hacia su derecha, agarró un larguero vertical de la caja. Tiró y se retorció hasta deslizarse fuera de debajo del gringo, sudando y boqueando. El hombre quedó hecho un bulto sobre la cama de la carreta, de nuevo inconsciente.

Le acomodó una cobija enrollada bajo la cabeza; luego, resoplando, le estiró el cuerpo y las piernas para dejarlo en postura más cómoda. El gringo gimió, se le fueron los ojos y la cabeza se le ladeó.

—Cálmese, señor. En El Paso debe de haber médico —le habló con calma—. Trate de descansar. Tenía muchas preguntas para él, pero ahora lo urgente era apartarse de ese lugar.

Tomando la muda del muerto, se fue al río. Se despojó de la camisa y el pantalón mugrientos y se zambulló en el agua fría. Barro, sudor y sangre se fueron corriente abajo. El agua le calmó el cuerpo adolorido y el tajo de bala en la pierna iba cerrando. Se vistió con la ropa nueva, dejó el atuendo de peón en un montón en la orilla y alcanzó a ver su reflejo en el río. Se peinó hacia atrás el cabello negro con los dedos y se caló el sombrero del difunto antes de volver a la carreta.

Rafael ató la reata de los caballos a la parte trasera tras enganchar la yunta. Alzó la silla de plata del Appaloosa al hombro y, mientras apagaba el fuego de una patada, vio una pistola medio enterrada en la tierra. Aventó la silla a la caja, se volvió y recogió la pistola.

—Ayeee —silbó quedo, tomando aire mientras alzaba el magnífico revólver. Lo sopesó, le sopló el polvo y admiró el acero azulado brillante y la cacha nudosa de nogal. Como el fusil, el revólver llevaba grabadas las letras GSW. Los hacendados tenían revólveres, no los peones, y este era magnífico. Tenía un tambor redondo para seis balas. Presionó la palanca del costado izquierdo y el cilindro basculó. Trasteó con el mecanismo y expulsó seis casquillos vacíos.

Se sujetó del resorte del asiento y subió a la carreta. Crujió y se bamboleó cuando se sentó. Guardó el revólver en una bolsa de lona bajo el asiento y recargó el fusil entre el asiento y el panel lateral. El gringo iba callado en la parte trasera. Soltó la palanca del freno de madera y chasqueó las riendas. —¡Vamos!

La yunta se afirmó y tiró, sacando la carreta de un tirón. Detrás venían la ristra de ponis indios y el Appaloosa. La vieja senda era apenas un rastro, pero aún se veían las roderas que viento y lluvia no tragaron. Coroneó una loma y llevó la yunta al norte, manteniendo el Río Grande a la izquierda. Rafael esperaba que ese camino sacudehuesos lo llevara a El Paso.

CAPÍTULO 5

El avance era lento pero constante por el sendero pedregoso. Una nube de polvo rojizo se arremolinaba detrás de la carreta y la procesión de caballos. Aquella estela que delataba su paso preocupaba a Rafael, pero sin otra opción siguió adelante. Aunque los caballos marchaban a paso suave entre baches y piedras, de vez en cuando el gringo en la parte trasera soltaba un quejido.

—Esta carreta brinca no debe estar ayudando la cabeza del gringo —murmuró para sí, pero no tenía más remedio que continuar. Cuando la vereda se acercó lo suficiente al río, detuvo el conjunto. El tiempo y la distancia importaban, pero el hombre y los caballos necesitaban descanso y agua.

Rafael sonrió, palmoteó el cuello del Appaloosa, soltó la reata y le permitió ir a darse un merecido trago. Pronto el Appaloosa y los ponis indios estaban con las patas metidas hasta el menudillo en el lodoso Río Grande, bebiendo a placer. Quitándose el sombrero y pasándose la mano por la frente, miró el río pardo que corría perezoso. La otra orilla era un alto farallón calizo mordido por la erosión a lo largo de los eones. La piedra iba del rojo herrumbroso y naranja al blanco. A Rafael le pareció como si un gigante hubiera pasado las uñas a lo largo del muro de roca, subiendo y bajando con gracia. Justo enfrente había una muesca abierta por escorrentía, una cicatriz blanca que bajaba por el acantilado hasta el agua.

Cuando los caballos descansaron, Rafael enganchó la yunta y ató a Rayo y a los ponis a la parte trasera de la carreta. —Cosas asombrosas vemos en este viaje —le dijo al Appaloosa, dándole una palmada mientras aseguraba la reata. Con todo en su sitio, volvió al asiento.

—Ayúdeme a subir —pidió el gringo, incorporándose sobre un codo. Sorprendido, Rafael dejó las riendas y trepó a la caja.

—¿Usted Apache? —preguntó el hombre con miedo

en los ojos azules.

Rafael entendió la palabra "Apache". Su tez morena y el cabello negro hasta los hombros delataban su sangre mixta mexicano-india. Alzó las manos con las palmas al frente, mostrando amistad.

—No. Mexicano —respondió.

—Ah, mexicano. ¿Cómo te llamas? —preguntó el gringo en español.

Rafael, sorprendido de oír su lengua, sonrió de oreja a oreja. —Soy Rafael Ortega de Estrada.

Al hombre le temblaban las manos mientras aceptaba el cucharón de agua que le ofrecía Rafael. Con ayuda logró beber un poco. Hurgando en la caja de comida, Rafael sacó un trozo de cecina y se lo tendió.

—¿Tiene hambre? —preguntó.

El hombre lo estudió mientras daba un mordisco. —¿Dónde está Frank? —preguntó.

—¿Usted habla español?

—Sí, yo hablo español —repuso el gringo y tomó otro bocado de cecina.

—Qué bueno, señor —dijo Rafael, aliviado de que hablara español, aunque con acento raro. El gringo lo observaba con cautela mientras masticaba, aún receloso. Era evidente que no confiaba y, sin duda, se sentía vulnerable.

—¿Dónde está mi amigo, Frank? —insistió sobre su compañero.

—Su amigo está muerto. Los Miente—maldijo Jimmy s lo mataron. Lo enterré en el río —le soltó Rafael la mala noticia.

El gringo asintió, masticando despacio, y preguntó dónde estaban. —¿Dónde estamos?

—Vamos a El Paso. Usted necesita un médico —le dijo Rafael.

—Bueno —asintió conforme.

—Señor, debemos seguir —Rafael volvió al asiento y llamó a los caballos—. ¡Ándale! —Chasqueó las riendas y sacó la carreta de nuevo a aquella triste excusa de camino.

Botando entre piedras y roderas, la mente de Rafael

divagó. Había estudiado con atención a los ponis indios cuando abrevaron en el Río Grande. Todos jóvenes y fuertes: cuatro yeguas y tres garañones. Cuatro pintos, dos alazanes y un overo componían su tropilla. Había aprendido de caballos en la hacienda y aquellos eran un ganado decente. Un sueño hecho realidad para un joven mexicano que nunca había tenido nada. Por primera vez en su vida, era un hombre con bienes. Rafael Ortega de Estrada tenía caballos.

Y luego estaba el semental Appaloosa. Rafael sonrió al imaginar a Rayo galopando poderoso bajo él. Era un caballo magnífico, fuerte e inteligente. Cuando le hablaba, juraría que un día el caballo le contestaría.

Rafael había ayudado al mayoral, don Pablo, la noche lluviosa en que nació Rayo. La yegua venía con problemas y don Pablo temía un parto difícil. Mientras Rafael sostenía el farol, don Pablo metió la mano y desenredó al potrillo para que la madre pudiera arrojarlo. Justo cuando asomaron las patas, un tremendo rayo estalló y encendió el cielo, partiendo un árbol del otro lado del corral. El potrillo cayó en la paja. Don Pablo sonrió y aceptó la sugerencia de Rafael de llamarlo Rayo. Desde entonces, don Pablo dejó que Rafael cuidara y domara al joven Appaloosa.

Rayo era hijo del semental más preciado de don Bernardo. El garañón llevaba por nombre Santiago, el santo guerrero español. Don Bernardo se jactaba a menudo de que Santiago descendía directamente de uno de los dieciséis caballos que, a principios de 1500, desembarcaron para ayudar a el conquistador Hernán Cortés a someter el imperio mexica. No era el único hacendado que presumía esa sangre para sus caballos de lujo. Casi todo dueño en México quería creer que sus bestias estaban ligadas a Cortés. Aquellos alardes eran muy estimados. Como el caballo fue pieza clave en la conquista y cimentó la cultura española en México, los hacendados se desvivían por rastrear el linaje de sus sementales.

Rafael había trabajado con mucho esmero, tomando encargos extra en la hacienda. Ahorraba sus pesos y soñaba con comprarle a don Bernardo a Rayo algún día. Don

Pablo se reía y le palmoteaba el hombro:

—Eres un peón, mijito. Aunque juntaras el dinero, don Bernardo jamás te vendería ese caballo.

Siempre se le erizaba el lomo cuando los jefes lo llamaban peón. Apretando los dientes y trabajando más duro, soñaba con demostrarles algún día. Sería un hombre importante y respetado.

Los pensamientos de Rafael botaban como la carreta. «Mierda, odio a don Bernardo por tratar a mi madre como esclava y arruinar a mi hermana. Odio a los franceses por matar a mi padre y odio este maldito camino». La carreta pegó contra una piedra grande y se bamboleó con violencia.

—¡Owww! —se oyó desde atrás.

Rafael se preguntó qué clase de hombre estaba ayudando. La ropa del gringo, aunque sucia y rota por la pelea y las heridas, delataba a un hombre de recursos. Rafael caviló si sería como tantos ricos que había visto en la hacienda. Esos ni reparaban en su existencia; los peones eran poco menos que esclavos para los amos y así los trataban.

Le pareció que aquel hombre no se comportaba como superior, al menos hasta ahora. El gringo le habló con cordialidad. Claro que estaba herido y necesitaba de Rafael.

Rafael estiró el cuerpo rendido, apoyando las botas en el tablero. Tiró de las riendas y, al coronar una lomita, paró para dejar asentar el polvo y escudriñar detrás si los seguía alguna polvareda. No vio nada.

Luego encaró el sol poniente al frente, que bajaba y volvía siluetas polvorientas los árboles y peñascos. Buscando dónde parar, acercó la carreta al río.

Tiró de las riendas y, al empujar con el pie la palanca del freno, detuvo la carreta en un claro junto a un vado ancho. Tomó el fusil, saltó y lo recargó contra la caja. Lo usaría otra vez, si hacía falta. La maleza ribereña ofrecía leña menuda de sobra y había ramas secas de mezquite caídas por el viento.

Al descargar la leña, echó un vistazo a la carreta. Dos piernas colgaban de la parte trasera.

—Ayúdeme a bajar —pidió el gringo, haciéndole señas. Era un hombre grande y sacarlo resultó mucho más fácil que subirlo. Rafael lo sostuvo del brazo y lo deslizó con cuidado al suelo. El gringo cayó apoyándose en la pierna buena. Con un poco de ayuda lo sentó en una piedra grande, y en seguida halló una rama que hizo de muleta decente.

—Gracias —dijo el hombre, sonriendo a Rafael. Lo observó con atención mientras éste encendía el fuego para el tocino, los frijoles y el café. Parecía estar estudiándolo. Rafael se ocupó y fingió no notar la mirada.

Para cuando el rasguño deshilachado de nubes en el poniente se tiñó de carmesí, el fogón crepitaba a gusto. Rafael rebanó y frió tocino en una sartén mientras hervían frijoles en la olla. Fue un banquete para ambos, rematado con café negro fuerte y duraznos, que comieron en silencio.

Después de que Rafael recogió, el gringo se recargó en una roca grande con otra taza de café humeante en la mano.

—¿De dónde es usted? —le preguntó.

—Torreón —respondió Rafael, sin añadir más, inseguro de cuánto quería contarle.

—¿Cómo te llamas? —volvió a preguntarle el nombre.

—Me llamo Rafael Ortega de Estrada. ¿Y usted cómo se llama?

—Me llamo George Summers, o Jorge —dijo, usando el nombre en inglés y en español.

—Hola, don Jorge —respondió Rafael. Desde ese día lo llamó don Jorge, con respeto.

—¿Te llamo Rafe? —preguntó George Summers con una sonrisa, dándole el apodo inglés de Rafael.

Rafael se encogió de hombros y sonrió. Le gustó el nombre, sobre todo como sonaba en labios de don Jorge con su acento. En su tierra, sus amigos a veces le decían Rafas.

—Rafe es bueno —respondió sonriente.

Ya entrada la noche, conversaron en español. Don Jorge preguntó por qué Rafe estaba en Texas. Él explicó que iba de visita al rancho de su tío y no abundó en que había disparado a don Bernardo ni en que el Appaloosa era robado. Don Jorge pareció aceptar la explicación y no lo presionó.

Al acomodarse junto al fuego para dormir, Rafe pensó en su llegada a El Paso al día siguiente y en su nuevo hogar. Sabía que en Texas había muchos hispanohablantes. Su padre le contó que muchos mexicanos quedaron del lado texano cuando el general Santa Anna perdió la guerra contra los rebeldes de Texas. Le haría bien llegar al rancho de su tío José, a su familia, donde estaría a salvo.

CAPÍTULO 6

Un pianista agotado aporreaba una melodía con bastante más entusiasmo que destreza. Era apuesta segura que el piano no se había afinado desde que llegó a la Cantina de Los Rosas, en El Paso, Texas, y muchos años de manoseo no habían mejorado su tono.

—No está mal la clientela para ser tarde —dijo Conchita, la dueña, al barman al pasar detrás de la barra.

—Ajá —respondió Ned, que seguía puliendo vasos y acomodándolos en el estante bajo la barra. Con los ojos inyectados en sangre, dirigió la atención a la mesa de faro junto a las ventanas del frente. Cuatro mexicanos llevaban varios días entrando. Le dijeron a una de las muchachas del salón que eran de Nuevo México. Al barman le parecían problemáticos, pero hasta ahora nada grave había pasado. Tres jugaban al faro con el crupier. Era evidente que el caballero del centro era el jefe. Su antaño orgulloso traje de gran señor estaba polvoriento y gastado. Los botones de plata ya no brillaban y faltaban algunos, pero no cabía duda de que sabía usar la ornamentada ropera que le colgaba al lado izquierdo. Su aire imperioso y su mal genio estallaban cuando las cartas no le favorecían. Los de cada lado solían llevarse un bofetón o una maldición por algún supuesto error en la jugada.

El barman arrojó la toalla a un lado y sirvió una cerveza al peón polvoriento delante de él. Miró a su izquierda. El cuarto mexicano, en la punta de la barra, también vestía como gran señor. A juicio del barman, aquel cuarto caballero era mucho más joven que sus amigos jugadores. El joven alzó dos dedos y señaló los vasos frente a él. Katie tenía cauta toda su atención. No había duda: el jovencito estaba completamente embelesado con la bonita muchacha del salón. Le tomó toda una noche reunir valor para pasarle el brazo por los hombros.

El joven gran señor había estado viniendo cada día y comprándole tragos. Ella lo igualaba copa por copa, hasta dejarlo apenas en pie. Él no sabía, claro, que la botella de la que ella bebía estaba aguada, y que la mitad del dinero de cada trago iba a su bolso.

El barman se acercó al extremo de la barra. —Dos más —pidió él. El arrastre de su voz indicaba que al ponerse el sol estaría durmiendo la mona. Katie rió y lo miró arrobada, rodeándole la espalda con un brazo y apretándole un pecho en el hombro. Con la otra mano le recorrió el pecho hasta perderse bajo la barra, y el joven se removió.

El barman le guiñó un ojo. Si el caballero tenía reloj, probablemente ya no. Llenó los vasos y recogió el dólar de plata. Riéndose para sí de que a Katie le iba muy bien sin levantar la falda, volvió barra abajo.

Dejó las botellas tras la barra y alzó la vista al oír una carcajada y un puñetazo sobre la mesa de faro.

—¡Hoy no podrás conmigo, bastardo ladrón! —En el espejo vio al gran señor echar la silla atrás y darle una palmada al de su derecha.

—¡Don Benicio, le volvió la suerte! —El rostro del compañero mostró alivio. El jefe, de nombre Benicio, había ganado la partida y su amigo recibió solo una palmada amistosa.

—¿Suerte? Acuérdate de dónde sale tu próximo plato —gruñó Benicio. Acarició la empuñadura ornamentada de la ropera a su costado y su compañero miró con nerviosismo la mano de Benicio. Sabía que el jefe no era ajeno a lisiar o matar cuando la suerte le faltaba.

Algo más relajado, Benicio se estiró y enderezó la espalda. Deslizando la silla y volviéndose a mirar a los tortolitos del extremo de la barra, soltó:

—¡Cabrón!

Volviéndose a sus compañeros, rezongó asqueado:

—Miren a ese pedazo inútil de mierda. No puedo creer que tengamos el mismo padre. Si nos quedamos un día más, seguro le pide a esa puta que se case con él. ¡Me cago en esa puta y en la puta de su madre! —maldijo para sus compinches.

Los compañeros rieron la blasfemia. —Juan, tráenos

otra botella —ordenó Benicio al de su izquierda. Juan se levantó de prisa y fue a la barra.

—¡Chico! —llamó Benicio a su hermano al fondo. El joven se irguió a la vista. —¡Carlos, ven acá! —No era petición, sino orden.

Carlos se soltó a regañadientes del abrazo de Katie y cruzó el salón hasta su hermano.

—¿Sí, Benicio?

—¿Cuándo te van a salir huevos para levantarle la falda a esa puta? Eres una vergüenza para tu hombría y para el apellido Zúñiga, manoseándola y comprándole agua cara.

Carlos, avergonzado, miró por encima del hombro a Katie, esperando que no oyera el insulto de su hermano. —Hermano, no es eso. Es hermosa. Claro que algún día me gustaría... —se le apagó la voz.

—Culón, te enseñaré cómo se trata a una mujer y quizá empieces a comportarte como debe un Zúñiga —Benicio disfrutaba llamarlo culón, cobarde para todo. No era secreto que consideraba a Carlos débil y una deshonra para los Zúñiga.

Benicio esbozó una mueca. Entornando la mirada con frialdad, evaluó a su hermano menor de pies a cabeza hasta clavarle los ojos. Estiró las piernas y cruzó las botas con puntera de plata. Sacó un cigarro del bolsillo de la chaqueta y encendió un fósforo bajo la mesa de faro. Chupó para encenderlo sin apartar la mirada. Exhaló una nube envolvente de humo dirigida a la cara de Carlos.

—Este es mi último puro. Ve a mi cuarto y tráeme más.

Carlos se movió y empezó a protestar.

—¡Basta! Haz lo que digo.

Juan regresó con el whiskey y soltó una risita al pasar. Echando una ojeada rápida a Carlos, dejó la botella y se sentó.

Carlos cruzó las puertas vaivén con la cabeza gacha y los hombros caídos. Giró a la izquierda, salió al tablón de la acera y bajó dos escalones a la calle de tierra. Pasaron tres vaqueros y lo hicieron detenerse un momento en medio de la calle. Masculló entre dientes:

—¡No lo aguanto más, maldito! ¡Lo odio! —Aceleró el paso y saltó un charco de orines y mierda de caballo.

El primogénito de una familia de hacendados españoles heredaba tierras, riqueza y poder, pero cuando las tierras de los Zúñiga fueron confiscadas por las nuevas leyes americanas, Benicio abrazó el asesinato y el odio. Carlos, sin medios de vida, no tuvo más remedio que seguirlo.

Benicio era el mayor y ejercía con celo su poder sobre hermanos y compañeros. La autoridad heredada del hermano era un hecho. Carlos lo odiaba, no por su derecho de primogenitura, sino por su arrogancia brutal. Lo odiaba por su violencia y su falta de decencia y honor. Carlos había soportado patadas e insultos desde que tenía memoria de sus diecinueve años. Su único respiro fueron varios años en el seminario católico de Madrid. Abrió la puerta del hotel y subió corriendo por los cigarros de Benicio.

Cuando Carlos salió de la cantina, Benicio le hizo una seña a Katie. Para cuando llegó a la mesa de faro, Benicio ya estaba de pie. La agarró del brazo y la condujo a las escaleras.

—Yo sí soy un verdadero Zúñiga —le dijo.

Arriba, en su cuarto, Katie alzó los brazos y soltó el broche de plata que sujetaba su cabello castaño rojizo. Al sacudir la cabeza, le cayó sobre los hombros. En el espejo vio al gran señor quitarse la espada y el arma y colgarlas del poste de la cama. Era arrogante, pero no mal parecido. Cuando se desabotonó la chaqueta y la camisa, Katie miró con nervios el pecho musculoso, cubierto de vello oscuro, y los brazos poderosos.

—Tu hermano es joven. Puedo hacerlo hombre — dijo, volviéndose hacia Benicio. Él terminaba de desabotonarse los pantalones y se le cayeron al suelo.

—Olvida a mi hermano culón. A ti te pagué yo, puta, así que preocúpate por mí.

La sujetó del brazo y se lo torció a la espalda.

—¡Ayyy, me haces daño! —Katie empujó a Benicio con la otra mano. De pronto vio furia en sus ojos. Intentó zafarse, pero el agarre era fuerte.

Él le agarró el vestido y, de un tirón, le desgarró casi todo el corpiño, dejándole los pechos al aire.

—Hijo de puta. Me rompiste el vestido bueno.

—Cállate, zorra —gruñó Benicio y le cruzó la cara con un revés. El golpe la dejó casi noqueada—. Te compré, puta. No me hablarás así.

Katie había lidiado con clientes duros, borrachos y cabrones, pero ese hombre era maldad. Benicio le levantó la falda y la arrojó a la cama.

Las puertas vaivén repiquetearon al cerrarse cuando Carlos volvió a entrar a la cantina. Katie no estaba en el extremo de la barra y Benicio no estaba en la mesa de faro. Carlos dejó los cigarros en la mesa.

—Juan, ¿dónde está mi hermano? —preguntó.

Juan se encogió de hombros y dijo:

—Se llevó a tu puta arriba.

—¡Te corto el pescuezo si la llamas así otra vez! —advirtió Carlos, pero Juan solo se rio por lo bajo. A Carlos le ardió la bilis. Sabía cómo trataba su hermano a las mujeres. Más de una vez los echaron después de que Benicio abusara de alguna muchacha del salón. La idea de que Benicio dañara a Katie lo apuñaló.

Carlos volvió a la barra y alzó la vista al espejo grande para ver a los compañeros de Benicio reírse en la mesa.

—¿Dónde está Katie, señor? —preguntó al barman.

—Segunda a la derecha arriba, al final de las escaleras.

El estruendo de algo que se hacía añicos contra la puerta fue seguido del grito de Katie. Carlos se quedó clavado, oyendo la pelea arriba. El odio le ardía, pero el miedo a su hermano asesino lo paralizaba.

En el cuartito de arriba, Benicio había vengado en Katie a su hermano menor. La tomó con brutalidad. Por fin, agotada la lujuria y la rabia, se subió los pantalones. Katie, adolorida y asustada en la cama, miró al bruto ceñirse la ropera y meter una pistola bajo la faja. Ya se le hinchaba un moretón en la mejilla donde la golpeó y la sangre le corría del labio.

Al abrir la puerta, ella gruñó: —¡Lárgate, cerdo mexicano! —Benicio se volvió y le enroscó el largo cabello al cuello, con ganas de matar a la estúpida.

—¡Me cago en todas ustedes, putas desgraciadas! —escupió, y la soltó antes de salir.

Benicio bajó las escaleras abrochándose los pantalones y acomodándose la bragueta. Clavó los ojos en Carlos, que estaba junto a la barra.

—Es toda tuya, hermanito, pero no vale lo que pagué.

Mientras Benicio bajaba, Katie salió del cuarto sujetándose el vestido roto sobre los pechos desnudos. La cara, contraída por la rabia y claramente golpeada.

—¡Ned, saca a ese bastardo de aquí! —le gritó al barman.

Ned se movió hacia la escopeta bajo la barra. Benicio llevó la mano a la pistola y se volvió al barman con mirada asesina. Ned miró la mesa de faro y vio que los compañeros del gran señor ya tenían pistolas listas. Con ganas de vivir, se echó atrás.

Benicio rió al llegar a la mesa de faro, junto a la puerta. Juan y los otros rieron y silbaron, gozando la distracción.

Carlos se hinchó de furia al ver la cara hinchada de Katie. Tenía que detener a su hermano homicida. Bajó la cabeza y se lanzó contra Benicio.

Un viejo borracho subió los dos escalones del tablón y llegó tambaleándose a la entrada de la cantina. Empujó las puertas hacia adentro. Un estrépito y maldiciones precedieron a dos cuerpos que estallaron contra las puertas y lo arrollaron en el pecho. Los tres rodaron a la calle. El viejo cayó de espaldas en el polvo junto a un caballo que, asustado por el ruido, piafaba atado al poste. El salón se vació tras la pelea hacia la calle, entre vítores y risas.

Benicio y Carlos rodaron hasta quedar en un montón polvoriento en medio del camino, obligando a parar a una carreta y haciendo que los caballos brincaran y se encabritaran. Con Carlos encima, los puños le martillaron las costillas al hermano. Benicio lo sujetó del cuello y lo hizo rodar. Se puso de pie de un salto y le asestó a Carlos una patada certera en las costillas con la bota de punta de plata. Carlos se encogió, rodando y gritando.

Benicio miró a su hermano con desprecio. Se sacudió con indiferencia los hombros y mangas de la chaqueta. Carlos, desde el suelo, vio solo furia en sus ojos. A horcajadas sobre su hermano indefenso, Benicio desenvainó con calma la ropera y le cruzó con maestría la punta estrecha por la cara. Un chorro de sangre se abrió desde la comisura del ojo derecho hasta la punta de la barbilla, empapando la que una vez fue camisa blanca. Su alarido retumbó por la calle.

Benicio mantuvo la espada apuntándole al corazón.

—¡Me cago en ti, pinche culón! Si no fueras mi hermano te mataba —y, dándose la vuelta, abrió paso entre la gente de regreso al salón, entre risas y palmadas.

Rafe se quedó pasmado ante el pandemónium en la calle, frente a su carreta. Don Jorge, que había viajado gran parte del día a su lado, parecía impasible cuando Rafe lo miró de reojo. La multitud se dispersó, satisfecha con el espectáculo, y volvió a la cantina. El gran señor herido quedó de rodillas en la calle, sangrando solo ante los caballos. Hombres y mujeres pasaban por la acera de tablones, echando apenas una ojeada y fingiendo no ver. Tres chiquillos se quedaron junto al abrevadero riendo. Uno corrió y pinchó al joven mexicano herido con un palo. El herido alzó un brazo débil en defensa. El chico chilló de gusto y salió corriendo con sus amigos.

Rafe reconocía a un gran señor cuando lo veía. Los nacidos en España paseaban por la plaza de Torreón con caballos guarnecidos en plata. El caballero de la espada lo era sin duda. Y también lo era aquel que sangraba en la calle.

Pisó el freno, le pasó las riendas a don Jorge y saltó.

—¿Puedo ayudarle, señor? —Rafe le tendió la mano.

Carlos alzó la vista, con la sangre corriéndole por la cara, y aceptó la mano del muchacho, que lo ayudó a ponerse en pie. Caminaron hasta el borde de la acera de tablones y Carlos se sentó en el escalón.

Oyeron gritos y risas desde la cantina. —¡La casa invita! —bramó una voz.

—¿Le ayudamos a buscar un médico, señor? Vamos para allá —preguntó Rafe.

—No, gracias, yo me encargo —la voz de Carlos carecía de convicción y sonaba vacía, pero miró a Rafe con dulzura en los ojos—. Gracias por su amabilidad —agradeció. Jamás un caballero le había hablado a Rafe con gratitud o gentileza.

—Adiós, señor —dijo Rafe, sin saber qué más hacer. Volvió, subió a la carreta, se sentó y le tomó las riendas a don Jorge.

—Bienvenido a El Paso —dijo George Summers, acomodándose en el asiento y estirando la pierna.

CAPÍTULO 7

La carreta y la yunta avanzaban parsimoniosas por el camino de tierra. Esa parte de El Paso le recordó a Rafe a Torreón: muchas casas de adobe café cubiertas de enredaderas y flores que trepaban hasta los porches. En Torreón algunas construcciones estaban encaladas, sobre todo las casas gráciles alrededor de la plaza central donde ocurrían todos los eventos importantes. A Rafe le sorprendió que aquí, en El Paso, los muros cafés se vieran cansados y gastados, y las enredaderas, mustias y poco cuidadas.

La calle y las aceras bullían de actividad. Mexicanos, vestidos con atuendos sencillos tradicionales, caminaban cargando bultos a la espalda. Unos cuantos hombres llevaban mezclilla de vaquero y chaparreras de cuero. Varios grandes señores, como el del sable, lucían pantalones ceñidos tachonados de plata y chaquetas con lentejuelas, con una faja de colores a la cintura sobre la camisa de volantes. Aquí, como en Torreón, los peones evitaban a los grandes señores y bajaban la mirada al cruzarse con ellos. Quizá El Paso no fuera tan distinto de Torreón, pensó Rafe, y que podría sentirse en casa.

Al volver la vista, Rafe alcanzó a ver al joven gran señor herido, sentado al borde del tablón de la acera, con la cabeza entre las manos. George le dio un leve empujón para que siguiera. Rafe chasqueó las riendas y la carreta siguió su marcha.

A medida que avanzaban, El Paso empezó a cambiar. Las construcciones de adobe café dieron paso a edificios de madera recién pintados, de colores vivos y ventanales grandes. Esa zona ya no se parecía a Torreón ni al otro El Paso.

—Allí, frena junto al hotel —indicó George Summers hacia un edificio de dos pisos a la izquierda—. Es el Hotel Stratton, donde me quedo cuando vengo al pueblo.

Rafe detuvo la yunta junto a la acera del hotel, saltó y

ayudó a George a bajar de la carreta.

—Conseguiré un par de habitaciones. Quédate aquí con la carreta.

—No, no, quiero ir al rancho de mi tío —protestó Rafe, negando con la cabeza.

—Mañana basta —insistió George, dándole una palmada en el brazo.

Rafe intentó objetar, pero George ya cojeaba hacia el interior del hotel, así que se quedó en el tablón de madera, junto a la carreta, aguardando. A ambos lados de la calle se extendían escaparates hasta donde alcanzaba la vista.

Desde el salón de enfrente flotaban música de piano y la voz de una mujer cantando. Sonaba sorprendente y nada desagradable, muy distinto a lo que Rafe había oído en Torreón. Se preguntó de qué tratarían esas letras; en México, las canciones eran sobre amor o peleas.

La calle hervía. Todos parecían tener prisa. Tres vaqueros polvorientos pasaron al galope con sus sombreros altos de ala ancha y pantalones de cuero. Rafe notó que todos llevaban uno o más revólveres al cinto y rifles en las monturas. Varias carretas, tiradas por mulas, iban cargadas de pertrechos.

Un hombre y una mujer pasaron por la acera. Ella tenía el cabello claro, del color del oro. Él vestía traje como el de don Jorge. Rafe los miró pasear; ellos lo ignoraron, absortos en su mutua mirada. Dos muchachos corrían en la calle empujando un aro de metal con un palo. Al otro lado, varias mujeres cruzaron frente al salón cantor, girando parasoles diminutos. Vestían hermosos vestidos en rojo y amarillo. Tras ellas venía una mujer mayor vestida de negro.

De pronto, una mujer deslumbrante salió del hotel y flotó junto a Rafe. Llevaba un vestido verde oscuro con hilos dorados. Su cofia blanca, de ala ancha, tenía una cinta verde a juego. Su cabello rojo ardiente resplandecía a contraluz del atardecer como Rafe jamás habría imaginado. Al avanzar por la acera, el vestido se balanceaba de lado a lado.

«¡Madre mía! Se quedó mirándola mientras se alejaba. ¿Por qué las mujeres de Texas tienen traseros tan grandes?

¿Cómo se sientan?» En Torreón los vestidos eran sencillos: una camisa blanca y una falda de colores. Las faldas mexicanas ceñían la cintura y no arrastraban. Incluso los vestidos finos de doña Carmela se ajustaban a su diminuta cintura. Aquel, en cambio, tenía capas y grandes pliegues abultados por detrás que barrían el suelo. Rafe la observó embobado mientras se perdía calle abajo.

Fascinado con el bullicio, Rafe se sintió abrumado. Un día así habría sido día de fiesta en Torreón. Cambió de pie torpemente sobre el tablón, aún polvoriento del camino, vestido con la ropa del difunto. No pertenecía a ese lugar, no a esa parte de El Paso.

—¡Quítate de mi camino, muchacho! —Rafe fue empujado con brusquedad y cayó al polvo.

Dos vaqueros de aspecto rudo lo miraron desde arriba. Uno le enseñó que le faltaba la mayor parte de los dientes de arriba al esbozar una mueca. Toothless metió los pulgares en la hebilla del cinto de pistolas y sacó la panza. El otro, con el ala delantera del sombrero doblada contra la copa, sonrió bobalicón y escupió un chorro de tabaco que salpicó el polvo junto a la mano de Rafe. Rafe les clavó los ojos mientras se incorporaba. Lentamente, la mano se le fue atrás y tanteó el cuchillo.

—¿Qué miras, mexicano? —escupió Toothless.

El del tabaco rebuznó como mula, cabeceando. —Pos yo digo que está viendo algo, Jess. Sí, sí, de fijo está viendo algo. ¿Qué vas a hacer, Jess?

Jess, el mellado, soltó la bota y volvió a tumbar a Rafe en el polvo.

—Eso es, mexicano, come tierra. Aléjate de esa carreta. Seguro andas queriendo robar algo —gruñó Jess.

La rabia y la vergüenza le subieron a Rafe. No entendía lo que decían, pero no era difícil deducirlo por el tono. No necesitaba las palabras para comprender que aquella mirada era la misma que había visto en los rostros de los caballeros en su tierra. Lo miraban, o a través de él, como si no valiera nada.

—¿Qué pasa, muchachos? —preguntó George Summers con calma, pero con tono de superioridad, saliendo del hotel a la acera. Jess y el otro vaquero miraron al hombre mayor que emergía y dieron un paso atrás.

—Ah, caray, míster, nomás estábamos bromeando con el mexicano —respondió Toothless, rociándose la pechera de saliva al cecear.

—Sí, Jess tiene razón. Ese mex se nos atravesó y no nos quería dejar pasar —dijo el del tabaco, limpiándose la barbilla manchada.

—Ándale, sigan su camino —les dijo George. Rafe notó que don Jorge había cambiado la voz para que sonara un poco como la de ellos. Normalmente no tenía ese arrastre quejumbroso. George sonrió y bajó a la calle, poniéndose entre Rafe y sus agresores.

Los vaqueros se alejaron riendo y dándose palmadas. Nada había cambiado. Seguía siendo peón. Diera igual su ropa o el lugar: lo escupían. La rabia le subió por la espalda hasta atravesarle el corazón. Aún le ardían los golpes y se grabó sus caras. No volverían a tirarlo.

—¿Qué les pasa a esos gringos? —gruñó entre dientes.

—Tranquilo; son unos pendejos —dijo George, dándole una palmadita al ver el rencor en sus ojos.

—Babosos —espetó Rafe. Lo único que quería era ir al rancho de su tío y largarse de ese pueblo—. Me voy al rancho de mi tío —le dijo a don Jorge.

—No. Mañana —George lo miró a los ojos y explicó que quería pagarle su bondad. Primero, llevar la carreta y los caballos al establo, luego un baño caliente y una buena cena. Pasarían la noche en el hotel.

Rafe estaba rendido, hambriento y cansado. Empezaba a confiar en don Jorge, pero aún le escocían los golpes. Señaló el hotel y preguntó:

—¿Ahí dejan entrar a mexicanos?

—Sí, serás bienvenido —asintió George.

Un mozo vino corriendo calle abajo y se plantó ante ellos.

—Vengo por su carreta, señor —le dijo a George, que le dio unas monedas. El muchacho subió, le pasó a Rafe el maletín de George y, tomando las riendas, condujo la carreta calle adelante. George se colgó del hombro de Rafe para apoyarse.

—Primero, a limpiarnos —dijo. Avanzaron despacio por la acera. La gente los miraba; Rafe notó que los caballeros inclinaban la cabeza a don Jorge y él la devolvía. Rafe curioseó cada escaparate. En uno había vestidos de mujer y sombreros con plumas largas: de esos de trasero grande. En otro, barriles, palas y herramientas; dentro, hombres voceaban y afuera cargaban carretas.

—*Miners* —explicó George, señalando los carros—. Plata.

Junto a la tienda de mineros había cajones de manzanas, naranjas, papas y cebollas, y cestas con otras frutas que Rafe no supo nombrar. En la vidriera colgaban gallinas y conejos de las patas. Le recordó la plaza de Torreón los sábados, cuando los labriegos montaban toldos de colores para vender a las cocinas de los hacendados. Un hombre con delantal blanco, manchado de sangre, se quedó en la puerta. Saludó a George y clavó la vista en Rafe.

Siguieron hasta el final de las aceras y tomaron una senda de tierra. Los edificios eran más chicos y, tras las fachadas de madera, había tiendas en carpas. George señaló a la izquierda y entraron por un callejón entre dos lonas. El mundo pulcro de la acera cambió en seco. Gente de aspecto curioso se sentaba en banquitos junto a fuegos pequeños para cocinar. El olor no le resultó agradable. Eran de cabello oscuro, pero no mexicanos. Hombres y mujeres vestían túnicas sencillas, blancas o negras, y calzaban zapatitos en vez de botas. Los hombres se recogían el cabello en una trenza gruesa que les caía por la espalda. Al pasar, les hicieron una leve reverencia.

George sonrió ante la evidente confusión de Rafe.

—Chinos —dijo—. Chinatown.

Se detuvo ante una carpa con un letrero B A T H. Un hombre menudo, de túnica blanca, hizo una reverencia y les indicó la entrada. La trenza le colgaba hasta la cintura y llevaba un gorrito negro. De la barba le nacían hebras largas y ralas. Dentro, una hilera de tinas. George habló con él en palabras que Rafe no entendió. El hombre sonrió, se inclinó y palmoteó dos veces. Varias muchachas entraron con cubas y llenaron dos tinas. Sus túnicas brillantes estaban bordadas con flores y aves; debajo llevaban prendas ajustadas que las cubrían del cuello a los pies. Sus cabellos negros le recordaron a Rafe a su hermana María.

Rafe se despojó de la ropa del difunto y se hundió en el agua caliente. En casa solía bañarse en el estanque de la hacienda: templado en verano y helado en invierno, así que se bañaban poco. El agua ardiente le escoció los raspones de la pelea con el indio, pero lo relajó. Estiró el cuerpo a lo largo de la tina y cerró los ojos.

De pronto, unas manos lo tocaron. Se irguió de un brinco: dos muchachas chinas, de rodillas, le pasaban esponjas. George se desternilló en su tina hasta las lágrimas al verlo ruborizarse y cubrirse las partes. Aulló más fuerte cuando las chicas metieron los brazos para restregar. Rafe se hundió bajo la espuma intentando ocultar su desnudez.

—Relájate —le dijo George—. Disfruta este simple placer.

Dos chicas restregaron a George y limpiaron con cuidado en torno a la herida. Las de Rafe frotaron con brío y reían entre trinos. Él quiso protestar cuando se acercaron a la ingle, pero lo empujaron de espaldas; sabía que estaba rojo como chile.

Entró un hombre alto con un maletín negro cuando terminaban el baño.

—Doctor Wade —saludó George.

El médico inspeccionó la herida, aplicó una pasta y un vendaje limpio.

—Buen trabajo con esa pierna, George —comentó.

—No yo —sonrió George, señalando a Rafe—. Mi joven amigo me salvó la vida.

—Muy bien hecho —felicitó el doctor—. ¿Qué usó?

—Creosota —respondió George. El médico asintió.

—Estará bien en unas semanas. Pásese en un par de días y le cambio el vendaje.

George se vistió con camisa blanca de volantes y chaleco brillante de su maleta. Le habían cepillado el saco y el pantalón, y se anudó el moño. A ojos de Rafe, lucía magnífico, un hombre de poder.

A la ropa del difunto también le habían sacudido el polvo, y Rafe agradeció cubrirse. En la hacienda sólo los niños pequeños andaban desnudos, y los hombres se bañaban en el estanque. Su madre siempre lo echaba del jacal cuando ella o su hermana se lavaban o cambiaban. Se preguntó si alguna vez había estado tan limpio y, al olerse, pensó que olía a muchacha.

Desanduvieron el camino desde los baños y cruzaron la calle hacia una tienda. Dentro había perchas con camisas y pantalones, y una pared llena de botas.

—Ajuste al muchacho —pidió George al tendero—. Botas también.

El hombre alzó varias camisas y Rafe, tímido, señaló el cuadro azul. Le gustó el color. En poco rato estaba ante un espejo largo, mirándose. Botas, pantalón, camisa y chaqueta le quedaban rígidos, pero su nueva estampa lo dejó pasmado. Se preguntó si su mamá lo reconocería. El tendero le dio un paliacate; George observó, aprobando con la cabeza.

Al salir, Rafe se peinó el cabello limpio hacia atrás y se caló el sombrero nuevo. Miró a don Jorge, alzando las cejas.

—Te ves muy bien —lo halagó George.

Cruzaron frente al salón hasta una barbería de poste rojo y blanco y entraron.

—Dos cortes y afeitadas —dijo George. Se sentó primero; el barbero le recortó el pelo y lo afeitó. Luego tocó a Rafe. Su madre siempre le había cortado en la cocina, a la altura de los hombros y recto.

El barbero le espumó la cara y le rascó los pelitos de la barbilla. No era tan barbón como otros; aún no. Cuando le pasó el espejo redondo, Rafe no reconoció al del reflejo. Los ojos, sí, eran suyos; pero el rostro, enmarcado por cabello corto, y la barbilla lisa y suave… No: su mamá no lo reconocería, se dijo divertido.

Se sentía distinto cuando él y don Jorge cruzaron hacia el restaurante. Por primera vez no se sintió peón. El encargado los sentó en una mesa con mantel blanco. Rafe movió los dedos de los pies: jamás había usado calcetines; le maravilló lo suaves dentro de las botas nuevas.

Eran una pareja curiosa en ese comedor. George habló con el mozo y éste volvió con dos platos rebosantes: un gran filete humeante, papas asadas y verduras. Rafe imitó con cuidado los modales de don Jorge para no avergonzarlo: cortó y dejó el cuchillo entre bocado y bocado, como él. Los sabores le estallaron en la boca y dejó limpio el plato.

El resto de comensales eran americanos de ropas finas. Miraban de reojo a la extraña dupla y cuchicheaban. Veían a un hombre alto, no del todo guapo, pero bien vestido, de pelo entrecano: claro hombre de negocios. En la frente, una costra, y una muleta apoyada tras él. El otro era un joven mexicano, de complexión delgada, pero vestido con ropa vaquera de buena calidad; barbilla estrecha y sonrisa ancha de dientes muy blancos. Los observaban y corría el chisme. George ignoró ojos y susurros, saboreando. Rafe trató de ignorar las miradas quemándole la espalda.

George pidió postre y café. Rafe se llevó a la boca una cucharada de duraznos calientes, encantado. Al terminar, George apuró el café.

—Estaré unos días antes de volver a Santa Fe. Dime dónde queda el rancho de tu tío —preguntó.

—En el camino al norte; se llama Rancho Tecolote —explicó Rafe.

—Pasaré a verte camino a Santa Fe. Te debo la vida y quiero hacer algo por ti antes de irme.

—No más —Rafe señaló comida y ropa—. Estoy feliz.

No necesitaba nada más. Era un hombre con caballos y el estómago lleno de la mejor comida que había probado. Había escapado de las autoridades mexicanas, estaba en Texas y cerca del rancho de su tío. La vida era buena. Muy buena.

Subieron despacio las escaleras del hotel; Rafe ayudó a don Jorge a vencer los peldaños. En el pasillo, don Jorge señaló una puerta.

—Buenas noches. Hasta mañana.

Rafe entró en su cuarto y se quedó inmóvil al cerrar. La habitación resplandecía con la luz dorada de una lámpara en la mesa de noche. El brillo delineaba sombras sobre el papel tapiz blanco con motivos rojos que cubría del piso al techo. El techo tenía filigranas triangulares. Sobre el cabecero de la cama maciza colgaba el cuadro de una dama elegante sentada junto a un estanque, con un caballo pastando cerca. En la mesa lateral había jarra y palangana; bajo la cama, la bacinilla. Era tan hermoso como el dormitorio de don Bernardo en la hacienda, y todo para él.

Rafe se descalzó y dejó las botas juntas, con cuidado, junto a la puerta. Cruzó de puntillas el piso con sus calcetines nuevos para bajar la lámpara. Se tendió boca arriba sobre la colcha, sin querer ensuciar aquel cuarto magnífico y sin saber si podía usarlo a sus anchas. La cama era blanda como plumas. Cerró los ojos. No los abrió de nuevo hasta que la luz de la mañana entró por la ventana.

CAPÍTULO 8

Un rayo de luz cruzó el rostro de Rafe cuando abrió los ojos mirando al techo. Su mente, al principio, no reconoció el lujo que lo rodeaba. Se estiró y contempló la habitación. Le parecía aún más hermosa con la luz de la mañana que la noche anterior.

Se levantó con cuidado y alisó la colcha. Mojó el paliacate en la jarra y con una punta se limpió la cara. Se calzó las botas nuevas y volvió a recorrer el cuarto con la mirada. No quedó rastro de que hubiera dormido allí. Abrió la puerta y la cerró suavemente detrás de él.

Bajó las escaleras y el encargado del mostrador levantó la vista, señalando con la barbilla el salón del hotel. George Summers estaba sentado en un sillón alto y mullido.

—Buenos días —saludó a Rafe—. Deberíamos desayunar algo.

Rafe negó con la cabeza.

—Tengo que irme, don Jorge.

—De acuerdo, vayamos por tus caballos —aceptó George.

Ambos hombres charlaban en el establo mientras el mozo ensillaba a Rayo. George le puso varias monedas de oro en la mano.

—Las vas a necesitar en Texas —insistió.

—Muchas gracias, ha hecho demasiado.

George negó con la cabeza, se apoyó en las muletas y le tendió la mano.

—No, mi joven amigo; el que te debe la vida soy yo.

Rafe se sonrojó y le devolvió el apretón, mirando hacia abajo.

—De nada.

—¡De nada, no! —dijo George sonriendo—. Iré al rancho de tu tío en un par de días, cuando pueda montar. Hasta luego.

—Adiós, don Jorge —respondió Rafe, y de un salto

montó en Rayo. Amarró la reata de los caballos al cuerno de la silla y espoleó a Rayo hacia adelante. George lo observó alejarse, a él y a la hilera de caballos, rumbo al sol de la mañana.

Siguiendo las indicaciones de don Jorge, Rafe llevó los caballos hasta el final de la cuadra y giró a la derecha. Picó a Rayo y lo puso al trote largo, con los siete ponis en fila detrás. Un grupo de vaqueros, recargados en la baranda frente a la tienda de piensos, lo miraban acercarse. Dos eran los mismos del día anterior. Le silbaron y gritaron al pasar. Rafe les lanzó una mirada fulminante y siguió de largo.

Poco más de una hora fuera del pueblo, coronó una loma. No muy lejos distinguió carretas y jinetes que subían la cuesta hacia él. Eran tres carretas de carga con una encortinada al final. Ocho hombres a caballo las acompañaban. Cada carreta tenía dos guardias con rifles a los lados, y otros dos abrían la marcha. Al ver a Rafe y sus caballos, uno de los de cabeza clavó espuelas, llegó al galope y paró junto a él. La nube de polvo los alcanzó y los envolvió.

—¿De dónde vienes, muchacho? —gruñó el hombre, examinando los caballos de Rafe y mirando con sospecha hacia atrás. El sombrero negro, echado sobre la frente, le cubría los ojos. Un bigote oscuro le caía por las comisuras y una barba en triángulo invertido le adornaba el mentón. A Rafe le llamó la atención el revólver de cacha de marfil, enfundado con la empuñadura hacia adelante. Mientras hablaba, cambió el rifle de mano, apoyó la culata en el muslo y dejó el dedo sobre el gatillo.

—¿Habla español? —preguntó Rafe.

—¿Dónde está... de dónde vienes tú? —replicó el hombre con mal acento.

Rafe entendió y contuvo la sonrisa.

—De El Paso.

—¿Tú solo?

—Sí —respondió Rafe asintiendo. El hombre se volvió y agitó el brazo, dando paso a las carretas.

Un segundo jinete, un mexicano mayor, llegó al trote;

las carretas venían rezagadas cuesta arriba.

—Hola, chico —lo saludó en español—. ¿Adónde vas?

Rafe explicó que iba al rancho de su tío, un poco más adelante. La explicación pareció satisfacerlos. El gringo volvió a agitar el brazo hacia las carretas.

—¡Sigan viniendo!

Rafe preguntó al mexicano:

—¿De dónde vienen ustedes?

—De Bisbee, rumbo a El Paso. Ya debemos estar cerca.

—Llegarán en una hora —dijo Rafe.

—Dicen que hay problemas con apaches Mescaleros por aquí. Hemos tenido suerte: ni bandidos ni indios — miró los caballos tras Rafe—. ¿Esos parecen ponis indios?

—Me crucé con unos indios al otro lado de El Paso —respondió Rafe.

El viejo lo miró con extrañeza.

—¿Y todavía tienes el cuero cabelludo? Bien hecho, chico. ¡Algún día me cuentas esa historia! —y, con un gesto, volvió a su puesto al frente.

Rafe observó pasar las carretas en una nube de polvo que picaba la garganta. Un carretero especialmente mugriento escupió un bocado de tabaco que cayó frente a las patas de Rayo.

Las carretas iban cubiertas con lona tirante sobre cajones amarrados con sogas cruzadas. En la última, una lona flameaba al viento con una amarra rota. En uno de los cajones se leía en grandes letras negras: BISBEE MINING COMPANY, y debajo, en letras más pequeñas: SILVER / PLATA. Rafe, montado en Rayo, vio rodar aquella pequeña fortuna de plata. Pasaron las tres carretas de carga y, detrás, una encortinada con peroles y sartenes tintineando dentro.

Cuando se disipó el polvo, Rafe siguió su camino. El paisaje se aplanó en suaves lomas de pastizales. Empezaba a resultarle familiar al recordar el viaje de niño. Vio ganado pastando y cruzó un arroyo con agua clara. Se preguntó si esas reses serían de su tío José y si ya estaba en sus tierras.

El sol aún no estaba en lo alto. Estaba seguro de estar

cerca. Más adelante vio un grupo de álamos junto a una charca de manantial. Su tío lo había llevado allí a pescar cuando lo visitó de niño. Espoleó a Rayo y apuró el paso de los caballos, emocionado. Una calandria de los prados le cantó al pasar por el prado verde. Apenas conteniendo su alegría, se detuvo frente a un portón a la izquierda. Daba a un camino que serpenteaba hacia la casa del rancho. A Rafe se le frunció el ceño y el pecho se le hundió: el letrero del arco no decía RANCHO TECOLOTE. Tenía una marca con RRR sobre un semicírculo. Debajo, ROCKING R RANCH. La pintura estaba deslavada. Bajo el encalado alcanzó a distinguir el fantasma de unas letras rojas. No se leían todas, pero bastaba para saber que había llegado a su destino.

Rayo tiró de la caballada cuando Rafe los metió por la entrada y subió hacia la casa y los corrales. Al sur, un grupo de vaqueros marcaba becerros. El olor familiar a cuero chamuscado le llenó la nariz. Dos vaqueros dejaron lo que hacían y vinieron hacia él.

Hay hombres que inspiran confianza y otros que apestan a peligro. Aquellos eran de los segundos; Rafe lo sintió en los huesos mientras se acercaban. Iban vestidos de faena: chaparreras, botas, camisas sudadas y polvorientas. Llevaban revólver al cinto. El más grande, con camisa gris y mangas arremangadas, dejaba ver las ropas interiores mugrientas. Sonrió con malicia y se paró a la izquierda de Rafe. El otro, flaco y con cara picada de viruela, se deslizó por detrás.

—Vaya, muchacho, qué orgulloso te ves jalando esa hilera de buenos caballos —escupió el de la camisa gris un chorro de tabaco y se limpió la barbilla con la manga.

—Bonitos, ¿eh, Roy? —dijo.

—Claro que sí, Eldon —se burló el flaco, y se arrimó a la derecha de Rafe. Alcanzó la brida de Rayo con la izquierda—. ¿De dónde robaste estos caballos, mex?

Rafe miró a uno y a otro e intentó explicar:

—Me llamo Rafael Ortega. Aquí... es el rancho de mi tío José Ortega. ¿Dónde... dónde está José Ortega?

Mientras Rafe forcejeaba con el inglés, Roy se rió.

—¿Oíste eso, Eldon? Quiere al viejo Ortega. ¡Este es nuestro rancho! ¿Entiendes, mex? Echamos a patadas a ese mexicano muerto de hambre y lo mandamos por el camino. —¡Aquí no hay malditos mexicanos! ¿Comprendes? —añadió Eldon con desprecio.

—Y vamos a darte las gracias, muchacho, y quedarnos con estos caballos. Ningún mexicano debería tener tantos, ¿eh, Eldon?

—Así es, Roy —asintió Eldon, tirando de la reata de los ponis. Rayo se encabritó. Rafe estaba encajonado entre ambos y la caballada, nerviosa, se apretaba detrás. No podía maniobrar para soltarse del agarre de Eldon.

Roy lo agarró del brazo y tiró. Con Rayo levantado, Rafe perdió el equilibrio y dio con el trasero en el polvo. Los ponis se desbandaron unos pasos y la reata se soltó. Roy le lanzó una patada al mexicano caído, falló, pero lo cubrió de tierra. Rafe se levantó de un salto y, con tres zancadas poderosas, le metió el hombro en el vientre. Cayeron hechos bola. El viento y la saliva de tabaco le cruzaron la espalda en un arco asqueroso que brilló al sol.

Rafe se incorporó cuando una patada bien colocada le dio en la parte baja de la espalda. El dolor le estalló por la columna y lo dejó a gatas. Roy lo cogió del pelo y lo alzó, torciéndole el brazo izquierdo a la espalda. Rafe se echó hacia adelante con todas sus fuerzas y lanzó una patada hacia atrás: la bota nueva le dio justo en la entrepierna. Roy soltó, se agarró sus partes con ambas manos y se dobló despacio, como un globo que pierde el aire.

—¡Levántate, Roy! —gruñó Eldon.

Roy lo miró y respondió con un vómito que le sacudió el estómago.

—Deja de hacerte tonto y ven a ayudarme con estos caballos.

—Ggggghhh... —alcanzó a decir Roy, mirando con miseria antes de vomitar otra vez—. ¡Maldita sea, Eldon, el mexicano mugroso me hizo tragar el tabaco!

—¡Estás muerto, hijo de perra! —rugió Eldon, lanzándose sobre Rafe.

Con la cabeza echada atrás y mirando por encima de

la nariz, Rafe lo vio venir. Midió el momento y le estampó la frente en la cara. El grandote retrocedió. Le brotó sangre por la nariz.

Rafe brincó a la silla de Rayo, pero las riendas estaban sueltas. Forcejeaba por alcanzarlas cuando sintió la mano de Eldon en su espalda. Rafe llevó la derecha al cinto y giró como un látigo.

Eldon nunca vio venir el cuchillo. Rafe lo sacó de un tirón buscando la garganta del grandote. Si hubiera dado pleno, lo habría degollado; pero la mano de Eldon, aún en su nariz rota, le salvó la vida. La hoja le cortó la parte alta de la oreja y le abrió la mano.

—¡Hijo de puta! —aulló, agarrándose la oreja ensangrentada.

Para entonces, la pelea había llamado la atención de los demás vaqueros. Venían corriendo. Rafe sabía que estaba muerto si no se movía ya. Alcanzó una rienda, espoleó fuerte y el Appaloosa salió disparado. Miró por encima del hombro: los vaqueros gritaban y sus caballos se desbandaban.

¡Whhap! Una bala pegó en la tierra cerca. Otra le zumbó junto al oído.

Sin el lastre de la caballada, Rayo se lanzó por la entrada a todo galope. Rafe vio una línea de árboles al frente y rezó por llegar a tiempo.

Rayo devoró la distancia. Los tiros restallaban; las balas le silbaban cerca. Rafe se apretó al cuello del caballo. Los árboles ya encima. ¡Whack! Un ardor punzante le pegó arriba del omóplato izquierdo. Se desplomó sobre el pomo, abrazándolo, y se agachó bajo una rama al entrar en la protección del bosque.

El dolor era insoportable, pero Rafe se aferró. De algún modo, hizo que Rayo siguiera. Cruzó a prisa el arbolado y guió a Rayo lejos del rancho —o eso esperaba—. Estaba mareado y desorientado. De algún modo, Rayo halló la charca de manantial de antes. Con el brazo bueno, Rafe lo giró. Aguzó el oído: no oyó persecución. Quizás andaban juntando sus caballos.

Se abrió la camisa y miró su hombro. Sangraba

mucho. Sabía que tenía que parar la hemorragia o no llegaría a El Paso. Se dejó caer de la silla y arrancó la manga de la camisa nueva. Sacó musgo del borde del estanque y lo presionó contra la herida.

—¡Ay, ay, ay, madre mía, cómo duele! —gemía.

El dolor blanco lo azotaba en oleadas. Cayó de rodillas, luchando contra las náuseas. Estas cedieron, pero el fuego quedó. Se vendó con la manga, apretando para sostener el musgo. Al volver a montar, vio sangre untada en el cuello de Rayo.

El sol estaba alto y Rafe no sabía hacia dónde era el norte. Apretando los dientes, hizo avanzar a Rayo.

—Ayúdame, Madre de Dios —rezó a la Virgen—. Ayúdame.

Abrazado al caballo, rezó por ir en la dirección correcta, lejos del rancho. La sangre le caía por el brazo y le manchaba el pantalón y la bota. Cada zancada le descargaba un relámpago de dolor en el pecho y la espalda.

—Vamos, Rayo, vamos —susurró al oído del caballo, inclinado, aferrado al pomo y luchando por no perder el sentido.

CAPÍTULO 9

El gallito joven hinchó el pecho sobre el muro de adobe que salía en ángulo recto del granero. Saludó la mañana antes de que la luz asomara sobre la misión. Una brisa leve se coló por la ventana abierta del cuarto donde dormía Rafe.

Mamá lo llamaría pronto a desayunar. Unos huaraches se arrastraron sobre el piso y una puerta se cerró quedo en algún punto que su conciencia apenas alcanzaba. Rafe vio el cuartito de su casa en la hacienda de don Bernardo y la espalda de su madre, inclinada sobre la estufa de leña. Estaba allí y, de pronto, no. De repente los indios atacaban y él rodaba por el polvo, jadeando. Un dolor le aplastaba el pecho.

¡CLANG! Rafe despertó de golpe al oír cómo un cerrojo metálico encajaba en una puerta. Un chorro de sol dorado se metía por una cortina entreabierta de una ventana alta y le daba de lleno en la cara. Entornó los ojos y alzó la mano izquierda para hacerse sombra. El dolor le estalló del hombro al pecho y le bajó por la espalda. Gimió y fue bajando el brazo hasta apoyarlo sobre el pecho. Aquello no era ningún sueño. Poco a poco el dolor aflojó, pero sólo si permanecía inmóvil.

Despacito intentó mover la cabeza para poder recorrer el cuarto con la vista. Vio que podía girarla a la derecha sin el dolor cegador. La habitación era pequeña y sencilla. Un crucifijo colgado en una pared encalada brillaba con el sol que entraba por la ventana. Era la única decoración que alcanzaba a ver. El camastro donde yacía era el único mueble, salvo una mesita junto a su cabeza.

Los recuerdos empezaron a llenar su mente al despertar. Le volvieron, punzantes, las memorias de ayer, al menos creía que fue ayer: el rancho de su tío y la pelea con los vaqueros.

Con cuidado se acomodó sobre el colchón y un latigazo le cruzó el hombro y le subió al cuello. Le costaba enfocar; la cabeza le martillaba. Su pensamiento iba y venía mientras pasaba del sueño a la vigilia. La mente luchaba por poner los hechos en orden: disparó a don Bernardo y huyó a El Paso. Él y don Jorge estuvieron en el hotel. Iba al rancho de su tío... —¡Mis caballos! ¡Desgraciados! Se llevaron mis caballos —gimió.

La imagen de la pelea con Roy y Eldon se le encendió en la cabeza. Una rabia le subió desde las entrañas y casi igualó al dolor. El dolor cegador y la náusea lo golpearon con fuerza. Con la diestra agarró un puñado del colchón, intentando detener el mareo.

La puerta grande, de madera oscura, a los pies de la cama tenía goznes de hierro negro al estilo español. Estaba cerrada, pero oyó pisadas que se acercaban. Se detuvieron y la hoja pesada se abrió con un quejido. Entró un sacerdote bajito.

—Buenos días, mi hijo. Soy el padre Antonio Serrano. ¿Así que has decidido no morirte hoy?

Sorprendido, pero reconociendo el hábito, Rafe respondió:

—Si Dios quiere.

Siguió con la mirada al cura mientras llenaba un cáliz de agua de una jarra de barro rojo.

—Toma, mi hijo, bebe. Hay que meterte agua, y ojalá luego te caiga bien un poco de caldo. Llevas más de un día durmiendo como muerto.

Como en su tierra, el sacerdote lo llamaba mi hijo. El padre Antonio lo ayudó a incorporarse y le puso el cáliz en la mano. Rafe intentó ignorar la punzada del hombro y sorbió un poco del agua fresca. El cura le sonrió con ojos bondadosos, evaluando al joven, guapo pero molido a golpes.

El padre Antonio llevaba la tonsura clásica: calvo arriba, con un aro de pelo corto en los costados. El sayal pardo, gastado, le ceñía la cintura ancha con una cuerda blanca. Del cabo corto colgaba un crucifijo de madera sencillo y liso.

—¿Cómo te llamas? —preguntó el padre.

—Me llamo Rafael Ortega de Estrada. ¿Dónde estoy?

—quiso saber Rafe.

—Esta es la Misión de Socorro —dijo el sacerdote. Le retiró el cáliz y le apoyó una mano en el pecho para que no se moviera. Rafe no tenía fuerzas para resistirse, aunque hubiera querido.

—Te encontramos inconsciente sobre tu caballo, afuera de la portería. Te habían disparado y habías perdido mucha sangre. ¿Qué pasó?

—No sé, padre. En el rancho de mi tío José, dos gringos me asaltaron. Por la gracia de Dios escapé con vida —explicó Rafe, omitiendo lo del tajo a Eldon.

La puerta chirrió y entró una anciana mexicana con un cuenco de caldo humeante. Vestía el luto tradicional, de negro, con la falda ondeándole casi hasta el piso. Un peine sujetaba el cabello plateado, tirante en un moño. En la bandeja, junto al caldo, llevaba un comal con tortillas calientes. El olor llenó el cuarto con aromas de hogar.

El padre Antonio la presentó como doña Chana. Ayudó a Rafe a incorporarse y a arrimarse al cabecero, donde pudo recostarse contra la pared. El hombro le ardía cada vez que se movía, pero al relajarse dejaba de latirle.

El estómago le gruñó satisfecho cuando doña Chana le ofreció su sopa favorita.

—Albóndigas... Muchas gracias, señora.

La anciana le dio de comer. Ella y el sacerdote sonreían mientras él daba cuenta, rápido, del caldo y las bolitas de carne. Se comió la última tortilla, saboreándola. Sabía exactamente a las que hacía su madre cada día en casa.

Doña Chana dijo que volvería más tarde con más comida.

—Gracias, señora —dijo Rafe, viéndola recoger la bandeja y salir despacio. Le quedó claro que, como casi todas las abuelas, disfrutaba de cuidar.

—Padre, ¿conoce a José Ortega, del Rancho Tecolote?

—Sí, mi hijo. Es una historia muy triste. Perdió su rancho a manos de un tal Reynolds —respondió el padre Antonio, y explicó—: Los Reynolds lograron probar en el tribunal que el título de merced española de Ortega no era válido. Fue conforme a las leyes nuevas aprobadas en la capital del estado. Los amigos poderosos de Reynolds le abrieron el camino para reclamar la propiedad. Ahora él es el dueño. Ha pasado lo mismo con muchas familias españolas de la zona.

El padre hizo una pausa, mirando cómo el muchacho herido encajaba la noticia, y siguió:

—A tu tío José lo sacaron de sus tierras a punta de pistola. Él y su familia viven ahora en una casita cerca de la misión. Enviaré a un muchacho para que lo traiga.

El sacerdote cerró la puerta tras de sí y Rafe se estiró, haciendo una mueca. Le convenía que nadie supiera quién era ni dónde estaba. Pero las noticias del alboroto en el rancho ya habrían llegado al pueblo. No tardaría en saberse fuera de la misión que él estaba allí. Rafe no dudaba: fueran cuales fueran las circunstancias en el rancho, la ley no se pondría del lado de un muchacho mexicano pobre.

Tendido, siguió con la vista una mosca que giraba cerca del techo. Sabía que debía dar gracias a Dios por haberle salvado la vida y rezar por su madre, por su hermana... y pensó pedir también por sanar y escapar. Tal vez por recuperar sus caballos. Pero, con la sangre de tres hombres en sus manos, sintió que no tenía derecho a pedir nada. Al final cerró los ojos y volvió a dormirse.

—¡Rafael, despierta, mi hijo!

Rafe abrió los ojos y vio a su tío José junto a la cama, con la voz cargada de emoción y los ojos húmedos.

—¡Tío! Tío, gracias a Dios —Rafe intentó incorporarse, apretando los dientes por el dolor. Apenas reconoció a su tío. Tenía la cara amoratada, un moretón morado. En el cuello lucía una cicatriz roja y despareja, como del largo de un dedo. Se había encorvado con los años, y no sólo por el tiempo: lo habían golpeado. Llevaba ropa raída y los ojos cansados y tristes.

—El padre me informó lo que te pasó. Esos Reynolds son hombres malditos —dijo José.

—¿Qué le pasó a usted? —preguntó Rafe, viendo el rostro amoratado.

—Ayer Roy, Eldon y algunos hombres llegaron a mi casa. Buscaban a un muchacho mexicano montado en un Appaloosa. No sabíamos nada, pero no nos creyeron. Azotaron a Martín y me molieron a golpes mientras saqueaban la casa.

—Me alegra que estés seguro aquí, en la misión —añadió—. El padre Antonio es amigo.

—¿Y la tía Lupe? ¿La lastimaron?

—No, a ella no, ni a los pequeños. Los Reynolds son malos, pero no creo que peguen a mujeres y niños —dijo—. Tuviste suerte de no encontrarte al viejo Reynolds. Ése te habría fusilado en el acto. Es peor que los hijos.

—Tío, ¿por qué perdió su rancho?

—Los despojos están pasando por todo Texas contra los mexicanos. Los abogados invalidan las mercedes españolas. Muchos dueños originales intentan defender su casa y su tierra a tiros. Las leyes nuevas en Texas no están de nuestro lado. Si resistimos el desalojo, nos encarcelan o nos matan —intentó explicar—. Muchos amigos míos han muerto defendiendo su tierra... nada, no se puede hacer nada, mi hijo.

«No se puede hacer nada». Esas mismas palabras las había dicho su madre. ¡No se puede hacer nada! Rafe odiaba esas palabras.

Al ver a José con la cabeza baja, derrotado y desesperado, a Rafe le empezó a hervir la sangre. No quería otra cosa que montar, expulsar a los Reynolds, recuperar sus caballos y enderezarlo todo.

—Rafael, ¿qué haces aquí? ¿Por qué estás en El Paso? —preguntó José, cambiando de tema.

Rafe le contó desde el principio: lo que el hacendado don Bernardo le hizo a su hermana; que le disparó en su dormitorio y cabalgó hacia el norte en el Appaloosa robado.

—¿Mataste a don Bernardo? —José se quedó helado ante lo hecho por su sobrino. Tras pensarlo un momento, apretó los labios y dijo—: Yo habría hecho lo mismo.

—Tu madre debe estar enferma de preocupación —añadió—. Trataré de hacerle llegar razón de que estás a salvo en El Paso.

—¡No! —saltó Rafe—. Don Bernardo puede tener amigos aquí. Ni doña Carmela ni las autoridades mexicanas deben saber dónde estoy, aunque mamá sufra.

—Sí… pero aquí en El Paso estarás a salvo —lo quiso tranquilizar su tío.

Rafe dudó cuán a salvo estaba. Ahorcado con soga mexicana o con soga tejana, muerto es muerto.

El padre Antonio entró con una silla de madera. José se sentó a su lado y hablaron de lo vivido por Rafe en el camino al norte. Para cuando terminó el relato, Rafe estaba agotado.

Su tío propuso llevarlo a su casita para que se repusiera.

—A tu tía Lupe le encantará cuidarte —dijo.

—Demasiada gente me busca, tío. No puedo arriesgarme a ponerlos en más peligro. Los problemas me vienen siguiendo.

—Sí, tienes razón. ¿Adónde irás?

—Por favor, tío, vaya al Hotel Stratton. Un hombre llamado George Summers se hospeda allí. Cuéntele lo que pasó y pídale que venga a la misión. Lo reconocerá por las muletas. Quizá él pueda ayudarme.

—Sí, mi hijo —asintió—. Descansa.

En el corredor, el padre Antonio hizo seña a José.

—No es seguro que vaya usted al pueblo. Enviaré a un muchacho a buscar a ese señor, George Summers. Usted vuelva a su casa y quédese allí hasta que yo lo llame. Su sobrino estará seguro aquí.

CAPÍTULO 10

George Summers salió cojeando de la tienda general. Su pierna mejoraba cada día. Avanzando por la acera entre sus muletas, decidió que al día siguiente iría a visitar a Rafe y después partiría rumbo a Santa Fe. Los preparativos de su regreso lo habían retenido más de lo previsto. Las puertas del Singing Lady Saloon se movieron tras él cuando entró a disfrutar de un trago antes de la cena. Apoyó las muletas contra la barra y lanzó una moneda sobre el mostrador, donde giró hasta detenerse. George señaló la botella de Tennessee Sipping whiskey. Se preguntó si sería el bueno o el barato que muchas cantinas servían fingiendo. El cantinero secó un vaso, lo colocó con un golpe seco sobre el pulido mostrador y sirvió un trago lleno.

George tomó su copa y se volvió hacia el salón, apoyando el codo izquierdo en la barra para sostener la pierna.

Sonrió para sí y alzó la copa a los labios. Probó el licor, lo hizo rodar por la boca y echó la cabeza atrás para tragar. Era del bueno. Disfrutando el calor del alcohol, percibió una conversación a su lado. Detuvo el vaso a medio aire: las palabras lo congelaron.

—La ley y el viejo Reynolds andan con sus hombres buscando a un jovencito mexicano con camisa azul, montado en un Appaloosa. Dicen que está herido.

El cuentista hizo una pausa para escupir y falló por mucho la escupidera. Al limpiarse la barbilla, siguió:

—Ya se hicieron de los caballos del mexicano ratero, pero a Eldon lo dejaron bien fregado.

Otro de los hombres aseguró haber visto al alborotador en el pueblo hacía unos días.

George agarró sus muletas y se abrió paso hasta las puertas, dejando el whiskey medio bebido sobre la barra. Rafe necesitaba ayuda; «¿pero cómo hallarlo?», se dijo. Pronto alguien lo recordaría a él con el joven mexicano y vendrían a buscarlo. George cruzó a muletas la calle hasta el hotel.

Al entrar al vestíbulo, el recepcionista lo señaló con gesto severo hacia un rincón junto a la escalera que subía al segundo piso. Allí estaba un muchacho mexicano, callado, vestido humildemente, casi harapiento, con el sombrero apretado contra el pecho.

—Vino buscándolo. Le dije que no podía quedarse aquí, pero no quiso irse —dijo el empleado, visiblemente molesto.

George dio unos pasos hasta quedar frente al chico.

—¿Es usted el señor Summers? —preguntó tímido.

—Sí, soy George Summers.

—Por favor, vámonos, señor —dijo el chico, tirando suavemente de su chaqueta.

—Debe venir. El padre Antonio dice que venga a la Misión de Socorro, por favor —suplicó.

—¿Por qué? —susurró George.

—Su amigo está herido. Debe venir.

El recepcionista los observaba con atención, intentando sin duda captar sus palabras.

—¿Está vivo? —preguntó George en voz baja.

—Sí. Por favor venga —repitió el muchacho, moviéndose nervioso de un pie al otro.

—Vuelve a la misión y dile al padre que iré en cuanto pueda —le dijo George, entregándole una moneda de veinticinco centavos.

El chico corrió fuera del hotel y desapareció.

George se acercó al mostrador. Estaba seguro de que el recepcionista recordaba al joven mexicano que había estado con él y que él mismo había pagado las habitaciones. Los empleados de hotel eran chismosos por naturaleza, y George esperaba que este también lo fuera.

—Por favor, haga que lleven mi maleta al establo. El muchacho me trae aviso de un negocio urgente en Juárez y debo partir de inmediato —mintió. Juárez, al otro lado del río, explicaría la visita del joven mexicano. El recepcionista lo miró con calma, pero George notó que procesaba la información. Si lo que oyó en el salón era cierto, quería que el hombre repitiera esa historia al sheriff y así desviara a los

Reynolds y a la ley en dirección equivocada.

George fue hasta las oficinas del Telégrafo de Texas y Río Grande. Repitió la misma mentira al empleado para enviar un mensaje a su esposa: que iba a Juárez por asuntos de negocios y luego viajaría a Austin. Pagó y salió. Sabía que su esposa se decepcionaría al recibir el telegrama, pero también sabía que los telegrafistas eran famosos por filtrar la información a sheriffs y bandidos por igual.

Esperaba que esa pista falsa le diera tiempo para encontrar a Rafe y ayudarlo. Cojeando calle abajo hacia el establo, alcanzó a ver al telegrafista correr por la acera.

En el establo de Hastings, un viejo mozo negro enganchaba el carro de Summers.

—¿Usted es el que andaba con el joven mexicano el otro día, señor George? —preguntó.

George tragó saliva y respondió en voz baja:

—Sí.

—No se preocupe —sonrió el mozo—. Esos muchachos Reynolds son malos hasta el tuétano. No pienso hacerles ningún favor. Tratan mal a la gente y también a los caballos. Jamás me ayudaron en nada.

—Voy rumbo a Juárez —dijo George, dándole varios billetes—. Le agradecería que le contara a todo el mundo adónde voy —añadió, guiñándole un ojo.

—Claro que sí —rió el viejo, asintiendo con la cabeza.

George Summers enfiló el carro rumbo al sur, hacia Juárez. Se aseguró de que la gente lo viera salir. Pasó por la parte mexicana de El Paso mientras el sol empezaba a ponerse. Tenía contactos en Juárez y pensaba quedarse allí hasta que fuera seguro ir a la misión.

CAPÍTULO 11

Dormir fue buena medicina. Rafe despertó esa mañana con menos dolor al moverse. Escuchaba los murmullos de los hermanos cantando en algún rincón de la misión. El sonido era melódico y apacible. Paz, algo que no había tenido en muchas semanas. Doña Chana entró en la pequeña habitación llevando una charola con el desayuno. Esta vez Rafe podía comer por sí mismo mientras ella lo miraba sonriendo.

—¿Te sientes mejor? —preguntó.

—Sí, mucho mejor.

Después del desayuno, doña Chana lo llevó a otra habitación pequeña y preparó un baño. Rafe disfrutó el lujo del agua caliente y del buen restregado. Dos baños en menos de una semana. Dudaba haber estado tan limpio en su vida.

Doña Chana ayudó a Rafe a limpiar la herida del hombro. Le contó que el hermano Vicente había sacado la bala la noche en que llegó montado en su caballo. El hermano había hecho un buen trabajo y estaba sanando bien.

¡Su caballo, Rayo! Rafe lo había olvidado por completo. —¿Dónde está mi caballo? —preguntó.

—Está a salvo —lo tranquilizó ella—. El padre Antonio lo llevó del convento al establo de un amigo. Ese caballo es un peligro para ti. Está bien guardado y no lo encontrarán. —Rafe suspiró, esperando que lo mismo fuera cierto para él.

Saliendo del baño, se envolvió en una toalla áspera. Doña Chana limpió suavemente la herida y aplicó una pasta de hierbas y un vendaje nuevo. Con el calor del agua y los ungüentos, Rafe pudo mover el hombro sin tanto dolor.

Doña Chana tomó una túnica marrón gastada que estaba sobre la silla y lo ayudó a ponérsela. La túnica era varias tallas más grande, pero era suave. Rafe la ajustó al cuerpo con un sencillo cordón blanco y salió al jardín interior. Caminaba con cuidado, encorvado apenas, y hacía una mueca si se movía demasiado rápido.

El jardín interior estaba rodeado por un alto muro con un arco cerrado por un pesado portón de madera. Halló un rincón soleado y se sentó con cuidado en un banco de piedra junto a un mezquite. Una fuente colonial de tres niveles, junto a una mata de hibiscos rojos, dejaba caer el agua suavemente. El sol bañaba su rostro y calentaba su cuerpo. Rafe observó sin prisa a los chuparrosas, los colibríes que los niños americanos llamaban así. Tonos brillantes de morado, azul, verde y rojo relucían en sus espaldas mientras revoloteaban de flor en flor, deteniéndose a veces para pelear en el aire por territorio. Compartían las flores con abejorros negros que zumbaban pesadamente de arbusto en arbusto. El aire olía dulce a jazmín estrella.

Rafe se recargó en el banco y trató de dejar que la paz del jardín aliviara su enojo y su dolor. Su mente viajó hasta su hogar en México. La familia Ortega había tenido una pequeña granja. Su abuelo y su abuela la heredaron y trabajaron muchos años, como otras familias del lugar. Luego los poderosos dones cambiaron las leyes y les quitaron la tierra. Su abuelo perdió la finca, igual que su tío José había perdido el rancho. Su abuelo y otros hombres resistieron y pelearon. Algunos murieron. Al final, no les quedó más remedio que trabajar su propia tierra para el bastardo de don Bernardo.

—Y ahora —gruñó Rafe—, mi tío José ha perdido su rancho aquí en Texas y esos vaqueros me robaron los caballos. Las palabras de su madre resonaron en su cabeza: «Nada puede hacerse». Cerró los puños y juró que nadie volvería a quitarle nada.

El sonido de caballos llegando a la entrada principal de la misión lo sacó de sus pensamientos. Se incorporó con dificultad y caminó hasta la puerta del jardín. Espiando por una rendija en la madera, vio las gradas frente a la iglesia. Cuatro vaqueros detuvieron sus caballos. El padre Antonio bajó los escalones para recibirlos. Uno de los caballos se encabritó unos pasos. Rafe sintió que el corazón se le detenía al reconocer al jinete: era el tal Roy. Llevaba una camisa distinta y un sombrero, pero era él. Eldon, el hombre al que había cortado con el cuchillo, no estaba.

—¿Dónde está? —gruñó el vaquero más viejo al padre—. Sé que lo sabe. Usted se entera de todo lo que pasa en este valle —dijo señalando al norte—. Todos ustedes los mexes se protegen.

Debe ser el padre de los Reynolds, pensó Rafe, esforzándose por verlo mejor. Era un hombre grande, de panza prominente. Bajo el sombrero asomaban mechones grises. Por su modo de plantarse se notaba que era de los que siempre conseguían lo que exigían.

El padre negó con la cabeza y dijo unas palabras que Rafe no alcanzó a oír. Alzó las manos, las palmas hacia arriba, y volvió a negar.

El viejo Reynolds se volvió hacia dos vaqueros y ordenó:

—Regístrenlo. Quiero que revisen todo.

—Este es un lugar de Dios —protestó el padre—. No puede...

Pero el viejo le apuntó con el arma.

—Puedo, y lo haré. Si escondes a ese mexicano, te juro que el infierno se te viene encima. Será mejor que empieces a rezar.

—Busca en el establo, Roy —ordenó el viejo.

—No puedo, papá—se quejó Roy—. Apenas puedo montar después de la patada que me dio ese cabrón.

Los otros se rieron, y la cara de Roy se torció de furia.

Rafe pensó que debió patearlo más fuerte para que no pudiera montar nunca más.

—Tú ve —le dijo el viejo a otro—. Revisa la misión y el establo. Y busca ese Appaloosa.

Dos jinetes desmontaron y empujaron al padre Antonio a un lado, subiendo a zancadas los escalones.

Unas manos sujetaron los hombros de Rafe y lo apartaron del portón. Tuvo que contener un grito de dolor.

—Ven, ven conmigo —susurró el hermano. Vestía igual, con túnica marrón, y era alto y delgado. Le subió la capucha a Rafe y caminaron rápido por un pasillo estrecho, saliendo por un arco al sol. Un grupo de túnicas marrones trabajaba en el campo pequeño. El hermano alto le puso una pala en las manos y le dijo que cavara.

—Calla y haz lo mismo que nosotros.

Rafe oía gritos y golpes de puertas dentro de la misión. Cavaba sin respirar. Cada palada le quemaba el hombro y la espalda. Los gritos se acercaban, y los hombres salieron al campo. Ninguno de los hermanos dejó de trabajar. Rafe siguió cavando.

—¡Párense! —gritó uno de los vaqueros. Agarró a un hermano y le quitó la capucha. Nadie más se movió.

—Pete, el mex está herido. Vámonos —dijo el otro. Pete empujó al monje al suelo y ambos regresaron al edificio.

Los hermanos continuaron cavando, y Rafe también. Por fin respiró profundo. Uno de los frailes comenzó a cantar suavemente, y los demás se unieron. Rafe terminó tarareando junto a ellos mientras trabajaba.

Un rato después oyó el chasquido de las riendas y el crujir pesado de cascos al alejarse los jinetes. Los frailes no se inmutaron. Rafe siguió con ellos, invisible entre las túnicas. El trabajo dolía, pero el movimiento le aflojó los músculos.

Al terminar, siguió a los hermanos al comedor. Se sentaron a una mesa larga de madera. Doña Chana y otro fraile sirvieron guiso caliente y tortillas. El padre Antonio dirigió la oración. Rezó por el pueblo, por la misión, por Rafe y hasta por los Reynolds.

Rafe se crispó; pensaba que los Reynolds no merecían oraciones ni perdón. Guardó silencio y bajó la cabeza. Después comieron en calma.

Esa noche, de vuelta en su pequeña habitación, pensó en el día. Se preguntó si su tío habría hallado a don Jorge. El padre no le había dicho nada. Estirando el cuerpo adolorido en el catre, cayó en un sueño profundo y sin sobresaltos.

Lo despertaron pasos y campanas. Alguien golpeó la puerta sin entrar. Se puso la túnica y siguió a los hermanos al comedor. Todo era distinto esa mañana; todos se movían con prisa.

—¿Por qué tanta prisa hoy? —preguntó al hermano a su izquierda.

—Es domingo —respondió el fraile—. Debemos estar listos para la misa.

Rafe se dio cuenta de que había perdido la cuenta de los días. Hoy era domingo. Había sido miércoles cuando cabalgó al rancho de su tío y se enfrentó con los Reynolds. Cuatro días. Los hermanos le dijeron que los acompañara. Caminaron hasta la capilla. Con la capucha sobre la cabeza, Rafe se arrodilló entre ellos. Desde debajo de la tela observó a la gente entrar y al padre celebrar la misa. Estaba atento a cualquier señal de los vaqueros, pero sólo vio campesinos recibir la bendición. La capilla era sencilla, con muchas cruces y pinturas en los muros de adobe, como la iglesia de Torreón.

Intentó rezar, pero nada le salía. Al final dio gracias por el padre Antonio y los hermanos que lo habían protegido.

Cuando las familias se fueron y la capilla quedó en silencio, un hermano le tocó el hombro y le indicó que lo siguiera. Salieron por el corredor abovedado y entraron en una habitación pequeña. Rafe se quitó la capucha. Su tío José y su familia llenaban el cuarto.

—Déjame verte. Mira cómo has crecido. Eras tan chiquito la última vez que te vi —exclamó su tía Lupe. Le tomó el rostro entre las manos y lo besó en ambas mejillas y en la frente—. Mírate, ya eres un hombre.

La curiosidad de sus primos pudo más que la timidez. La mayoría no había nacido cuando Rafe los visitó de niño. El cuarto rebosaba de sonrisas y ansias de oír sus historias. Contó la pelea con los Reynolds; los muchachos aplaudieron al saber cómo había pateado a Roy y roto la nariz de Eldon. Su tía chasqueó la lengua, pero los niños vitorearon.

Su primo Martín tenía moretones morados en el rostro y los brazos. Escuchaba en silencio.

—Gracias —dijo Rafe poniéndole una mano en el

hombro—. Lo siento.

—No, odio a los Reynolds. Escupo sobre ellos — contestó—. Los mataré algún día.

Rafe asintió. También él quería matarlos. Su tío José negó con la cabeza.

—No podemos con ellos. No ahora. Algún día, tal vez.

Tía Lupe quiso saber de su madre y su hermana, y de su casa en México. Rafe omitió lo de don Bernardo y lo que le había pasado a María. Los niños pequeños jugaban con su túnica y reían. Sostuvo a su prima Olivia en el brazo bueno. Ella lo besó en la mejilla, aferrada a su cuello.

Al poco tiempo llegó el padre Antonio y dijo que la familia debía irse, temeroso de que los Reynolds tuvieran espías vigilando la misión. Su tía abrazó fuerte a Rafe.

Él se arrodilló, abrazó a los niños y besó a las niñas. Martín le susurró al oído:

—Atraparé a esos desgraciados Reynolds. Te lo prometo.

Rafe asintió. Ahora existía un lazo entre ellos, un lazo de honor familiar.

Después de que se fueron, el padre le dijo que comiera y descansara.

—Debes estar fuerte para montar pronto. Tarde o temprano, los Reynolds volverán. No sé si podamos engañarlos otra vez. Las cosas se están poniendo peligrosas para ti —le advirtió.

Rafe comió con los hermanos en la mesa larga y fue a la capilla para las oraciones de la tarde. Intentó rezar otra vez. Rezó por su madre y su hermana, por su tío, su tía y sus primos, pero no pudo hacerlo por sí mismo. Más tarde, recostado en el catre, lo intentó de nuevo, pero las palabras no llegaron. Terminó durmiéndose inquieto.

Aún estaba oscuro cuando una mano lo despertó. A la luz tenue de una vela vio al padre y a George Summers junto a su cama. Parpadeó para asegurarse de no estar soñando y trató de incorporarse.

—Don Jorge, gracias.

George levantó la mano.

—Rafe, el padre y yo hemos hablado. Coincidimos en que es imposible que te quedes en El Paso. Debes venir conmigo a Santa Fe. Allí podrás empezar de nuevo. Te debo la vida, y además, sin Frank necesito ayuda.

—Sí, mi hijo —asintió el padre—. Debes irte con el señor Summers. No es seguro quedarte. Los Reynolds preguntan por ti en el pueblo, y pronto alguien hablará. Tienes que irte.

Ya no había lugar para él en El Paso, y sin duda habría más problemas con los Reynolds. Aunque le caía bien George Summers, apenas lo conocía. Habría preferido quedarse con su familia, pero si quería vivir, no tenía otra opción.

—Mis caballos... ¿Podemos recuperarlos antes de irnos? —preguntó mirando a don Jorge.

—No —respondió George—. Eso ya terminó. Debemos irnos ahora para salvar tu vida. Olvídalos.

Una vez más Rafe no tenía nada, y nada podía hacerse. Estaba harto de esa vida, harto de no tener nada. Tal vez era mejor morir peleando que huir.

Un día volveré por mis caballos, se prometió.

Sobre la cama había una camisa color crema, pantalones y un sombrero negro Stetson. El padre le dijo que se vistiera y bajara a la cocina.

—Rápido —le indicó—. Debes irte antes del amanecer.

Rafe se quitó la túnica y obedeció.

En la cocina, una lámpara iluminaba débilmente el cuarto. Doña Chana, el padre, su tío y George Summers estaban reunidos. George estrechaba manos y daba las gracias. Doña Chana sostenía un pequeño bulto envuelto en tela marrón. Se lo entregó a Summers y luego abrazó a Rafe.

—Vaya con Dios —dijo, dándole un apretado abrazo.

—Gracias —respondió él, devolviéndolo.

El padre estrechó la mano de José, luego puso una mano sobre el hombro derecho de Rafe y dijo en voz baja:

—Cuídate, hijo mío. La vida puede ser muy corta si

sigues haciendo enemigos de hombres peligrosos. Vaya con Dios, mi hijo.

—Gracias —dijo Rafe, aunque no bastaba. Gracias por salvarlo, por esconderlo, por darle una oportunidad.

George ya estaba sobre el carro. Rafe se despidió del padre una vez más y subió al asiento. Detrás del carro venían dos caballos: uno era Rayo y el otro un alazán negro.

—¡Ye'aaa! —gritó George, azotando las riendas. El carro se lanzó a la oscuridad. El viaje a Santa Fe sería toda una aventura, pero primero debían salir de El Paso con vida esa noche.

CAPÍTULO 12

George llevó los caballos a paso prudente por una vereda poco transitada hacia el norte. La luna les daba la luz justa para distinguir el camino hasta que el cielo del oriente empezó a clarear. No hablaron. Amanecía y apenas estaban al norte de El Paso. El sol asomó sobre el horizonte. La senda, invadida por la maleza, casi dejaba de serlo, y avanzar resultaba desesperadamente lento. Cortaba manchones de gobernadora y yucas altas, pero ofrecía poco resguardo.

Rafe notó la arruga de preocupación cruzándole la frente a don Jorge. Tras dejar varias millas atrás, ambos se pusieron tensos al oír cascos sobre la grava, detrás. Se volvieron y vieron a un jinete solitario acercarse, con el rostro difuso por el resplandor del alba a sus espaldas.

A Rafe se le heló el sudor sobre el labio; las palmas le estaban frías y pegajosas. No veía escape. Llevó la mano al cuchillo, sabiendo que de poco serviría contra un hombre armado y montado.

El jinete siguió acortando la distancia sin prisa aparente. Sus facciones fueron cobrando forma en la penumbra. Rafe clavó la mirada, con la mano crispada en el brazo del asiento del carro. El caballo del hombre se mantuvo en un trotecillo largo hasta emparejarse con el carro.

El jinete volvió la cabeza cuando quedó a la par de Rafe y sus miradas se trabaron. El rostro apuesto del joven a caballo estaba cruzado por un tajo rojo y abultado desde la comisura del ojo derecho hasta la punta del mentón. El jinete alzó los dedos al ala del sombrero.

—Buenos días —saludó.

Rafe no tuvo duda: era el joven caballero a quien él había ayudado días atrás.

—Los seguí desde la misión. El señor Reynolds ofrece cien dólares por la cabeza de su joven amigo —dijo, dirigiéndose a George Summers. Rafe apretó aún más el cuchillo—. ¿A dónde van? —preguntó con calma. No había desenvainado el arma.

—A Santa Fe —contestó George.

—Manténganse lejos de los caminos principales —advirtió el caballero—. Yo diré que los vi irse al sur, hacia México.

Rafe se quedó sin habla. Aquel joven grandee venía a ayudarles, no por el dinero de su cabeza.

—Muchas gracias —le dijo George.

—Váyanse ya, y recuerden: nada de caminos principales —insistió, tocando otra vez el ala del sombrero. Dio la vuelta y espoleó al galope antes de que Rafe alcanzara a decir palabra.

Carlos cabalgó duro tras dejar a los del carro, esperando que hicieran caso a su advertencia. Necesitaba tiempo para poner en marcha su plan y proteger al joven peón mexicano fugitivo, el único que le había tendido la mano a él, un caballero. Mexicanos y gringos miraron cómo su hermano lo golpeaba y escupía en plena calle; sólo el muchacho le mostró bondad. No lo olvidaría. No era como su hermano Benicio; jamás sería como él.

Llegó al establo de Flaco. Se deslizó del caballo y encontró al mozo durmiendo sobre la paja. Lo empujó con la punta de la bota:

—Necesito un caballo fresco.

—Muy temprano, señor —bostezó el muchacho—. Flaco duerme —dijo restregándose los ojos—. Tiene que hablar con él, señor.

—Ve por él. Necesito un caballo ya —ordenó Carlos, tirándole un peso. El chico salió disparado y, mientras tanto, Carlos desensilló su caballo y esperó.

Entró al trote un hombre flaco, barbón y maloliente, con el ceño fruncido. Era claro que no le gustaba que lo despertaran tan temprano.

—¿Qué quiere, señor? —El flaquito midió al joven grandee y a su semental. El caballero tenía dinero, de eso Flaco estaba seguro, y cambió pronto el tono.

—Necesito un caballo rápido a cambio de este semental y su cuido hasta que vuelva —dijo Carlos. Flaco sabía que no tenía nada que se acercara a aquel animal lustroso y se preguntó si el joven entendía de caballos.

—Necesito un caballo ligero —repitió Carlos—. Éste requiere descanso. Llevo toda la noche siguiendo el rastro del muchacho mexicano que buscan los Reynolds.

—¿Lo encontró? —preguntó Flaco con una media mueca. La información valía dinero, y bueno.

—Sé a dónde va —mintió Carlos.

—Tengo una yegua joven. Es rápida. ¡Chico, ensíllala para el señor! —ladró Flaco al mozo. Sabía que lo que el caballero contaba podría venderse bien a los vaqueros del pueblo.

Mientras Carlos amarraba sus cosas a la yegua, Flaco quiso preguntarle más, pero se contuvo. Carlos pagó, montó y salió al sol de la mañana. Llevó la yegua al paso hasta el final de la calle, adrede. Quería que el de la caballeriza lo viera. De reojo, alcanzó a ver al mozo corriendo por la acera.

Al llegar a la esquina, Carlos azotó a la yegua y viró hacia el sur. Cabalgó a toda prisa. En minutos, el caballerizo tendría a los vaqueros en silla para seguirlo.

El mozo regresó sin aliento al establo.

—¡Al sur! —gritó—. El señor va al sur.

—Empieza a ensillar para los cowboys —ordenó Flaco, saliendo a toda prisa—. ¡Y apúrate!

Flaco ensilló su caballo y fue volando de Lilli Jean's Saloon. Sabía que la mayoría de los vaqueros de los Reynolds estaría por ahí. Anoche habían estado preguntando en el barrio mexicano, sobre todo en la Cantina de Los Rosas.

Empujó las puertas batientes y soltó, jadeante:

—¡Tengo información sobre el muchacho mexicano que busca el señor Reynolds!

Un vaquero alto dormía encorvado sobre una mesa del fondo. Se incorporó, alzó el ala del sombrero con dos dedos y fulminó a Flaco con la mirada:

—¿Qué dijiste?

—Tengo información. Me pagan y se las doy.

El vaquero alto se enderezó hasta sus seis pies y cinco

pulgadas. Caminó hacia Flaco y, desde casi un pie por encima, dijo:

—Habla.

Flaco negó con la cabeza.

—Cinco dólares primero.

El grandulón alzó la mano, listo para abofetearlo, pero se contuvo.

—Más vale que por cinco dólares me des algo bueno… o estás muerto.

Flaco contó lo del caballero que cambió de caballo por uno fresco.

—Se fue al sur, y volado —dijo. El vaquero le puso el billete en la mano:

—A nadie más, ¿entendiste?

—Sí, a nadie —respondió Flaco, guardándose los cinco y saliendo a toda prisa a buscar a otros que pagaran por buena información.

El alto gritó al cantinero:

—¡Ponme un trago! No… ¡mejor dos!

Sabía que el whiskey le curaría la cruda. Subió las escaleras de dos en dos y aporreó la puerta del piso de arriba: era el cuarto del viejo Reynolds.

—¡Señor Reynolds, tenemos un pez que pescar! —vociferó lo bastante fuerte para despertar a todo el piso, y luego golpeó las puertas cuatro y cinco—. ¡Arriba, coyotes flojos; vamos a colgar a ese mugroso mexicano!

Los muchachos Reynolds salieron tambaleando, subiéndose los pantalones.

—¡Y échame otro par de tragos! —le gritó el alto al cantinero.

Veinte minutos después, los Reynolds montaban en el establo de Flaco y salían al galope hacia el sur.

CAPÍTULO 13

El avance fue lento por la ruta al norte de El Paso, siguiendo una vieja vereda ganadera que serpenteaba justo al oeste de las montañas Franklin. Aquel antiguo camino mantenía a George y a Rafe lejos del camino principal hacia Las Cruces, Nuevo México. Era un hermoso día de primavera, y aunque estaban cansados, su ánimo era bueno cuando se detuvieron al caer la tarde. No habían visto jinetes en todo el día.

Ambos hombres estaban entumidos por el traqueteo del viaje, pero ninguno se quejaba. Rafe encendió una pequeña fogata y George Summers sacó el paquete envuelto en tela marrón que les había dado doña Chana. El paquete contenía un pan recién horneado, una bola de queso de cabra y un poco de mantequilla fresca.

—Los hermanos fueron generosos —comentó George—. Comeremos esto esta noche. Traje provisiones de sobra en el carro, pero estoy demasiado cansado para cocinar. Prepara café y luego descansaremos.

Rafe puso a hervir el café y comenzó a instalar el campamento. Desenganchó los caballos del tiro y los llevó al arroyo cercano, donde amarró a la pareja junto con Rayo y el alazán negro.

Los dos hombres cenaron en silencio mientras George vertía el café negro y fuerte en tazas de metal.

—Rafe, ¿sabes lo que debemos hacer en este viaje? —preguntó George.

—No, don Jorge, ¿qué?

—Tenemos muchas horas de camino y nada que hacer. Te voy a enseñar a hablar inglés —dijo George—. Empezaremos con los números. Uno, dos, tres. —Contó con los dedos uno a uno en español. Rafe asintió.

—*One* —repitió levantando un dedo.

—Juan —dijo Rafe, levantando también un dedo.

—*One* —repitió George, frunciendo los labios para mostrarle cómo pronunciar la palabra en inglés.

—*One* —repitió Rafe. George sonrió y asintió complacido. Con cada número, lo ayudaba a sacar los sonidos desde la garganta.

—Bueno, ¡*very good!* Hazlo otra vez con todos los números hasta el diez. —Trabajaron juntos; George corregía los sonidos cuando era necesario.

Una y otra vez repitieron las palabras. Pronto, Rafe pudo contar hasta veinte, y a sus oídos sonaba cada vez más parecido al modo en que don Jorge hablaba.

Repitieron los números hasta que el cielo nocturno se llenó de estrellas.

—Ahora cuenta las estrellas —dijo George en español con un ademán, y ambos estallaron en carcajadas, sujetándose los costados. Rafe se llevó la mano al hombro adolorido, pero no pudo contener la risa.

Cuando se acomodó bajo su cobija para dormir, siguió contando una y otra vez. Miró al cielo y contó veinte estrellas. Luego volvió a empezar. Aprendería inglés y haría sentir orgullo a don Jorge, se prometió.

El sol ya tocaba las cimas de las montañas Franklin al oriente cuando Rafe despertó al oír resoplar a Rayo. Se levantó de un salto y vio a don Jorge salir de detrás de una roca abotonándose los pantalones. George levantó la vista, notó su cara preocupada y soltó una carcajada.

—No te apures, amigo. No hay peligro... a menos que vayas detrás de esa roca —bromeó, cojeando de vuelta hacia la fogata.

—Buenos días, *good morning* —dijo George despacio, marcando las palabras.

—*Good morning* —repitió Rafe, sonriendo—. *Good morning*, don Jorge.

George le mostró dónde guardaba las provisiones en el carro. Rafe puso el café sobre el fuego y echó tocino y papas en la sartén. Murmuraba: *one, two, three, four*, contando las tiras de tocino, las papas, todo.

No se demoraron en el desayuno. Rafe dio agua a los caballos, los ensilló y enganchó la pareja. Antes de que el sol calentara, ya iban otra vez por la vereda al norte.

En algún punto de la tarde anterior habían cruzado la

frontera con Nuevo México. El paisaje empezaba a cambiar. George señaló una montaña de cima plana.

—Nuevo México tiene muchas mesas —le explicó.

Durante todo el día, George le enseñó nuevas palabras: números, partes del cuerpo, cosas que los rodeaban. Rafe era un alumno entusiasta, repitiendo y practicando cada palabra, y al caer la tarde ya llamaba a Rayo "*horse*" en vez de caballo.

No vieron a nadie en toda la jornada, pero George mantenía su rifle junto al asiento. Rafe señaló las letras GSW y preguntó:

—¿Qué es eso?

—*George Summers Weaponry* —respondió. Rafe se esforzó en repetirlo, tropezando con la palabra *weaponry*. George tocó el rifle y dijo:

—Pistolas, revólveres, *guns*.

El día fue largo y cansado sobre la vereda. Finalmente se detuvieron en un terreno llano mientras el sol caía en el horizonte. Cuando la noche cubrió el cielo, el aire frío los obligó a acercarse al fuego, envueltos en las cobijas extras que George llevaba en el carro. Las nubes ocultaron las estrellas y un viento fuerte descendió de las montañas.

Hablaron poco durante la frugal cena. George sacó dos impermeables negros del carro y le dio uno a Rafe.

—Puede que empiece a llover —dijo, cubriéndose con el suyo. Rafe hizo lo mismo, avivó la fogata y ambos se durmieron.

El día siguiente amaneció sin sol. George le dijo a Rafe que se apresurara en enganchar los caballos después del desayuno frío. Nubes oscuras ya se extendían por el horizonte cuando avanzaban a tumbos por la vereda. Iban encogidos en el asiento del carro, compartiendo una cobija. El viento levantaba torbellinos de polvo delante de ellos. George urgió a los caballos a mayor paso. Llevaba el ceño fruncido y hablar resultaba difícil entre el polvo que se les metía en la boca.

A dos días de El Paso, no habían encontrado a nadie en la vieja vereda. George se sentía más tranquilo: nadie los había seguido tan lejos. Giró el carro hacia el desierto ralo para alcanzar el camino principal.

—El pueblo de Las Cruces —dijo, señalando al frente—. Llegaremos esta noche.

«Las Cruces, el pueblo de las cruces», pensó Rafe mientras avanzaban. Nubes negras coronaban las montañas, y la lluvia empezó a salpicar la tierra cuando alcanzaron las afueras del pueblo. Retumbaba el trueno a lo lejos; no relámpagos aislados, sino el trueno que gruñe y ruge largo. Relámpagos centelleaban dentro de las nubes, seguidos por el retumbo. Las gotas, grandes como monedas, golpeaban la tierra con chasquidos húmedos, levantando pequeños anillos de polvo.

Ambos se enfundaron los impermeables y Rafe amarró más firme la lona del carro. Llovía a cántaros cuando por fin se detuvieron en la parada de diligencias del Chaparral. Bajaron del carro al lodo, entregaron los caballos al mozo del establo y caminaron hasta el edificio que tenía un letrero: *Bed and Food*. Formaban una pareja curiosa: George cojeando en el fango y Rafe sujetándolo del brazo para mantenerlo erguido, avanzando penosamente hasta la puerta.

El interior del mesón era sencillo y cálido. Una chimenea de piedra redonda crepitaba alegremente, secando el aire húmedo. Faroles de queroseno colgaban de las paredes en soportes de metal. George y Rafe se sacudieron, colgaron sus sombreros y capas en los ganchos del muro.

Tres personas —dos hombres y una mujer— estaban en una mesa, acabando el café. Levantaron la vista hacia los recién llegados y luego los ignoraron. En otra mesa había dos hombres bien vestidos. Un hombre corpulento y desaliñado, con delantal sucio, les hizo señas para que se sentaran en una mesa al fondo. La lluvia repiqueteaba en el techo y en los cristales de la ventana junto a ellos.

—No llegaron en la diligencia —dijo el hombre—. ¿De dónde vienen?

—De Austin —respondió George.

—¡Austin! Vienen de lejos, amigo. ¿A dónde se dirigen?

—A Santa Fe.

—Allá al norte ya debe estar nevando. Esta tormenta es fuerte. ¿Quieren comida? La comida era todo lo que un viajero podía desear, siempre que deseara bistec frito, frijoles y panecillos. La comida estaba caliente y buena, y los dos comieron con ganas.

Rafe pidió más panecillos y mantequilla, en inglés:

—*Please more biscuits* —dijo despacio, señalando el plato. Cuando miró a don Jorge, éste tenía una sonrisa enorme.

El posadero regresó con más panecillos y añadió:

—No hay mucho espacio esta noche. Tuve que parar dos diligencias por la lluvia. Pueden compartir el cuarto de atrás.

—Gracias —respondió George—. ¿Cuánto por la comida y la cama?

—Tres dólares cada uno, incluye el establo pa' los caballos y el carro.

Un relámpago iluminó la corriente de agua que bajaba por la calle frente al mesón mientras tres jinetes se acercaban desde El Paso, empapados hasta los huesos.

Dos vaqueros abrieron la puerta y entraron, sacudiendo la lluvia de sus ropas y golpeando los sombreros contra las piernas. Dejaron un gran charco en el suelo de madera. Se sentaron al fondo, y poco después se les unió un tercer hombre que parecía mestizo.

El indio habló con ellos y los hombres miraron fijo a Rafe, hasta que el posadero les sirvió comida y tragos.

Al cabo de unos minutos, Rafe se inclinó y susurró:

—Esos hombres, allá detrás de usted, me ponen nervioso, don Jorge. No dejan de mirarnos.

George echó una mirada por encima del hombro, sin ver nada fuera de lo común: comían y conversaban.

—Estoy seguro de que nadie nos siguió. Cualquiera que nos rastreara nos habría alcanzado en el paso. Estamos muy lejos de El Paso. Creo que te lo imaginas —dijo, cansado.

Probablemente, pero Rafe no dejaba de sentir

inquietud.

Los truenos y relámpagos seguían rugiendo afuera y la lluvia golpeaba fuerte el techo. Una gotera caía rítmica en un balde junto a la mesa de los vaqueros. El posadero se acercó:

—¿Van a necesitar cuarto esta noche?

—No, nos vamos apenas terminemos aquí —respondió el que miraba a Rafe, sin apartar la vista.

George arqueó las cejas y se inclinó hacia Rafe, murmurando:

—Hmmm, deben de estar locos pa' salir con un temporal así. —Apuró su trago y se levantó—. Vámonos a dormir, estoy muerto de cansancio.

CAPÍTULO 14

Los tres vaqueros observaron al hombre mayor cojear con ayuda del joven mexicano rumbo a los cuartos interiores. Ordenaron otra ronda de whiskey y dejaron que el calor de la chimenea los secara un poco. El resto de los huéspedes se retiró en busca de sus habitaciones hasta que los tres hombres quedaron solos.

El posadero bostezó y se acercó a ellos. —¿Se quedan o se van?

—Nos vamos —gruñó uno.

—Serán dos dólares cada uno —dijo el posadero. El hombre lo miró con dureza. Dos dólares era un robo por la comida y el trago, pero las paradas de diligencias eran famosas por sus abusos.

—Aquí tienes tu dinero —gruñó, metiendo la mano al bolsillo.

Los tres se levantaron, tomaron sus impermeables del perchero y salieron. La lluvia y el viento helado los recibieron del otro lado. Se apresuraron hacia el establo.

En el pequeño cuarto al fondo del mesón, Rafe no podía dormir. Escuchaba el ronquido suave de don Jorge. Sentándose, bajó las piernas de la cama y caminó en calcetines hasta la silla junto a la ventana. Le venían a la mente las palabras de don Jorge: «Hay que estar loco pa' salir con un temporal así».

Desde la ventana se veía el establo. Mientras observaba, una chispa iluminó la oscuridad: alguien encendía un cigarrillo. Los hombres estaban en el establo, de eso no cabía duda.

No se habían ido. ¿Por qué lo harían con semejante aguacero? A Rafe se le erizó el vello del cuello. Sabía que lo habían mirado durante la cena. Todo su cuerpo lo sentía. Apoyándose en los codos, entrecerró los ojos para ver mejor a través de la lluvia. Un relámpago iluminó el patio y el establo. La puerta del establo estaba abierta. No vio a Rayo en el pequeño corral a un lado.

Rápido y en silencio, Rafe se calzó las botas, se ciñó el cinturón y metió la pistola de chispa tras la faja. Abotonó el impermeable negro, se puso el Stetson y salió del cuarto. Si no lo buscaban, ya deberían haberse marchado. Se detuvo un instante a considerar si debía despertar a don Jorge, pero pensó mejor que no. Era su problema.

El mesón estaba completamente silencioso salvo por el estruendo de la tormenta. Rafe avanzó despacio por el pasillo y cruzó el comedor. El fuego se había reducido a brasas en la enorme chimenea. Todo estaba quieto.

Abrió la puerta lo justo para deslizarse al exterior. La lluvia había menguado, pero el viento aún aullaba. El patio estaba encharcado y trató de no chapotear. Haciendo un amplio rodeo, se acercó a la parte trasera del establo. Un rayo cayó muy cerca y bañó el pequeño edificio en una luz fantasmal, dejando a Rafe petrificado. El trueno retumbó por todas partes y la noche lo devoró todo, incluso a él.

Cuando sus ojos se acostumbraron a la oscuridad, avanzó hasta el corral techado. La lluvia goteaba por las láminas de hojalata. Rafe vio al alazán negro junto a otros caballos, pero Rayo no estaba allí.

Con pasos lentos, llegó a la puerta trasera del establo. Los caballos de los forajidos estaban ensillados al fondo, y junto a ellos, Rayo.

—Shhh —susurró Rafe, dándole una palmada en el anca mientras se deslizaba dentro y se movía detrás de los animales. Alcanzaba a distinguir las siluetas de tres hombres cerca del frente y oía sus voces.

—¿Estás seguro que es él? — preguntó el vaquero al mestizo indio.

—Ese Appaloosa del corral tiene que ser suyo — respondió.

—¿Y el otro? Reynolds no dijo nada de ningún dandy, solo del mugroso mexicano —gruñó el más bajo.

—El del establo dijo que vinieron juntos en ese carro y que van pa'l norte. ¿No los viste cenando juntos?

Una cerilla encendida contra la pared iluminó los rostros de los tres. —Digo que los matemos ahora mismo, al mexicano y al viejo. Están dormidos —dijo el más grande, apuntando hacia la posada—. Ustedes vayan y encárguense. Yo espero con los caballos. Los matan y nos vamos por el camino. —El hombre grande hizo el ademán de disparar con la mano.

El viento se llevó parte de las palabras, pero Rafe entendió tres que le helaron la sangre: *kill, mexican, man.* Sabía que tenía razón sobre esos hombres.

Se movió con cuidado por la pared del fondo, evitando las ruedas y trastos del carro guardados allí. Tropezó con un aro de hierro medio enterrado en el barro, pero logró mantenerse en pie. Esquivando la esquina, pasó frente a una puerta abierta hacia el corral. Respiró hondo. Agachándose tras un montón de heno, aguzó el oído. Los tres hombres eran apenas sombras en la penumbra.

—Jimmy, sabes que el viejo Reynolds no nos paga los cien si no llevamos un cuerpo —se quejaba el más bajo—. Hay mucha gente ahí dentro, y el viejo seguro tiene pistola. No somos alguaciles.

—¿Y por qué no nomás nos llevamos el Appaloosa y le decimos que lo matamos? Un caballo así no hay dos —propuso el vaquero.

—El viejo no paga por caballo, solo por cuerpo. Tendremos que agarrarlos en el camino mañana. Irán pa'l norte.

—Dispárenles, no les disparen, pero yo tengo que mear —dijo el más bajo, caminando hacia el fondo donde estaba Rafe. Éste no tuvo tiempo de sacar la pistola. Sentía el corazón retumbarle en el pecho. El hombre orinó junto a la pared y regresó con los otros.

Desesperado, Rafe trató de idear un plan. Pero todos terminaban igual: muerto. Solo tenía una bala. Uno contra tres.

—Apúrate, Billy —gruñó otro. El tal Billy abotonaba los pantalones cuando pasó junto al montón de heno donde Rafe se ocultaba. Los tres se ajustaron los impermeables y montaron. Billy seguía refunfuñando por la lluvia.

—¡Cállate, Billy! El viejo Reynolds nos pagará doble por mojarnos.

—Más vale —replicó Billy—, porque valgo más yo que este pinche mugroso mexicano. Y ya saben, odio esta maldita lluvia.

Los tres salieron del establo y se perdieron en la noche. Rafe se incorporó y corrió a la puerta, pero la oscuridad los había tragado. Sabía que habían tomado el camino hacia el norte.

Esperó unos minutos, luego devolvió a Rayo al corral. Caminó de vuelta al mesón. La lluvia había amainado, pero temblaba de frío hasta los huesos. Se detuvo frente al fuego unos minutos para absorber su calor. Luego regresó en silencio a su cuarto y halló a don Jorge todavía roncando suavemente. Se quitó la ropa empapada, se cubrió con la cobija y cayó en un sueño ligero. Mañana volvería a ver a esos hombres.

CAPÍTULO 15

El sol de la mañana apartó los restos de nubes de la tormenta de la noche anterior. El desayuno estuvo bueno, pero Rafe se mostró inusualmente callado. George Summers lo miró varias veces, pero no le preguntó la razón. Rafe respiró hondo al salir de la posada. El aire era fresco y olía a tierra húmeda y gobernadora.

George pidió al mozo del establo que enganchara los caballos al carromato. El mozo ataba a Rayo y al alazán negro a la parte trasera del carromato y miró a Summers mientras ajustaba el último nudo. —Juro que estos caballos cambiaron de pesebre anoche. Debo de estar medio chiflado—. Se alejó negando con la cabeza.

La yunta avanzó lentamente por el lodo espeso, arrastrando el carromato con los caballos de montar detrás. Al girar hacia el norte, viajaron en silencio, salvo por una tonada que George silbaba suavemente.

—Deténgase, don Jorge. Deténgase aquí— interrumpió Rafe el silbido.

George detuvo la yunta y empujó la palanca del freno. Se giró en el asiento y apoyó el brazo derecho en el respaldo.

—¿Qué pasa?

—Esos hombres, esos hombres quieren matarnos— soltó Rafe de golpe—. Quieren el dinero de Reynolds y quieren matarnos a los dos.

—¿Estás seguro?

—Sí, los oí hablar. Hablar en el granero. Nos matan hoy. Son hombres malos. Este es mi problema—terminó en español, luchando por encontrar las palabras en inglés.

George se frotó la mejilla. —No soy de los que huyen de los problemas—declaró.

—Yo tomo a Rayo y me voy—dijo Rafe—. Así usted estará a salvo.

—No—replicó George—, enfrentaremos esto juntos.

—No, no, yo me voy—. Rafe fue interrumpido por la

mano de George en su brazo.

—Iremos por allá—suplicó Rafe señalando al oeste.

—Nos rastrearían tarde o temprano. Aquí al menos sabemos que nos esperan—insistió George.

Metiendo la mano bajo el asiento, George sacó dos pistolas. Ambas tenían grabadas las iniciales GSW en el cañón. Dejó una a su lado en el asiento y colocó la otra sobre la tabla de los pies. Le entregó el rifle a Rafe.

—Toma esto—. Soltó el freno y azuzó a los caballos, avanzando despacio.

El camino seguía fangoso por la lluvia de la noche anterior. Los arbustos eran bajos y no ofrecían escondites para una emboscada. El carromato se atascó un par de veces en el barro profundo. Buscaron huellas, pero la lluvia había borrado cualquier rastro de los tres vaqueros.

—He recorrido este camino muchas veces—dijo George—. Es abierto hasta llegar al Paso del Whiskey. Creo que podrían intentar atacarnos allí. Se ocultarán entre las rocas.

—¿Qué tan lejos? —preguntó Rafe.

—Un poco más de una hora.

George avanzó lentamente con el carromato. Rafe se sobresaltaba y apuntaba el rifle ante cada crujido entre las gobernadoras. El carromato avanzaba pesadamente por el camino lodoso hasta que el terreno empezó a cambiar y divisaron las estribaciones más adelante. Finalmente, George detuvo la yunta.

—Rafe, toma a Rayo y rodea las colinas por el este— dijo señalando a la derecha—. El suelo húmedo mantendrá tus pasos silenciosos y sin dejar rastro de polvo. No estarán vigilando por ese lado, y creo que podrás acercarte por detrás. Colócate donde puedas ver el camino. Esperaré lo suficiente para que llegues antes de seguir. Los confundirá si me ven solo. Si me dejan ir, nos encontramos más adelante.

Rafe asintió y saltó del carromato. Desató a Rayo y se montó de un salto. Había cabalgado sin silla muchas veces en la hacienda y le encantaba sentir la fuerza del caballo directamente bajo él. De alguna forma, hoy necesitaba sentir ese poder.

—Tenga cuidado—insistió George, y Rafe asintió. Encaminando al caballo hacia el sol de la mañana, Rafe galopó hacia el norte y el este. Miró hacia atrás y vio a don Jorge todavía sentado en el carromato. Rayo avanzaba con paso firme y silencioso por el suelo húmedo. Instintivamente, el caballo parecía saber a dónde ir, y pronto coronó la cima del cerro. Rafe desmontó y ató al caballo a un arbusto. Continuó a pie, con cautela, asomándose detrás de cada roca.

—Ya deberían venir—gritó una voz. El corazón de Rafe se detuvo. La voz venía justo debajo de él.

—Cállate, Billy—gruñó otra voz más alejada—. Tú solo prepárate y mantente listo.

Billy gruñó. Rafe oyó movimientos, pero no pudo verlo. Paso a paso rodeó otra roca. Un sombrero apareció a unos seis metros abajo, a la izquierda. Rafe se acomodó detrás de una gran roca con una hendidura para apoyar el rifle. Tanto él como Billy podían ver el camino, pero Rafe también lo tenía en la mira.

El sol calentaba la espalda de Rafe. Estaba cómodamente asentado tras la roca con el rifle apuntando a la espalda de Billy. Usó la piedra para equilibrar el peso del arma, aliviando el dolor en el hombro izquierdo. Los minutos pasaban lentamente. Billy, que llevaba rato sentado, se movía inquieto. Rafe quería abrirle un agujero enorme en la espalda, pero se contuvo. Esperó.

De pronto, Billy silbó, y Rafe vio el carromato acercándose lentamente por el camino. El hoyo en su estómago se le apretó. El vaquero más alto, montado a caballo, salió al camino frente al carromato.

—¡Whoa! —gritó Jimmy a los caballos de tiro.

George tiró de las riendas. —Buenos días—dijo con voz amable.

Jimmy miró el carromato y al caballo negro amarrado detrás. —¿Dónde está? ¿Dónde está el mexa?

—Estoy solo, señor—respondió George—. No hay nadie conmigo.

—Estuvo con usté anoche en la parada de

diligencias—gruñó Jimmy—. ¿Qué demonios intenta?

—Ah, el joven del que habla. Sí, nos encontramos allí, pero él siguió su camino al oeste esta mañana.

—Miente—maldijo Jimmy—. ¡Joe, revisa la parte trasera del carromato! —gritó detrás de él. El mestizo indio salió de entre las rocas a pie y saltó al carromato. Tras unos minutos gritó:

—No hay nadie aquí atrás, pero hay dos monturas.

Rafe oyó el comentario del mestizo indio sobre las dos sillas. Se le hundió el corazón. ¿Por qué no tomó tiempo para ensillar a Rayo? Estúpido.

—Sabía que era un mentiroso—Jimmy sacó su pistola del cinto. Rafe apuntó el rifle a su espalda. Esta vez estaba listo para el retroceso.

—Así que tengo una silla extra. ¿Cree que el joven se fue montando sin ella? —habló George con calma, como si ignorara el arma apuntándole. Jimmy vaciló mientras procesaba la información. Nadie cabalgaba sin silla cuando tenía una. Su mente lenta no sabía qué pensar. El tiempo se detuvo, y los segundos pasaron como minutos.

El sudor resbaló por la espalda de Rafe. Pudo ver que el hombre más grande meditaba lo que don Jorge le decía.

El viejo Reynolds no estaba pagando por este hombre, solo por el grasiento. Jimmy comprendió que Billy tenía razón y que debieron atraparlos anoche en la posada. Matar a ese viejo no les serviría para cobrar la recompensa, pero el hombre debía saber algo.

—¿A dónde va? —exigió Jimmy tras una pausa.

—Al oeste, creo—respondió George.

—Sí, ¿a dónde al oeste?

—Miente—gritó Billy—. Él y ese mexa son uña y mugre. El mozo del establo dijo que llegaron juntos. Están confabulados.

Jimmy alzó de golpe la pistola y la apuntó a George Summers. Nadie iba a dejarlo en ridículo. —Has estado mintiendo y ahora lo vas a pagar—gruñó.

Rafe vio a Jimmy levantar el arma. El retroceso del rifle apenas lo sacudió cuando apretó el gatillo y la bala atravesó la espalda de Jimmy. El hombre se desplomó y cayó del caballo. Billy se giró al oír el disparo proveniente de detrás, solo para quedar mirando el cañón del rifle.

—No se mueva o disparo—dijo Rafe con calma, de pie a unos tres metros, apuntando al pecho de Billy.

Billy abrió la boca, luego la cerró, y comenzó a levantar su rifle, pero Rafe ya estaba listo. Dos detonaciones retumbaron entre las rocas, aunque no salieron del rifle de Rafe.

—¡No se mueva! —repitió Rafe.

—¡Pinche grasiento apestoso, mataste a Jimmy! —maldijo Billy. Hizo un ademán para alzar el arma, pero Rafe jaló el gatillo. El cuerpo de Billy voló varios metros y cayó al suelo, muerto.

Rafe miró hacia el carromato sin saber qué encontraría. Don Jorge estaba de pie sobre el asiento; el mestizo indio yacía muerto en el suelo. El cuerpo de Jimmy seguía tendido frente al carromato, sin moverse desde que Rafe lo había derribado. Asegurándose de que Billy estuviera muerto, Rafe escupió sobre él.

—Yo no soy un grasiento—. Escupió otra vez. No diría oración alguna por ese muerto y le daba igual si Dios lo perdonaba o no. Regresó adonde había dejado a Rayo, montó y descendió entre las rocas hasta el carromato.

—¿Está herido? —preguntó a don Jorge.

—No.

Mirando al vaquero muerto, Rafe dijo.

—Él lo habría matado.

George asintió. —¿Y el otro? —preguntó.

—Muerto—. Rafe señaló hacia las rocas—. Quiso dispararme. ¿Deberíamos enterrarlos?

—No, no los enterraremos. Déjalos así. Es lo que merecen. Avisaremos al sheriff en Socorro—dijo George.

Amarrando a Rayo detrás del carromato junto al alazán, Rafe volvió a subir al asiento. Mantuvo la vista fija al frente. Con un silbido agudo y un chasquido de las riendas, avanzaron.

Pasaron varios minutos antes de que George sonriera y, con una mirada de reojo, dijera:

—¡Me salvaste la vida otra vez!

—Sí, ambos salvados—respondió Rafe con seriedad, sin apartar la mirada del horizonte. Los hombres cabalgaron en silencio por muchas millas. George supuso que Rafe estaba perturbado por las muertes. Finalmente, decidió romper el silencio.

—Esos hombres eran bandidos—le dijo a Rafe—. No debes sentirte mal por lo que hiciste.

—No me siento mal—respondió Rafe. Lo que le pesaba era no haberle contado a don Jorge que mató a don Bernardo a sangre fría. Ese hombre arriesgó su vida por él sin saber la verdad. Tragó saliva y le relató a don Jorge los sucesos en Torreón y cómo huyó con el Appaloosa.

—Soy un asesino y un ladrón de caballos—le confesó Rafe.

—Sí, lo sé—respondió George—. Tu tío me contó la historia en la misión.

Rafe se quedó helado. Don Jorge sabía de su pasado y no había dicho nada; sabía del asesinato en Torreón y aun así lo ayudó.

CAPÍTULO 16

Después de varias horas, una caravana se acercó desde el norte. Eran carromatos de carga que venían de Socorro. George Summers saludó al conductor y le contó sobre los forajidos, el ataque y los cuerpos en el camino. Le pidió al conductor que avisara al sheriff en Las Cruces. Le dio su nombre para que se lo dijera al sheriff, pero no le explicó por qué los bandidos los habían atacado.

—Entonces tuvo suerte. Hemos tenido más problemas últimamente con forajidos que asaltan carromatos en este camino—dijo el conductor—. Al menos eran dos.

—Sí, tuvimos suerte—respondió George—. Mucha suerte.

El Camino de Chihuahua hacia Santa Fe estaba endurecido por el uso constante y, conforme el sol secaba la lluvia nocturna sobre el camino gastado, el viaje se volvió menos brusco y pareció que avanzaban con mejor paso. Era difícil medir el progreso, pues los kilómetros vacíos se extendían interminables, tanto delante como detrás de ellos.

Los jinetes que venían del norte se detenían a charlar. Hablaban de bandidos, de indios y del clima. Decían que la tormenta de ayer había traído una fuerte nevada al norte de Albuquerque.

Cuando el susto y el miedo del encuentro con los forajidos se disiparon, George reanudó las lecciones de inglés. Cada día, la habilidad de Rafe para hablar aumentaba. Cada noche practicaba las palabras y oraciones aprendidas durante el día. George elogiaba sus progresos. Era evidente que Rafe tenía un don para aprender.

—Absorbes todo como una esponja—le dijo George en tono de aprobación.

—¿Como una esponja? —preguntó Rafe confundido—. ¿Aprendo como en un baño?

George estalló en carcajadas, golpeándose el muslo sano. Su vínculo de amistad se fortalecía con cada milla recorrida en el camino. Al detenerse esa tarde, al sur de Albuquerque, se salieron del sendero para acampar junto al Río Grande. Allí el río era ancho y poco profundo. Rafe se maravilló de los cambios en el río y de su extensión. Recordó haberlo cruzado semanas atrás al entrar en Texas. Grandes bandadas de aves se posaban en los humedales y veían ciervos con frecuencia cerca de la orilla.

George sacó una de las pistolas GSW del carromato y se la entregó a Rafe.

—Tienes en tus manos una de solo tres pistolas de doble acción en el mundo—dijo.

Rafe admiró el arma sosteniéndola con ambas manos. La levantó y apuntó a un árbol cercano. Su mano se amoldó al puño del arma a la perfección. George extendió la mano y Rafe se la devolvió.

—Mi socio Frank y yo diseñamos y construimos esta pistola en Santa Fe, en nuestro taller—explicó—. Hasta ahora, los revólveres solo funcionaban con acción simple: primero se monta el martillo y luego se aprieta el gatillo—. George amartilló el arma, la levantó con destreza y disparó, abriendo un agujero en un arbolito cercano.

—Esta pistola tiene doble acción. Puedes amartillarla y disparar, como acabo de hacer, o disparar así—. Levantó de nuevo el arma y apretó el gatillo cuatro veces seguidas, sin tocar el martillo. Cuatro balas destrozaron el árbol herido.

—La llamamos revólver GSW de doble acción. Frank y yo regresábamos de Fort Stockton, donde mostramos esta pistola a oficiales del ejército, cuando los indios nos atacaron. Estaríamos muertos, quiero decir, yo estaría muerto, de no ser por esta pistola—. Su voz se quebró ligeramente al final.

George recargó el arma y se la entregó a Rafe. —Toma, pruébala tú.

Rafe tomó la pistola y apuntó hacia un árbol pequeño cercano. Apoyando el talón de la mano derecha en la palma de la izquierda, apretó el gatillo dos veces. La corteza saltó en astillas al impacto de las balas calibre .45. Rafe miró a don Jorge y sonrió.

—El amigo de mi padre, Samuel Colt, no creía que yo pudiera hacerla funcionar sin montar el martillo cada vez. Es un poco menos precisa al disparar de ese modo, pues el retroceso hace que el cañón salte, pero hay algo que decir del poder de fuego en volumen.

¡PUM, PUM, PUM! Rafe volvió a disparar hasta que el árbol se inclinó herido.

—Ahora es tuya—dijo George señalando el arma en las manos de Rafe—. Cada pistola es distinta. Debes prestar atención a cada detalle cuando practiques con ella. Incluso el clima la afectará. Trátala como a un buen caballo, como a Rayo. Cuídala, mantenla limpia y seca, y respétala.

Rafe se sonrojó e intentó protestar, pero George levantó la mano. ¡El arma era magnífica! Nunca antes Rafe había recibido un regalo tan valioso. George lo observó complacido mientras Rafe, con reverencia, deslizaba la pistola en su cinturón.

—Te la ganaste—insistió George.

Rafe le respondió a don Jorge con una sonrisa amplia, casi infantil. Sacó el arma varias veces y la volvió a colocar detrás del cinturón.

Rafe cazó un ganso gordo para la cena con su nueva pistola. Había leña abundante cerca del río y pronto encendió un fuego para asar el ave. Los caballos, con las patas amarradas y pastando cerca, comían contentos la hierba verde que crecía junto al río.

El sol aún no se había ocultado del todo, pero estaba lo bastante bajo como para no dar calor. Las noches se volvían más frías conforme avanzaban hacia el norte. El humo del fogón se alzaba y George silbaba una tonada mientras volteaba el ganso.

Mientras juntaba más leña para la noche, Rafe miró hacia el campamento y, al ver a don Jorge, fue invadido por una emoción profunda. Sintió una esperanza que hacía mucho no sentía.

—Gracias a Dios—agradeció al cielo.

Soltó la carga de leña junto al fuego, se sacudió las manos y limpió los restos de corteza de su camisa y pantalones. —*Firewood keep us warm*—dijo en su mejor inglés.

George asintió y levantó la vista hacia él mientras giraba el asador. Rafe intentaba hablar más inglés y, aunque no siempre lo hacía bien, George se maravillaba de su progreso.

—Rafe, ¿has tenido escuela alguna vez?

—No escuela. Trabajo. Trabajo duro para comer. Trabajo con caballos—explicó.

—Cuando lleguemos a Santa Fe, te contrataré un maestro. Será importante que tengas educación formal. Quiero que trabajes en mi fundición, y los números y la escritura son habilidades necesarias en los negocios. Te enseñaré todo sobre las armas.

Esa noche, junto al fuego, hablaron sobre pistolas y sobre las posibilidades que el futuro podría ofrecer.

Dos días después, la gris mañana de inicios de primavera comenzó fría y nublada, con un viento cortante del norte. El camino de Albuquerque a Santa Fe estaba muy transitado, dejando surcos duros en el barro helado y la nieve. Desde Albuquerque habían pasado las noches en paradas de diligencia, refugiándose del frío penetrante. Cada día avanzaban enfrentando el viento gélido. Al norte, Rafe podía ver las montañas cubiertas de nieve. El frío le calaba los huesos, y ni siquiera una manta le bastaba para mantenerse caliente. Nunca hacía tanto frío en Torreón. Miró a don Jorge, castañeteando los dientes. George sonrió con complicidad.

—Hará aún más frío cuando lleguemos a Santa Fe. Deberíamos llegar esta noche—dijo.

Rafe le devolvió una sonrisa helada. —Te conseguiré ropa más abrigada—le aseguró George—. Sube al carromato y sal de este viento.

—No—negó Rafe con la cabeza. Una nueva vida lo esperaba en Santa Fe, y quería verla desde el primer instante.

CAPÍTULO 17

A siete mil pies sobre el nivel del mar, el aire era delgado y cortante. Los cielos de principios de primavera solían ser de un azul aguado cuando no soplaban tormentas con sus nubes algodonosas. Hoy el cielo era gris pizarra. La nieve, azotada por un viento aullante, mordía la piel de Rafe por encima del pañuelo y trataba de arrancarle el sombrero Stetson de la cabeza. Lo llevaba bien ceñido bajo el mentón y mantenía el ala inclinada hacia abajo. Alcanzaron la cima de una colina con vista a Santa Fe.

—Ahí está, amigo. Santa Fe, la capital del territorio de Santa Fe de Nuevo México —declaró George Summers señalando el viejo pueblo a lo lejos.

Rafe se cubrió los ojos del viento. Lágrimas le corrían por las mejillas, no por emoción, sino por el frío, que convertía las gotas en diminutos granos de hielo. Asintió y gritó:

—¡Gracias a Dios! —pero el viento se llevó sus palabras. Miró hacia el norte y vio las montañas nevadas y formidables. El paisaje cambió de árido y desolado a un campo cubierto de enormes peñascos, como si algún gigante hubiera jugado con las rocas. Entre las rocas crecían árboles de hoja perenne, cortos y doblados por el viento. A lo lejos, todo era blanco bajo la nieve.

Al descender hacia el valle, rodeados de altas montañas, pequeñas casas de adobe salpicaban el paisaje. Los techos planos de las casitas estaban cubiertos de nieve, pareciendo glaseados de blanco. Delgadas columnas de humo gris salían de las chimeneas. Si había jardines, flores o campos, estaban también sepultados bajo la nieve. Rafe se preguntó cómo sobrevivía la gente en aquel clima.

Era evidente para Rafe que don Jorge se alegraba de estar de regreso. Seguía hablando animadamente:

—Este territorio solía ser el Reino de Nuevo México, reclamado para el Rey de España a fines del siglo XVI. Francisco Vázquez de Coronado fue el primer español en explorar esta región —continuó. Rafe temblaba y asentía sin decir que no entendía la mitad de lo que oía.

George prosiguió feliz su lección de historia. —En el siglo XVII, el tercer gobernador de Nuevo México, don Pedro de Peralta, nombró el asentamiento La Villa Real de la Santa Fe de San Francisco de Asís. Más tarde se acortó a Santa Fe —comentó.

Mientras avanzaban, el camino se convirtió en una calle y comenzaron a alinearse construcciones a ambos lados.

—¿Hace este frío todo el año? —preguntó Rafe, tiritando y empezando a dudar si podría resistir.

George rió. —En un par de semanas el invierno habrá terminado y todo se pondrá verde. El sol es cálido aquí en verano. Es agradable una vez que te acostumbras. Mira, ahí está la Iglesia de San Miguel, construida en 1610 —señaló una iglesia a su izquierda que recordó a Rafe la de Torreón.

Cruzaron el río Santa Fe entrando a la plaza principal. Siguiendo por la calle Alameda giraron al este sobre Palace Avenue. A la izquierda, George señaló el Palacio de los Gobernadores, el edificio legislativo del territorio. La construcción de adobe de un solo piso se extendía a lo largo de un costado de la plaza central. La nieve se aferraba al techo sobre los arcos curvos.

Aun con el frío y la nieve, la plaza bullía de vida. Los edificios mantenían el estilo español, con techos planos y muros estucados sostenidos por pesadas vigas de madera. Restos de enredaderas muertas asomaban entre la nieve y coloridas ristras de chiles rojos colgaban del portal, brindando un poco de refugio a los transeúntes. La gente vestía gruesos abrigos de piel. Algunas mujeres bajas, de largas trenzas negras, llevaban pesados vestidos tejidos y grandes joyas de plata y turquesa. Una de ellas cargaba a un bebé envuelto en una manta sobre la espalda.

Atravesaron la plaza y siguieron por el camino que salía del pueblo. George señaló las murallas fortificadas del Fort Marcy, que protegían la ciudad desde la cima de una mesa en la distancia.

El carro avanzó lentamente fuera de la ciudad por menos de una hora antes de girar al norte y pasar por un portón con una marca que indicaba su llegada al Rancho GSW. Siguieron un sendero serpenteante hasta una extensa casa de campo y se detuvieron frente a una gran vivienda rodeada por un pórtico cubierto. La casa estaba construida con adobe blanqueado y piedra de río redondeada usada en los cimientos y para los detalles. Grandes vigas de pino sostenían el pórtico. El techo a dos aguas, cubierto de tejas rojas, lucía ahora una capa de nieve. La línea del techo se interrumpía en el centro por un segundo piso que se extendía a lo largo del tercio medio de la casa. Grandes ventanas y puertas dobles daban paso a un amplio balcón.

El carro se detuvo con un balanceo. George aseguró el freno. De pronto, la puerta principal se abrió de golpe, estallando con niños, perros y una hermosa mujer que Rafe supuso era la esposa de don Jorge, doña Josefina.

George bajó del carro tan rápido como su pierna se lo permitió y fue recibido al instante por su familia. Rafe se bajó el pañuelo del rostro y sonrió al ver aquella explosión de cariño y alivio. Todos hablaban y reían al mismo tiempo.

Más personas aparecieron desde el costado de la casa. Rafe supuso que venían de los múltiples edificios al este del patio del rancho. La casa principal era solo una de varias construcciones. La cantidad y el tamaño impresionaban, mayores incluso que los de la hacienda de don Bernardo. El edificio más grande tenía una chimenea de la cual salía una espesa columna de humo negro.

George abrazó a su esposa, la levantó y giró con ella antes de besarla con fuerza. Con un brazo la rodeó por los hombros y comenzó a caminar hacia las escaleras del frente. Volteó hacia atrás y le hizo una seña a Rafe para que lo siguiera.

Rafe saltó del carro y siguió a don Jorge y a su familia hacia la casa, y con ello, hacia su nueva vida.

*   *   *

CAPÍTULO 18

Cabalgando hacia el sur sobre Rayo, Rafe reflexionaba sobre cómo el tiempo cambia la perspectiva y los anhelos de una persona. Cuatro años atrás había sido un joven mexicano flaco, hambriento y fugitivo, luchando por su vida. Ahora, con veintiún años de edad, su tiempo con George Summers, el hombre a quien llamaba don Jorge, había nutrido su mente, su cuerpo y su espíritu. Medía más de un ochenta, sus hombros eran anchos, y su cuerpo se había fortalecido trabajando en el rancho y la fundición de los Summers. Su rostro, antes juvenil, se había tornado reciamente apuesto. Sus ojos castaños oscuros y su sonrisa pícara derretían los corazones de las jóvenes en Santa Fe.

Muchas de las muchachas de Santa Fe trataban de atrapar a Rafe, y con razón. Era guapo, educado y hablaba un inglés impecable. Vivía y trabajaba con George Summers, un empresario muy respetado.

Rafe disfrutaba la atención de las jóvenes hermosas de Santa Fe. Les concedía bailes y coqueteaba con ellas en los eventos de la iglesia, pero seguía enfocado en su educación y en su éxito, al menos por ahora.

Con la sangre de Rayo y una yegua comprada por don Jorge, estaba desarrollando su propia raza de caballos Appaloosa. Había convertido aquel hermoso par en un incipiente negocio de cría. Rafe trabajaba de día en la fundición de armas y de noche en el establo. Los rancheros y jinetes de la región empezaban a reconocer la marca RO de Rafe como una línea de sangre de calidad entre los Appaloosas. Había criado y entrenado dos crías de Rayo; vendió el potro y cambió la potranca por otra yegua de cría. Esa primavera nacieron dos potrillos más. Con la ayuda de don Jorge compró un terreno de cincuenta acres, justo al este del rancho de los Summers. Todavía vivía con la familia, pero algún día, tal vez no muy lejano, construiría su propio hogar y su criadero de caballos.

George Summers tenía dos hijas, y desde el día en

que Rafe llegó a Santa Fe cuatro años atrás, lo trató como a un hijo. Rafe veía ahora a George como a un padre, y a su esposa Josefina y a las hijas, como familia. El giro del destino que los unió había cambiado su vida para siempre. George, en más de una ocasión, expresó su asombro y orgullo por la rapidez con que Rafe aprendía, y Rafe descubrió que tenía hambre de conocimiento.

Agradecido por todo lo que su familia adoptiva había hecho por él, Rafe sentía amor y respeto por don Jorge y doña Josefina. Sin embargo, no pasaba un solo día sin que rezara por su madre y su hermana. Las extrañaba con el alma.

Rafe comenzó trabajando en la fundición y herrería desde el nivel más bajo. Paleaba carbón, accionaba los fuelles y barría al final del día. George le enseñó los secretos de fabricar acero fino, conocimientos aprendidos de los artesanos del acero de Toledo, España. George había pasado más de un año en España perfeccionando su arte y regresó a Nuevo México con ese saber y con Josefina, su esposa.

Rafe estudió los diseños GSW para pistolas y rifles. En una de las fundas de su silla de montar llevaba una escopeta de cañón corto diseñada por él mismo.

Durante esos cuatro años, George y Rafe viajaron muchas veces juntos para visitar proveedores y clientes. A menudo reían al recordar su primer viaje en carreta. En una ocasión cabalgaron hacia el este hasta Topeka y de ahí tomaron el tren a Chicago para reunirse con los intermediarios de hierro. Se alojaron en un hotel alto, en habitaciones del sexto piso. La vista desde esa altura mareaba a Rafe. Por las noches cenaban en restaurantes lujosos y asistían a obras de teatro en grandes teatros.

El negocio de fundición y armas prosperaba. George Summers tenía pedidos del ejército y estaba considerando abrir otra fundición en San Luis.

Ahora, Rafe se dirigía al sur en su primer viaje de negocios en solitario. Al despedirse, cuando inclinó el sombrero y espoleó a Rayo y al caballo de carga hacia la puerta principal, notó que George estaba nervioso, aunque trataba de ocultarlo. Le había dicho que Las Cruces era lo bastante lejos. El Paso podría ser tentador, pero le hizo prometer que regresaría en Las Cruces.

—Y hospédate en el Hotel Brinker —le aconsejó. Rafe lo prometió, aunque la idea de visitar a su familia en El Paso lo tentaba.

En viajes anteriores, Rafe había conocido a la mayoría de los comerciantes y armeros que planeaba visitar. Llevaba consigo los modelos más recientes de las armas GSW. Haría demostraciones y tomaría pedidos a lo largo del Camino de Chihuahua.

Llevaba tres días de camino desde Santa Fe cuando llegó a Albuquerque. Estaba satisfecho con los pedidos que consiguió en Placito y Bernalillo. La tarde anterior había visitado la Tienda Mercantil de Wagner en Bernalillo. Después de los saludos y de hablar sobre la salud de George, salieron al costado de la tienda. Rafe sonrió al recordar la expresión asombrada de Jacob Wagner cuando disparó cinco tiros rápidos con uno de los rifles repetidores contra su pila de leña. Las armas GSW eran de alta gama, mucho más caras que las que usaban la mayoría de los vaqueros. Aun así, Wagner hizo un buen pedido de pistolas y rifles, y además le compró dos escopetas de cañón corto antes de que Rafe continuara hacia Albuquerque.

A Rafe le gustaba Albuquerque. Él y don Jorge viajaban allí con frecuencia. La ciudad era más grande y bulliciosa que Santa Fe. Los caminos ganaderos y de diligencias se cruzaban en Albuquerque. El Camino de Chihuahua seguía el río Bravo hacia el norte y el sur, mientras que el Camino de Mojave lo hacía de este a oeste. Diligencias y carretas transitaban en todas direcciones, y grandes manadas de reses esperaban en los corrales a ser trasladadas.

Cuando las familias españolas se establecieron allí, cerca del Río Grande, organizaron el pueblo siguiendo el modelo colonial español, con una plaza central anclada por una iglesia. En Albuquerque, la iglesia de San Felipe de Neri ocupaba el lado norte de la plaza. Cada día su campana llamaba a los fieles al culto.

Un quiosco de madera se alzaba en el centro de la plaza. En las noches cálidas de verano los mariachis tocaban mientras la gente paseaba y los niños jugaban. Al igual que en Torreón, los jóvenes y las muchachas solteras coqueteaban, caminando y conversando en torno a la plaza.

Alrededor de la plaza, pequeñas tiendas ofrecían sus productos. Rafe se detuvo en Grady's General Store, en el lado sur. John Grady llevaba años comprando armas a George Summers. Le estrechó la mano con entusiasmo.

—Hola, Rafe —dijo—. ¿Dónde está George?

Todos hacían la misma pregunta, queriendo saber si George Summers seguía bien de salud.

—George está bien —lo tranquilizó Rafe—. Está en la fundición. Éste es mi primer viaje solo.

—Maravilloso. Tienes que quedarte a cenar. Mi esposa y mis hijas estarán encantadas de verte. Insisto. ¿Te hospedas en el hotel?

—Muy amable. Aún no me registro, pero me quedaré en el Plaza Hotel.

John y Rafe hablaron de armas casi dos horas. Al final, Grady le compró el pedido más grande que su tienda había hecho jamás. Corría la voz por los caminos sobre la calidad de las armas GSW, y la tienda de Grady las vendía con rapidez.

Rafe llevó a Rayo y al caballo de carga al establo. El viejo Russ cuidaría bien de ellos y daría a Rayo avena extra. Por unos dólares más, aseguraría las armas de muestra. Rafe le pagó cuatro dólares y le dio las gracias. Don Jorge siempre decía que si uno paga bien, obtiene más de lo que paga.

Con su maletín al hombro, Rafe caminó por la plaza rumbo al hotel. Una brisa ligera agitaba los enormes álamos del Río Grande. Ya no caminaba con la cabeza baja. Con el pecho erguido y paso firme, saludaba a la gente por la calle. Algunos le devolvían el saludo, otros no. No le importaba.

Al entrar al hotel, el recepcionista lo reconoció. —¿Dos habitaciones?

—No, sólo una —respondió Rafe.

—¿El señor Summers no viene con usted?

Rafe sonrió. —No, se quedó en Santa Fe.

—Habitación cuatro, ya sabe cuál es —dijo el recepcionista, algo menos conversador que cuando George Summers lo acompañaba.

Subió las escaleras y abrió la puerta del cuarto número cuatro. El lugar le recordó su primera noche en un hotel, aquella en El Paso con don Jorge. Parecía una vida entera atrás. Recordó el miedo que sintió entonces de tocar cualquier cosa. Puso el maletín sobre la cama, se lavó la cara y las manos en el lavabo y se secó con una toalla. Se puso una camisa limpia y bajó con las sucias.

—¿Podría mandar lavar esto? —preguntó al recepcionista.

—Sí, señor.

La familia Grady vivía a unas cuadras de la plaza, en una modesta casa de adobe rodeada por un muro cubierto de enredaderas floridas. Una puerta de madera aseguraba el perímetro.

Rafe abrió el pestillo y entró al jardín. La señora Grady cultivaba verduras al costado izquierdo de la casa. Los tomates rojos colgaban pesados de las matas. Un pequeño estanque estaba rodeado por un sendero de piedra. Arbustos floridos bordeaban el camino hasta la entrada. Apenas había llegado al estanque cuando Susan Marie Grady salió de la puerta con una sonrisa.

—¡Rafael! —lo llamó—. Bienvenido. Papá dijo que vendrías a cenar.

—Hola, Susan —respondió inclinando ligeramente la cabeza.

—Pasa —lo animó tomándolo del brazo. Rafe notó que lo sujetaba con fuerza.

Dentro de la casa la temperatura bajó. Como en Santa Fe, las casas de Albuquerque tenían gruesos muros de adobe que las mantenían frescas en verano y cálidas en invierno.

—¡Madre, padre, Rafael ya llegó! —anunció alegremente. Susan siempre lo llamaba Rafael.

Rafe sospechaba que el señor Grady lo había invitado a cenar por Susan. No era ajeno al interés que la muchacha sentía por él. Era menuda y bonita, de cabello castaño claro y rizado, y ojos dorados bajo la luz. Le atraía, pero aún no pensaba en cortejar a nadie.

—Bienvenido —saludó la señora Grady saliendo de la cocina—. John está atrás. La cena será en una hora.

Susan lo llevó al patio trasero. John Grady trabajaba en el carruaje, luchando con un tornillo oxidado para cambiar un resorte del asiento. Al verlos llegar, levantó la vista.

—Déjeme ayudarle —ofreció Rafe.

—No, muchacho, tienes la camisa limpia y este carruaje está sucio.

Rafe se quitó el chaleco y la camisa, y se los entregó a Susan. Tenía los brazos musculosos por su trabajo en la fundición. Tomó la llave inglesa y en dos giros rompió la resistencia del perno viejo. Susan lo observaba con los ojos muy abiertos. Su piel morena brillaba bajo el sol, aunque una cicatriz redondeada marcaba su hombro izquierdo.

Entre los dos reemplazaron el resorte y ajustaron el asiento. Varias veces Rafe miró a Susan, que desviaba apenas la vista. Se sentía orgulloso de su cuerpo fuerte que ella admiraba sin disimulo.

—¡A cenar! —llamó la señora Grady.

—Puedes lavarte en la bomba —dijo el señor Grady—. Susan, tráele una toalla limpia.

Rafe se lavó las manos y los brazos con jabón bajo la bomba. Susan observaba en silencio, sosteniendo su camisa y chaleco. Se los entregó cuando terminó, y juntos entraron a la casa, ella del brazo de él.

Durante la cena hablaron de los sucesos y la política en Albuquerque. El clima había sido benigno, y las cosechas prometían bien. La señora Grady preguntó por George Summers, y Rafe le habló de la familia y de Santa Fe. Los hijos menores se fueron a dormir después de comer. En el pórtico, la señora Grady sirvió un postre frío.

La noche era negra como tinta y el cielo, un manto de estrellas.

—¿Por qué no van a la plaza? Oigo la música desde aquí. Disfruten su juventud —bromeó el señor Grady.

—Sí, vamos, Rafael. Voy por mi chal —respondió Susan. Minutos después, caminaban por la calle, ella aferrada a su brazo.

—Es un buen muchacho —dijo la señora Grady a su esposo mientras los veía partir.

Alrededor de la plaza, lámparas de aceite iluminaban el camino. Como en Torreón, las muchachas coqueteaban, moviendo las caderas para llamar la atención de los mozos. Un grupo de jóvenes españolas bailaba con faldas de colores vivos que giraban al ritmo de la música. En el andador, los vendedores ofrecían dulces y golosinas. Una mujer vendía flores cortadas. Rafe compró una flor roja para el cabello de Susan. Sus ojos brillaron, y Rafe temió que lo besara allí mismo en la plaza.

Una gran bota le bloqueó el paso. Su dueño la plantó frente a la pareja.

—¿A dónde vas, Susan? —preguntó una voz ruda.

—A ningún lado contigo —replicó ella con altivez.

—¿Sabe tu papá que andas con un mugroso mexicano? —escupió el tipo con desprecio.

—Disculpa, pero disfrutábamos de la noche hasta que tú nos interrumpiste —intervino Rafe con calma. Por dentro hervía.

—Cállate, mugroso mexicano, no te hablo a ti.

—Basta, Arnold, ya basta —ordenó Susan.

—¿Ven, muchachos? —dijo Arnold a sus dos amigos—. Es una cualquiera, como les dije... —No terminó la frase. Nunca vio venir el puño que le destrozó la nariz. Cayó hacia atrás sobre uno de sus compañeros, y ambos rodaron al suelo. El tercero retrocedió unos pasos.

Rafe ofreció el brazo a Susan, que lo tomó con fuerza. Caminaron en silencio varios minutos. Rafe sonreía. Ya no era un peón al que cualquiera podía pisotear.

El aire se había enfriado cuando Rafe la acompañó a casa.

—Mañana es domingo —dijo ella—. Debes venir a misa con nosotros.

—Me gustaría —aceptó él—. Hasta mañana entonces.

Rafe se inclinó ligeramente, y Susan subió los escalones y entró corriendo a la casa.

Esa noche, tendido en la cama del hotel, Rafe pensó en Susan. Era una joven bella, alegre y dulce. Le hacía sentirse feliz a su lado. No era una coqueta como muchas de Santa Fe. Sería una buena esposa para alguien. ¿Para él?

Cada vez que pensaba en el amor y la familia, el pasado lo atormentaba. Se sentía parte de la familia Summers, casi como un hijo, pero ¿y su propia familia? ¿Su madre, su hermana? ¿Estarían bien, vivas? La idea de haberlas abandonado lo perseguía. Pensaba también en su tío José y su tía Lupe. Habían pasado más de cuatro años desde la última vez que los vio.

Al día siguiente fue a misa con los Grady. Después del servicio, él y Susan tomaron el carruaje reparado y cabalgaron hacia el río. El cielo de Albuquerque era de un azul turquesa puro. El sol era cálido pero no abrasador, y los altos álamos a la orilla del río les daban sombra abundante.

—Ahí hay un buen sitio —dijo Susan señalando una parte llana junto al río.

Rafe detuvo el carruaje y la ayudó a bajar. El Río Grande era ancho y poco profundo en esa época del año, casi como un pantano. Susan sacó del cesto frutas, pollo y panecillos, y extendió el picnic sobre una manta.

Los grillos cantaban en los árboles y las abejas zumbaban perezosas. Susan sirvió limonada en tarros grandes. Era fresca y ácida.

Susan le preguntó sobre su infancia, pero Rafe respondió sólo con fragmentos. Prefirió hablar de su tiempo con George y de la fundición. Ella lo escuchaba fascinada cuando contaba sus planes para su criadero y los dos nuevos potrillos de Rayo.

—¿Quieres más limonada?

Susan lo miró a los ojos, y Rafe estuvo seguro de que deseaba que la besara. Él también quería, pero ¿cómo pedirle que lo amara? Era un hombre sin patria, quizá buscado en la suya, un hombre con un pasado turbio, un peón convertido en hombre libre, pero no libre de su pasado.

Al caer la tarde, Susan le hizo prometer que volvería a verla en su viaje de regreso al norte.

—Recuerda tu promesa —le pidió apretándole la mano.

CAPÍTULO 19

Tras una noche inquieta en el hotel, Rafe se levantó el lunes por la mañana y empacó sus cosas. Al llegar al establo, vio que el viejo Russ había cuidado bien de los caballos. Rayo le empujó la mano con el hocico buscando una golosina.

—Lo siento, Rayo, tendré que recoger unas manzanas en el camino —dijo Rafe ofreciéndole la mano vacía.

Rayo resopló en protesta.

Con cuidado acomodó sus pertenencias y las armas sobre el caballo de carga, ensilló a Rayo y dio al viejo Russ unos dólares más de propina.

—Te veré en una semana más o menos —dijo. Russ asintió.

Le quedaba una visita en Albuquerque: el Army Arsenal. Se reunió con el capitán del armamento para demostrar el diseño más reciente. El capitán Dunlevey dijo que escribiría a Washington para tramitar una requisición. Era la misma respuesta que le había dado a George Summers en el último viaje.

Era finales de junio y, aunque el cielo estaba claro y tibio cuando él y Rayo salieron de Albuquerque al mediodía, al noroeste empezaban a formarse nubes grises oscuro. Rafe se inclinó y palmeó el cuello de Rayo con la mano izquierda.

—Creo que nos mojaremos antes de que acabe el día, Rayito —bromeó.

El caballo relinchó suavemente en respuesta.

Se detuvo en el camino y Rafe se puso el impermeable, abrochándolo también por las perneras. Una hora antes habían soportado una tormenta de polvo refugiándose en un pequeño establo al sur de Albuquerque. Junio, en el Territorio de Nuevo México, traía tormentas imprevisibles y a veces violentas sobre el alto desierto. Hoy sería uno de esos días.

Menos de media hora después empezaron a caer

gotas grandes. Clavando suavemente los talones, Rafe intentó ganarle a la tormenta que bajaba del norte, pero el caballo de carga lo ralentizaba. Sabía que la antigua misión española del pueblo de Isleta debía estar por delante, aunque temía no llegar a tiempo. Entonces el cielo se abrió. Cortinas de lluvia azotaron el sendero, formando torrentes que corrían ladera abajo hasta el arroyo más cercano. Los pequeños enebros ralos no le ofrecían resguardo, así que tuvo que seguir. Rayo bajó a un paso ladeado, con las orejas aplanadas y la cabeza baja, tanteando con cuidado entre las aguas rugientes. Rafe se subió el cuello del impermeable sobre la nuca y caló el sombrero para intentar mantener a raya la lluvia. Apenas veía adónde iba, pero confiaba en el paso firme de Rayo. Por fin distinguió el campanario blanco de la vieja misión, no muy lejos.

El sendero era un lodazal. Contuvo a Rayo de un tirón en las riendas cuando un trueno estalló cerca. El aguacero, aunque era junio, ya se le colaba por el aceite del tejido y el frío le calaba los huesos.

Tiró de Rayo a la izquierda y cruzó un puentecito de madera sobre un arroyo en las afueras del pueblo. Sintió al caballo tensarse bajo él, un leve estremecimiento, las orejas erguidas al frente. La tormenta aullaba por todos lados y, de pronto, Rafe también oyó gritos a lo lejos, filtrados por el viento y la lluvia.

El agua rojiza, cargada de barro y restos arrastrados del desierto, rugía y giraba bajo el puente. Volvió a oír los alaridos antes de alcanzar a distinguir un cuerpecito que subía y bajaba en el agua fangosa, arroyo arriba del puente. El cuerpo rebotaba en la corriente veloz. Se oyó un golpe seco cuando el pequeño chocó contra la madera del puente y desapareció de la vista. Quizá el arroyo no fuera muy profundo, pero la riada repentina de una tormenta de verano lo volvía feroz.

—¡Vamos, Rayo! —gritó, espoleándolo y echando mano al lazo.

Salieron del puente a galope, río abajo, junto al torrente. El cuerpecito parecía inerte y cabeceaba en el agua embravecida. Rafe hizo girar el lazo dos veces y lo lanzó tratando de atrapar cualquier parte del cuerpo, pero falló. Instintivamente, Rayo siguió avanzando mientras Rafe volvía a tirar. Esta vez el caballo metió las manos en el cauce. Rafe lanzó de nuevo y sujetó una pierna; hizo retroceder a Rayo y arrastró hasta la orilla a un niño indio, inerte pero vivo.

Saltó del caballo, cargó al pequeño y lo apartó del torrente. Con cuidado lo dejó junto a un enebro achaparrado. Rafe lo puso boca abajo y apretó con fuerza bajo las costillas. Le dio varias palmadas firmes en la espalda. El niño tosió agua marrón, arcadas mediante, y respiró. Rafe le dio un par de palmadas más, lo volvió y lo sentó apoyándole la espalda en el tronco. Unos grandes ojos negros por fin lo miraron de frente.

—Estás a salvo —le dijo, sin saber si le entendería. El niño lo miraba con aquellos ojos enormes.

—¿Bueno? —probó Rafe en español. El pequeño no respondió, pero se aferró al brazo de Rafe con una mano y con la otra se limpió la cara y la nariz.

—¿Cómo te llamas? —preguntó Rafe, sonriendo.

No hubo respuesta, aunque Rafe se dio cuenta de que no estaba herido, salvo por un chichón en la frente. Más asustado que lastimado, seguramente. Probablemente le habían advertido mil veces que no jugara cerca de los arroyos cuando llovía, y sabía que lo regañarían al volver a casa. Rafe le frotó la espalda y volvió a hablarle:

—¿Vives en el pueblo?

Señaló el campanario de la misión. El niño apuntó en esa dirección y respondió en unas palabras que Rafe no entendió, pero cuyo sentido era claro.

Rafe soltó una risa corta. Recordó las advertencias de su madre. Una vez, cuando tenía unos ocho años, una avenida estuvo a punto de llevárselo. Tuvo la suerte de agarrarse a un arbusto y salir del agua embravecida por su propio pie. Su hermana se lo contó a la madre y ésta le propinó un buen azote de premio.

Las tormentas de verano en el desierto, aunque violentas, pasan deprisa. Ésta ya se desvanecía en llovizna y las nubes más densas se desplazaban hacia el sur. Rafe subió al niño a la silla de Rayo, montó detrás y lo abrazó por delante. Empapados y llenos de barro, tomaron el sendero hacia el pueblo. Ráfagas de sol rompían los agujeros de las nubes. Una mujer india corría a lo largo del arroyo, mirando con desesperación bajo los matorrales junto a la corriente. —¡Baqito! ¡Baqito! —gritaba, como si pudiera arrancarle una respuesta al aire. Se asomó bajo el puente y, al no ver nada, siguió a la carrera por la ribera. Tan pendiente estaba del agua que casi chocó con Rayo. Sobresaltada, alzó la vista y vio a su hijo, Baqito, sentado con Rafe. Su grito de alegría se entendía en cualquier idioma. Llorando, estiró los brazos y Rafe le entregó al niño, embarrado y vivo. Ella le habló con una mezcla de reprimenda, risa y lágrimas. Rafe, desde el caballo, se quedó callado, recordando el abrazo de su propia madre.

La madre de Baqito tiró del borde del impermeable de Rafe y dijo algo en su lengua. Rafe se encogió de hombros y negó con la cabeza, indicando que no la entendía. Ella asintió y le hizo señas de que la siguiera. Llevaba a Baqito en brazos y Rafe fue detrás sobre Rayo. El sendero lodoso conducía al pueblo de Isleta. El sol, ya filtrándose entre nubes, pronto volvería a templar el desierto y el torrente sería otra vez un cauce seco. Cuando Rafe y Rayo entraron en el poblado, ojos silenciosos los miraron desde el interior de las casas de adobe.

La madre dijo algo a un niño que asomaba tras un murete. El pequeño respondió con una sola palabra y echó a correr por delante. A medida que avanzaban, la gente salía y los seguía hacia la plaza. Rafe echó un vistazo a la comunidad: ordenada, cuidada. Las paredes de adobe lucían un pardo oscuro por la lluvia. Un hombre mayor, de rostro curtido y moreno por años de sol y viento, tomó la brida de Rayo cuando Rafe desmontó. Inclinó levemente la cabeza y condujo a Rayo y al caballo de carga hacia un cobertizo.

De una choza cercana salió una joven india muy hermosa y tomó de la mano a Baqito. A Rafe le pareció que le echaba una mirada, aunque no estaba seguro. La muchacha se lo llevó adentro. La madre condujo a Rafe a través del patio hacia una construcción redonda. Los curiosos se apartaban en silencio para dejarle paso. Ella lo llevó hasta una puerta angosta. Rafe se quitó el sombrero y vio que la puerta era baja además de estrecha; tuvo que agachar la cabeza para pasar.

Embarrado y aún escurriendo, Rafe miró la vivienda. En el rincón del fondo había un lecho elevado cubierto con pieles. Al acostumbrarse sus ojos, distinguió un piso de tierra tan apisonado que parecía piedra. En la pared opuesta ardía un pequeño fuego en un hogar abovedado, y cerca del fuego, hundida en el suelo, había una gran pila de piedra.

Entraron varias mujeres con grandes cántaros de barro, humeantes por la boca. Llenaron la pila de agua caliente. Le sonrieron con timidez, indicándole que podía bañarse. Al poco, otra mujer regresó con un montón de ropa de cuero suave y una toalla tejida. Las dejó sobre el lecho y salió.

Rafe se despojó del impermeable: tenía la ropa empapada hasta la piel. Se lavó en la pila de piedra, agradecido por el agua tibia y por poder quitarse el barro. Se secó con la toalla. De pronto, se le erizaron los vellos de la nuca: esa sensación de saberse observado. Miró de reojo y alcanzó a ver a la joven hermosa asomada por la ventanita. Ella sonrió, se sonrojó y se apartó... no demasiado deprisa.

Rafe se vistió con las prendas de gamuza. Eran increíblemente suaves sobre la piel limpia y olían, leve y agradablemente, a humo de artemisa.

Descalzo junto al fuego, disfrutó del calor y puso las botas sobre la repisa para que se secaran. Como si lo hubieran adivinado, la madre de Baqito regresó con unos mocasines y se los entregó, haciéndole señas para que la siguiera. El sol estaba ya bajo, tiñendo de naranja las nubes deshilachadas.

Lo condujo a otra choza, al otro lado de la plaza. La estancia era similar, aunque más grande. Igual de ordenada y limpia, con un amplio lecho cubierto de pieles. Le indicó que se sentara sobre una alfombra de piel, junto al fuego.

Una mujer baja y robusta entró con una bandeja. Le dio un cuenco humeante de guiso de carnero con chile rojo y un buen trozo de pan plano recién hecho. Delante de él colocó una taza de barro con una bebida caliente. Rafe, agradecido por el refugio y la comida, asintió a modo de gratitud. Ella se sentó enfrente y lo observó, visiblemente complacida cuando él se comió el guiso hasta pasar el pan por el cuenco. Intentó levantarse, pero ella le indicó que permaneciera sentado y habló hacia la puerta con alguien que él no veía.

Entró un hombre y cruzó la estancia hacia Rafe. Llevaba pantalones de gamuza parecidos a los suyos, pero una túnica azul oscuro finamente tejida con diseños geométricos. Un collar elaborado de plata y turquesa le colgaba al pecho. El cabello, muy oscuro y largo, lo llevaba recogido con una cinta tejida. Era casi de la misma estatura que Rafe. Le tendió la mano y lo miró a los ojos. Rafe se puso en pie y le estrechó la mano con firmeza. El hombre lo escudriñó un instante.

—¿Hablas inglés? —preguntó.

—Sí, señor. Soy Rafael Ortega. Gracias por su hospitalidad.

—No, yo te doy las gracias por salvar la vida de mi hijo —respondió el indio en inglés—. Dice que lo sacaste del agua. Te estaré siempre agradecido y en deuda contigo.

Rafe asintió, aceptando el agradecimiento.

—Me llamo Letoc, del Clan del Maíz Blanco. Soy el jefe de la gente del pueblo de Isleta. Somos Tiwa —dijo con orgullo.

Le indicó que volviera a sentarse junto al fuego y él hizo lo mismo.

—Cuéntame tu viaje —dijo Letoc, cruzando las piernas y recostándose en un respaldo de madera que las mujeres habían traído.

Rafe contó que vivía en un rancho en Santa Fe y que iba a Las Cruces por negocios. Por algún motivo, se sintió cómodo para hablarle de su vida en México y de cómo llegó a Nuevo México. Le habló de su juventud en la hacienda, de la muerte de don Bernardo y de su encuentro con George Summers.

Letoc asintió, comprensivo.

—Mexicanos e indios tenemos mucho en común.

Hablaron de caballos. Letoc se interesó por Rayo y reconoció el valor del Appaloosa.

—Hay muchos caballos salvajes en las colinas —confió—. Mis guerreros pueden llevarte a buscarlos.

Rafe lo pensó un momento y decidió que las ventas de armas podían esperar. Un par de días buscando sangre para cría valdría la pena.

—Me gustaría mucho —dijo.

—Será un honor que te quedes aquí cuanto quieras —ofreció Letoc.

—Me quedaré unos días, pero luego debo continuar a Las Cruces. Mis caballos…

Letoc alzó la mano:

—Tus caballos están en el corral y al cuidado de los nuestros. Tus pertenencias se están limpiando.

Un leve ruido en la puerta atrajo la mirada de Rafe cuando la cortina de piel se apartó y entró, grácil, la joven india hermosa, guiando de la mano a un Baqito sonriente. Rafe la siguió con los ojos, pero ella evitó deliberadamente su mirada. No obstante, estaba seguro de que sonreía.

Baqito se soltó y corrió hacia Rafe, abrazándole el cuello y parloteando feliz en su lengua Tiwa. Rafe le acarició la cabeza y sonrió, sin apartar los ojos de la joven mientras ella se ocupaba en silencio. Llevaba el cabello negro larguísimo, casi hasta las lumbares. La tela suave de su vestido marcaba el contorno flexible de sus caderas cuando se movía. Al inclinarse para recoger el cuenco vacío, el borde inferior de su seno tensó la gamuza. A Rafe le pareció que la muchacha no tocaba el suelo, sino que flotaba al cruzar la estancia y salir. De pronto, sudaba, y no por el fuego; su corazón golpeaba tan fuerte que cualquiera podría oírlo.

La voz de Letoc lo devolvió a la conversación:

—Éste es mi único hijo, Baqito. Dice que tienes buen lazo y brazos fuertes.

Los ojos de Letoc se humedecieron. Aparte la mirada

y echó otra pieza de mezquite al fuego.

Baqito entregó a Rafe un pequeño oso tallado, mirándolo muy serio con sus ojos brillantes.

—Gracias, Baqito —dijo Rafe, sentándolo en su regazo y acariciando la talla—. Es un oso muy bien hecho. Letoc explicó que el niño lo había tallado solo y que ese oso era su talismán. El pequeño siguió colgado del cuello de Rafe con un abrazo apretado.

Durante horas, el orgulloso jefe y Rafe hablaron de muchas cosas. Letoc le explicó la vida en el pueblo de Isleta. Los Tiwa siempre habían sido gente pacífica, viviendo de la tierra por siglos. En su familia, los jefes se sucedían por generaciones. Criaban ovejas y vendían lana y carne a la gente de Albuquerque. El pueblo estaba construyendo una escuela para que los niños creciesen hablando Tiwa y también inglés. Baqito tenía cinco años; empezaría la escuela a los seis. Era el menor y el único varón. Algún día sería jefe. Rafe comprendió entonces la magnitud de haber salvado a ese niño para el pueblo y para Letoc.

Baqito bostezó, se deslizó del regazo de Rafe y apoyó la cabeza en las piernas de su padre. Los ojos se le cerraban, pero peleaba por mantenerlos abiertos.

La joven hermosa volvió, silenciosa, y se sentó junto a la madre de Baqito. Mantenía la vista baja, aunque Rafe creyó sorprenderla mirándolo una vez. El corazón le dio un brinco, y le costó horrores no dejar que los ojos se le fueran hacia ella mientras Letoc hablaba. Aquel hombre, aquel jefe, quería de veras a su gente y tenía una visión para su futuro. Su manera de cuidar le recordó a Rafe a su padre adoptivo, George Summers.

—Debes descansar —dijo Letoc—. Haremos una fiesta en tu honor. Esta noche los ancianos descenderán a la kiva para un *mitote*.

—Me honran —respondió Rafe.

Con la luz casi extinguida, aquél era un lugar cómodo y seguro. No quería ofender al jefe rechazando su hospitalidad. Y quizá tendría ocasión de hablar con la joven.

Letoc se puso de pie con fluidez. Las dos mujeres también, y Rafe siguió el gesto.

—Quiero que conozcas a mi esposa. Ésta es Shuren —dijo, tomándole la mano al levantarse.

Shuren inclinó la cabeza y regaló a Rafe una gran sonrisa.

—Ella sólo habla Tiwa, aunque está aprendiendo algo de inglés. Quiere que sepas cuán profundamente agradecida está porque salvaste a Baqito.

Rafe devolvió la inclinación.

—Ésta es su hermana menor, Chiwiwi —presentó Letoc a la joven.

La muchacha se sonrojó y soltó una risita breve, alzando la vista un instante para volver a bajarla, como mandaba la costumbre. Al moverse, su cabello la enmarcaba. Sus ojos le recordaron a Rafe los de una princesa azteca que había visto en un cuadro del ayuntamiento de Torreón. Juraría que todos en la estancia podían oírle los latidos. Intentó pensar en algo que decir, inútilmente; se limitó a inclinar la cabeza ante ambas. Las mujeres se apartaron hacia la puerta, pero Chiwiwi volvió a mirarlo. Esa mirada fue distinta: ardía. Esta vez, no sólo se le erizaron los vellos del cuello.

—Debes descansar ahora. Volveré por ti antes del *mitote* —dijo Letoc.

Habían extendido y vuelto las pieles del lecho. Rafe se tumbó. Estaba cansado e intentó dormitar, pero no podía dejar de pensar en Chiwiwi. Pronunció su nombre en voz baja:

—Chiwiwi…

Sólo nombrarla lo estremecía. Nunca había sentido algo así por nadie. Intentó relajarse, pero el corazón seguía golpeando.

De entre las muchachas que había conocido en Santa Fe, una era la bellísima María Cristina Anaya, de larguísimo cabello negro, ojos brillantes y labios en perpetuo puchero. Vivía cerca del rancho de los Summers y acudía a cuantos eventos organizaban. Desde el primer día le repetía a Rafe que jamás podría quererlo; sin embargo, siempre estaba cerca, importunándolo a la menor ocasión. Luego estaba Sylvia O'Hara, la pelirroja irlandesa de genio vivo: un día lo tomó, lo besó y salió corriendo entre risas con sus amigas. En los bailes de la iglesia, él solía danzar con ellas y con otras. Todas eran hermosas, pero estaba seguro de que jamás entendería sus coqueteos. Susan Grady, en cambio, era tranquila y directa, y eso le gustaba.

Pero Chiwiwi... Suspiró. Con sólo decir su nombre, se le agitó la entrepierna.

—Rafael.

Una voz lo sacudió a la vigilia. Se había quedado dormido. Era Letoc, desde fuera:

—Rafael, ven, por favor. Es hora.

Rafe se incorporó de un salto, alisándose la ropa de gamuza. Se pasó las manos por el cabello para domarlo y salió... olvidando agacharse bajo el dintel.

Se frotó la frente.

—Letoc, perdona la pregunta, pero ¿qué es un *mitote*?

Letoc sonrió:

—Un *mitote* es una ceremonia especial. Los ancianos descienden a la kiva para pedir guía a la madre tierra, o para dar gracias. A veces el chamán la celebra para buscar visiones y bendecir la siembra de maíz y melones. Esta vez darán gracias porque salvaste a Baqito. Te gustarán las danzas de los *kachinas*. Vamos; pronto empieza.

Una gran hoguera iluminaba la noche estrellada. Letoc condujo a Rafe hacia donde estaban los ancianos. Shuren, con Baqito en el regazo, los saludó con una sonrisa. De pronto, tambores suaves y cantos llenaron el aire, creciendo en intensidad. Dos hileras de doncellas indias entraron al ritmo. Pasearon lentamente alrededor del fuego ceremonial, pasando primero ante el jefe y los ancianos. Chiwiwi iba segunda, y Rafe la miró, embelesado. Se mecían al compás. Todas iban con vestidos claros de gamuza, adornados con cuentas de plata y turquesa. Calzaban mocasines hasta la rodilla, con cuentas de plata que tintineaban al paso.

Chiwiwi irradiaba luz. Llevaba el cabello trenzado, que caía por delante, más abajo del pecho. En las trenzas se entretejían tiras de cuero carmesí, rematadas con aros de plata. En la mano izquierda portaba una manta carmesí con franjas negras en los extremos, y en la derecha, un abanico de plumas grandes, montadas en un mango de cuero en forma de cuña.

Era tan hermosa... Rafe esperaba que alzara la vista hacia él, pero, como las demás, mantuvo los ojos al frente.

Las doncellas se retiraron y los tambores aceleraron. Aullidos estallaron de todas partes cuando *kachinas*, en trajes feroces, irrumpieron en el círculo de luz, gesticulando ante la gente. Uno, en particular, llevaba la cara embadurnada de barro y pintada de negro. De la coronilla a la nuca le cruzaban rayas blancas; a la altura de las orejas, cuernos curvados salían bajo un gran penacho de plumas y hierbas. Saltó hasta quedar a un palmo de Rafe, se detuvo un latido y lanzó un alarido. Rafe se echó atrás por reflejo. Shuren, Letoc y Baqito rieron.

Rafe vio a Chiwiwi volver a la plaza y sentarse con las otras doncellas, al otro lado del fuego. Sólo alcanzaba a ver su rostro cuando la hoguera bajaba. Cuando los *kachinas* la avivaban con más leña, su cara desaparecía en la noche.

Los *kachinas* representaron escenas como de teatro: lobo contra oveja, caballo contra lince, combates fieros. A veces todos danzaban en un mismo pulso. El espectáculo duró al menos una hora, y se extinguió tan súbitamente como comenzó: los *kachinas* se desvanecieron en la oscuridad.

Sirvieron comida alrededor del fuego, en cuencos sobre grandes bandejas. Ofrecieron más pan plano con chile verde o rojo y grandes trozos de carne. Rafe, sorprendido de tener hambre otra vez, comió con ganas, conversando con Letoc.

Cuando terminaron, Letoc se puso en pie y palmoteó varias veces. Varios hombres se alzaron con él. Abrazó a su esposa y a Baqito y luego se volvió hacia Rafe.

—Es hora de descender a la kiva. Estaré con los ancianos siete días. Debo despedirme ahora. Eres siempre bienvenido en nuestro pueblo.

Se estrecharon la mano y Letoc partió con los

mayores. Bajaron por una larga escalera de madera. La celebración terminó y la gente volvió a sus casas.

De regreso en su cuarto, Rafe se quitó la suave gamuza y se deslizó entre las pieles del lecho. Eran aterciopeladas contra su piel, y las lanas debajo formaban un colchón mullido. Se fue durmiendo con el aullido lejano de coyotes en los cerros.

Rafe se volvió de lado y soñó con el roce de Chiwiwi. La piel se le tensó al imaginar los senos firmes contra su espalda y una mano que subía por su pecho y bajaba hasta la ingle. Despertó de golpe, consciente de que no estaba solo en la cama... y de que no estaba soñando.

Se giró bruscamente, incorporándose sobre el codo derecho. A la luz vacilante del fuego, Chiwiwi le sonreía con picardía.

—¿Qué haces aquí? —susurró.

Ella se llevó el índice a los labios.

—Shhhhh —murmuró—. Dime... ¿no te gusta Chiwiwi?

—Sí... sí me gustas —acertó a decir, tragando saliva.

Ella lo hizo callar de nuevo, pasó el brazo izquierdo por su cuello y lo atrajo hasta sus labios. Rafe fue de cera en sus brazos. Sintió que se derretía en ella.

Lo besó con dulzura, anclada a su cuello. Su beso encendió un fuego por dentro. Rafe acarició su rostro y apartó un mechón rebelde de su ojo. Se hundió a su lado entre las pieles y la estrechó.

—Te amo —dijo.

CAPÍTULO 20

Durante tres días, Rafe y un grupo de jóvenes guerreros cabalgaron por las colinas que rodeaban el pueblo de Isleta en busca de caballos salvajes. Al tercer día, encontraron una pequeña manada de potrillos jóvenes con un gran semental rojo. Los jóvenes atraparon tres potrillos: dos yeguas y un potro más joven. Ya por la tarde regresaron al pueblo con la recua. Rafe los recogería cuando volviera rumbo al norte hacia Santa Fe.

Durante cuatro noches Chiwiwi había ido con él, y durante cuatro noches hicieron el amor con apasionada entrega. Él estaba delirante por su cuerpo y su alma. Ella lo colmaba de amor, pasión y deseo. Su sola presencia hacía que el sol brillara y las estrellas se alzaran en el cielo.

Rafe sonrió y estiró los brazos por encima de la cabeza cuando la luz del día entró por la ventana del este prometiendo una nueva mañana. Se volvió hacia Chiwiwi, pero descubrió que estaba solo, como en cada una de las mañanas anteriores. Todavía podía oler su aroma en el lecho junto a él.

La noche anterior le había pedido que se fuera con él, que se casaran y se marcharan a Santa Fe. Ella dijo que no. Debía quedarse en el pueblo. Era su hogar. Aquella era su gente. No pertenecía al mundo del hombre blanco. Le rompió el corazón, pero lo entendió. Recordó un tiempo en que él también sintió que no pertenecía al mundo del hombre blanco. Pero él la amaba y ella lo amaba a él, y tendrían que encontrar una forma de estar juntos.

Rafe cerró los ojos deseando revivir el recuerdo de su primera noche de amor. Era fácil traerlo de vuelta. Fue su primera vez, y aunque ella había sido atrevida, estaba seguro de que también era la primera de Chiwiwi. Recordó haberla tocado y abrazado. Recordó su cuerpo cálido contra el suyo. Cómo su cuerpo dolía por ella. Su profunda pasión los había llevado del dolor al placer. Las voces en el patio lo sacaron de su ensueño.

Aquella mañana se vistió, no con las pieles de venado, sino con su ropa limpia. Ya arreglado, salió a la claridad cristalina de la mañana. No sabía si alguna vez había notado realmente la belleza de las mañanas, o si simplemente estaba enamorado.

—Buenos días, Shuren —la saludó, creyendo que su voz sonaba más profunda. Sonrió sabiendo su secreto, y Shuren le devolvió la sonrisa con complicidad. Tal vez no era ningún secreto.

Shuren le pidió que compartiera la comida de la mañana. Las comidas diurnas se tomaban bajo cobertizos de troncos y varas en el centro de la plaza. Mientras comía, sus ojos buscaron a Chiwiwi, pero no la vio por ningún lado. Terminado el desayuno y las cortesías, pidió a Shuren que mandara ensillar su caballo y el de carga. Estaba muy retrasado y debía llegar a Las Cruces. Don Jorge se preguntaría por qué no había enviado un telegrama y estaría preocupado.

El cielo estaba salpicado de algunas nubes esponjosas y el aire olía agradablemente a cedro quemado de los fogones de todo el pueblo. Quiso preguntar por Chiwiwi, pero temió sobrepasar los límites. El solo pensamiento de ella lo estremecía, y anhelaba verla antes de marcharse.

Antes de montar, abrazó a Baqito con fuerza. Se despidió de Shuren y estrechó la mano del pequeño grupo de aldeanos reunidos para verlo partir. Letoc y los ancianos no habían regresado del kiva. Sus ojos buscaron por todo el pueblo, pero Chiwiwi no estaba allí. Rafe estaba por hacer girar a Rayo cuando Shuren le indicó que esperara un momento. Se volvió hacia una de las mujeres cercanas y le entregaron una bolsa de cuero adornada con bordados rojos y verdes. Alzándola hacia Rafe, dijo algo en su lengua Tiwa. Rafe no entendió, pero alzando el sombrero respondió:

—Gracias. Volveré pronto. La bolsa parecía desproporcionadamente pesada para su tamaño, y la amarró al pomo de la silla.

Tomando las riendas del caballo de carga, Rafe dio una ligera orden a Rayo y avanzó decepcionado de que

Chiwiwi no hubiera venido a despedirlo. Esperaba que lo estuviera observando, desde algún lugar. Al llegar al último edificio del pueblo, miró hacia atrás y saludó con la mano. Lentamente hizo caminar a Rayo por el camino y cruzó el puente de madera. Llevaba el corazón pesado y ya no volvió la vista atrás.

Rayo la vio primero y alzó las orejas. Más adelante, entre unos enebros, Chiwiwi se encontraba de pie, hermosa bajo el sol de la mañana. Rafe detuvo a Rayo, desmontó y la abrazó en la escasa privacidad que brindaban los arbustos.

—¿Volverás? —preguntó ella sonriendo con esperanza. Las lágrimas le humedecían los ojos.

—Sí, volveré. ¡Volveré muy pronto! —dijo él, con el corazón golpeando como un martillo en su pecho, la sangre ardiéndole en las venas. El calor del abrazo delataba su deseo de algo más que un simple adiós. Su anhelo no pasó desapercibido. Ella apretó su abrazo y presionó sus caderas hacia él.

Soltó una risita traviesa.

—Aquí, tengo un regalo para ti.

Se agachó y levantó un paquete de cuero. Rafe lo tomó de sus manos y desplegó un carcaj hecho de suave cuero color arena. Cuentas de turquesa y rojo estaban cosidas en un intrincado patrón alrededor del borde superior y a lo largo de la costura, rematado con un largo fleco de cuero.

—Gracias. Es hermoso, hermoso como tú.

—Sé que no usas flechas, pero quería que tuvieras algo hecho por mí.

Se abrazaron con fuerza, sin querer que el momento terminara nunca. Finalmente, Rafe la besó de nuevo, se apartó y subió al estribo. Colgándose el carcaj sobre la espalda, sonrió.

—Guarda mi amor contigo —le dijo—. Volveré pronto.

Chiwiwi sonrió, pero Rafe pudo ver las lágrimas en sus ojos. Con un leve ademán, ella se volvió y corrió de regreso al pueblo. Rafe la observó hasta que desapareció de su vista, luego giró y espoleó a Rayo rumbo al camino principal.

Cabalgando hacia el sur, Rafe halló el vado del río que lo llevaba al lado occidental del Río Grande. Antes del mediodía esperaba llegar a Belén, donde pensaba recoger pedidos de armas en la Carpenter's General Store y quizás del sheriff del pueblo.

El cruce del río fue fácil, aunque la corriente se volvía más fuerte en el centro. El agua nunca alcanzó los estribos, y Rayo cruzó con paso seguro. Rafe se inclinó hacia adelante en la silla y animó a los caballos a subir la empinada orilla oeste.

Rafe tiró las riendas hacia un lado del cuello de Rayo y tomaron rumbo sur. En el horizonte, justo más allá de la siguiente cresta, una cicatriz de humo negro manchaba el cielo prístino. Se detuvo un momento, observando el humo elevarse alto en el cielo azul. No estaba del todo seguro de querer averiguar el origen, pero estaba claro que era en el camino entre él y su destino. Tocando los flancos de Rayo, bajó a un arroyo seco y subió al otro lado. Rayo resopló; podía oler el humo, y Rafe también. Se detuvo otra vez. Las orejas del Appaloosa se alzaron, sus músculos se tensaron. Se movió de lado nervioso. Rafe lo tranquilizó mientras estudiaba la escena no muy lejos.

—Tranquilo, caballito —le palmeó el cuello.

Espesas columnas de humo se alzaban de dos carretas ardiendo en el camino, completamente envueltas en llamas. Rafe alcanzó a ver hombres cargando fardos en sus caballos. Cuerpos estaban esparcidos por el suelo donde habían caído. Un hombre montado en un caballo oscuro se movía entre los muertos. Detuvo a su caballo, sacó su pistola, apuntó hacia abajo y disparó dos veces. El cuerpo en el suelo se estremeció con los impactos.

Rafe observó cómo los demás hombres montaban sus caballos. A la orden del tirador, espolearon sus monturas y se lanzaron al sur levantando una nube de polvo. El tirador dudó un momento y dio vueltas con su caballo. Aún sostenía la pistola. Llevaba un fusil sujeto a la silla y un sable colgando del cinturón. Por la ropa, Rafe supo que no era un vaquero americano. Llevaba un sombrero plano de ala ancha y un chaquetón negro, corto, adornado con plata. Sus pantalones ajustados, también negros, tenían una hilera de adornos plateados a lo largo de las costuras externas hasta las botas. Era el traje de un grandee. Lo que Rafe no podía ver era que aquel traje negro del hombre del sable estaba raído y gastado.

El grandee giró unas zancadas alrededor de las carretas. Dudó un instante mirando fijamente otro cuerpo sin vida, pero no desmontó. En cambio, alzó su caballo negro, giró en seco y galopó hacia el sur siguiendo a los demás.

Cuando se marcharon, Rafe espoleó a Rayo y avanzó lentamente hacia la carnicería. A medida que se acercaba, hizo pasar a Rayo junto al cuerpo del hombre que había hecho dudar al tirador. Su ropa de grandee estaba sucia y desgastada, y yacía boca abajo, con la sangre empapando la tierra alrededor de sus piernas. Al parecer, los forajidos habían perdido a uno de los suyos en la pelea.

Desde el lomo de Rayo, Rafe examinó la devastación que los bandidos habían dejado atrás. Alrededor del lugar contó cuatro hombres muertos. Dos de ellos en el suelo eran claramente mexicanos. Los otros dos, aún en el asiento de la carreta, empezaban a arder. Rafe apartó la vista de aquel espectáculo macabro. Era evidente que los asaltantes habían disparado a las mulas que tiraban de las carretas, sin dejar posibilidad de huida. Tres de las cuatro yacían muertas en los arneses, con las ancas empezando a humear. La cuarta estaba herida pero viva. Rafe sacó su pistola y acabó con su sufrimiento. Se mantuvo a distancia de las llamas. Con un fuerte crujido, una de las carretas se desplomó bajo su propio peso, lanzando una lluvia de chispas que se elevó con el humo.

Las carretas viajaban hacia el sur cuando fueron emboscadas. No había nada que Rafe pudiera hacer por los muertos. Hizo girar a Rayo alrededor de las carretas en llamas, cruzando de nuevo junto al grandee que sangraba en el polvo. El hombre gimió. Rafe desmontó y soltó las riendas. Rayo se apartó unos pasos, pero se mantuvo cerca.

Rafe empujó al hombre con la punta de la bota. El

grandee gimió e intentó moverse. Rafe se agachó y lo giró boca arriba. Un corte en el cuello le manchaba la camisa de sangre, pero no parecía mortal. Su pierna izquierda, sin embargo, estaba empapada en sangre.

El grandee era un hombre de la edad de Rafe, con barba oscura. Su rostro pálido mostraba una vieja cicatriz blanca que iba de la comisura del ojo derecho hasta la barbilla. Rafe tuvo la extraña certeza de haberlo visto antes. De pronto, los ojos del medio muerto se abrieron de par en par.

—Benicío, ¿dónde está Benicío? —gimió.

—Benicío se ha ido —le dijo Rafe, suponiendo que Benicío era uno de los forajidos.

Intentó ayudarlo a incorporarse, pero el hombre gritó de dolor sujetándose la pierna. Sus ojos, llenos de pena, miraron a Rafe antes de volver a caer, inertes, sobre la tierra.

Rafe sacó su cuchillo y cortó la pernera del pantalón, revelando una fea herida de bala en lo alto del muslo. La herida era profunda y sangraba abundantemente. Rafe ató con fuerza la faja del hombre alrededor de la herida para intentar detener la hemorragia. Aquel hombre necesitaría un médico que le extrajera la bala si quería vivir.

Rafe se echó hacia atrás sobre los talones observando el rostro del herido. ¡El Paso! La cicatriz era la misma del joven grandee herido en la calle, frente a la Cantina de Los Rosas. El mismo joven noble que los había encontrado en el camino al salir de El Paso.

Aun con el vendaje, la pierna sangraba mucho. Aquel hombre necesitaba ayuda, y la necesitaba pronto. Rafe decidió llevarlo de regreso al pueblo de Isleta, donde estaba seguro de que alguien podría cuidarlo. Se puso de pie y miró alrededor. Además de matar a los hombres y quemar las carretas, los bandidos habían robado los caballos de carga y dejado morir a las mulas en el fuego. La brutalidad de aquellos hombres lo horrorizó. El herido era uno de ellos, pero también era el mismo que le había advertido sobre los Reynolds, quizá ayudándolo a escapar de El Paso hacía cuatro años. No tenía mucho sentido, pero aquel hombre necesitaba ayuda, y Rafe se la debía.

Poco después, Rafe se limpió las manos en el pantalón y admiró su improvisado trabajo. El herido estaba amarrado a una camilla improvisada sujeta detrás del caballo de carga. El joven recobró la conciencia y pidió agua. Durante la conversación, le dijo a Rafe que su nombre era Carlos, y que su hermano mayor, Benicío, lo había abandonado. Rafe escuchó con gesto serio y le advirtió al grandee que el viaje sería duro hasta el pueblo. Allí lo atenderían. Carlos asintió. Rafe estaba seguro de que no lo había reconocido.

Montó su caballo y, guiando el caballo de carga con la camilla, tomó el camino de regreso al norte, de vuelta a Isleta, de vuelta a Chiwiwi.

Benicío escuchó un disparo mientras cabalgaba al sur con sus hombres. Lo inquietó durante varias millas y sintió el impulso de regresar. Había dejado a su hermano por muerto. Carlos era un culón, pero seguía siendo su hermano.

Benicío mandó a sus hombres seguir adelante y dio media vuelta. Desde una cresta vio cómo un hombre colocaba a Carlos en una camilla y tomaba rumbo norte. Pensó en bajar y matar al desconocido y recuperar a su hermano, pero no tenía ningún deseo de cuidar de él.

—Probablemente morirá de sus heridas. Si no, puedo ir por él después —murmuró para sí. Benicío giró su caballo y cabalgó hacia el sur para alcanzar a sus hombres. Todo lo que quería esa noche era whiskey y una puta caliente.

CAPÍTULO 21

Rafe avanzó despacio, tirando con cuidado de la camilla sobre el camino lleno de baches. El hombre herido gemía con cada sacudida. El caballo de carga arrastraba la camilla sin demasiados problemas, salvo al vadear el río. Rafe logró subir a Carlos un poco más alto y ajustó la camilla sobre el lomo del caballo mientras cruzaban, pero el herido aun así terminó bastante empapado. Ya por la tarde llegaron al pueblo.

Las mujeres del poblado corrieron enseguida a levantar a Carlos y se lo llevaron para atender sus heridas. Rafe se quedó junto a Rayo mirando alrededor en busca de Chiwiwi. No tardó en verla. Ella sonrió con alegría y caminó hacia él, con el rostro iluminado por el sol de la tarde.

—Rafael, volviste tan pronto —sus ojos brillaban de felicidad—. Ven, llevaremos los caballos al corral.

El corazón de Rafe se aceleró mientras la seguía al establo. Ella sabía que él la observaba, mirando el vaivén de sus caderas al cruzar el patio.

Después de la cena con Shuren, Chiwiwi y Baqito, Rafe fue a ver cómo seguía Carlos. El color comenzaba a volverle al rostro, haciendo que la cicatriz blanca resaltara sobre su piel curtida. Rafe se sentó y habló con él.

Carlos le contó que la familia de su bisabuelo, don Fernando Zúñiga, había recibido un decreto de tierras del rey de España, otorgándoles tierras cerca de Los Lunas. Era costumbre que el rey concediera tierras a los gachupines en lo que entonces se llamaba Nueva España. Su familia había criado ganado allí por casi doscientos años. En 1864, seis años atrás, el gobierno americano promulgó una ley que anulaba todos los títulos de tierras españolas en esta parte del Territorio de Nuevo México.

Rafe asintió. No había sido muy distinto para su abuelo y su abuela en México. Sus abuelos perdieron su hacienda a manos de don Bernardo.

Carlos explicó que su hermano mayor, Benicío, habría sido el heredero de la tierra tras la muerte de su padre, como era costumbre en las familias españolas. La nueva ley americana los obligó a abandonar su hogar y sus tierras familiares. Sin bienes, sin casa, sin fuente de ingresos y con el corazón ardiendo de rabia, Benicío dedicó su vida a recuperar su fortuna por cualquier medio necesario. Juró hacer pagar a los americanos. Si robar y matar era necesario, que así fuera; prometió continuar hasta poder comprar un rancho en México y abandonar para siempre el Territorio de Nuevo México.

—Está lleno de odio —continuó Carlos—. Es un hombre violento, y no apruebo sus actos, pero es mi hermano. Mi deber es estar con él. Así es en una familia de gachupines. No tengo otro lugar adónde ir —dijo sin mirar a Rafe.

Las palabras de Carlos le recordaron a Rafe su propia historia. Él también tenía un deber con su familia y había matado a don Bernardo. Ahora, tampoco podía volver a su hogar en México.

—Benicío siempre fue terco y arrogante, pero la violencia sin alma que le ha causado la ira lo ha convertido en alguien que apenas reconozco —prosiguió Carlos—. No le importa nadie, ni siquiera yo. Pensé que le importaba reunir dinero para comprar tierras en México, pero ahora… —vaciló— ya no lo sé.

—Soy un hombre buscado, señor —admitió Carlos, apartando la mirada.

—Lo entiendo —respondió Rafe en voz baja.

—Te debo la vida. Estoy agradecido contigo. Lo que pueda hacer para pagarte, lo haré.

—Ya me la pagaste —respondió Rafe—. Una vez me ayudaste tú.

—¿Qué?

—Hace cuatro años, en El Paso, me perdonaste la vida. Huía de un problema. Me buscaban y había precio por mi cabeza. ¿Lo recuerdas?

Carlos lo observó largamente. Recordó a un joven, un peón, que lo había ayudado cuando Benicío lo golpeó.

¿Podía ser este hombre bien vestido y de modales tan refinados el mismo? Se llevó los dedos a la cicatriz de la mejilla.

—¿Tú? ¿Eras tú? —preguntó asombrado.

—Sí.

Era evidente para Rafe que él y Carlos tenían mucho en común. Lo que no era evidente era la consecuencia que tendría haber traído a Carlos Zúñiga al pueblo de Isleta, tanto para la gente del poblado como para él mismo.

CAPÍTULO 22

Al día siguiente, cabalgando hacia el sur poco antes del atardecer, Rafe se detuvo junto al Río Grande para acampar en un pequeño rodal de álamos al norte de la aldea de Las Palomas. Mañana estaría en Las Cruces. Había perdido otro día en Isleta, pero no se arrepentía en absoluto de haber regresado. Chiwiwi había compartido de nuevo su lecho y el amor que sentía por ella lo llenaba de anhelo. Llevaba al hombro el carcaj que ella le había hecho. Su escopeta de cañón corto encajaba perfectamente dentro.

El curandero Tiwa le había extraído la bala del muslo a Carlos y parecía mejor cuando Rafe partió esa mañana. Había perdido mucha sangre y la herida en la pierna podía infectarse, pero Chiwiwi le prometió que lo cuidarían bien.

Apuró al Appaloosa durante el día para recuperar parte del tiempo perdido. Al pasar por el lugar de la matanza del día anterior, los carros no eran más que brasas quemadas y los cuerpos habían sido retirados o enterrados. Trató de no recordar, pero el olor de las carroñas humeantes seguía en el aire.

Le fue bien en Belén tomando pedidos de rifles y vendiendo encargos para un par de sus escopetas. Como era su primer viaje solo, era importante vender y devolver las órdenes con eficiencia a Santa Fe. Telegrafió a don Jorge que se había demorado, sin explicar por qué, y juró recuperar el tiempo perdido.

Con Rayo desensillado y cepillado, lo dejó pastar en la hierba cerca de la ribera. Reunió suficiente leña para una pequeña fogata y se acomodó en un sitio seco bajo un álamo. La enorme copa del árbol protegía el suelo tanto del sol como de la lluvia. Extendiendo su impermeable y una manta, se sentó para abrir la talega que le había dado Shuren. Casi se había olvidado de ella y esperaba que la comida no estuviera echada a perder. Al desatarla, se alegró de encontrar bajo la capa superior de tela tiras de carne seca de venado, nueces y trozos de pan frito. Sacó el cuchillo de la cintura y cortó pequeños pedazos del tasajo.

Mientras masticaba con ganas, tomó la bolsa. Estaba pesada. Miró dentro y halló otra capa de comida, pero algo le pareció extraño. Volcó el contenido. Además de la comida, una talega más pequeña de cuero cayó con un tintineo metálico sobre la manta. Estaba hecha de la misma gamuza suave que su carcaj. Un amuleto de estrella de plata, con una turquesa montada en el centro y ensartado en un cordón de cuero, rodeaba la bolsa pequeña manteniéndola cerrada. Deshizo el nudo y dejó que la bolsita girara en su mano mientras el cordón se desenrollaba.

Al meter la mano, notó un pequeño objeto metálico curvo. Lo sacó y vio el brazalete de plata de Chiwiwi. Se le cortó la respiración. Recordó cómo relucía a la luz del fuego cuando ella lo montaba sobre el lecho de pieles, sus pechos rebotando al compás, sus manos sobre su pecho. Podía imaginar el brazalete en la muñeca izquierda de ella con toda claridad. Lenta, voluptuosa, arqueaba la espalda y alzaba los brazos, pasando las manos por su hermosa cabellera negra. Recogiéndola sobre la coronilla, respiraba hondo, sus pechos perfectos subiendo y bajando mientras sus oscuros pezones lo llamaban.

Rayo resopló y pateó el suelo, soltando un largo y sonoro chorro de orina. —Bueno, gracias por arruinar el ambiente, caballito —se quejó Rafe con el caballo.

Colocó el brazalete con cuidado sobre la manta, junto al carcaj con cuentas. Tomó la talega y la inclinó. Cayeron diez saquitos de gamuza, todos atados con correas. Rafe desató uno y derramó diez monedas de oro sobre la manta. Una rodó hacia el borde y cayó a la tierra. Sobresaltado, la recogió rápido, le sopló y la limpió en la pernera del pantalón.

La moneda, de canto rizado, llevaba el escudo de España por un lado y el rostro del rey por el otro. Tomó otra, y otra más. A Rafe se le abrió la boca. Cada una era una moneda de ocho escudos, los "reales de a ocho" como decía su padre. Desató otro rollo con el mismo resultado, hasta que hubo cien monedas sobre la manta. Más dinero del que había visto jamás, incluso en la armería de George Summers. Más del que nunca soñó. Para él, una pequeña fortuna.

Las monedas brillaban sobre la manta a su lado. Se quedó mirándolas, atónito. ¡Cien piezas de oro macizo! Un papelito cayó de la bolsa y casi se lo llevó la brisa. Rafe lo recogió y desdobló la nota.

Rafael,

La estrella es el símbolo de mi familia. Lleva el amuleto y te mantendrá a salvo hasta que regreses con nosotros. Las monedas fueron tomadas de los conquistadores españoles hace muchos años, cuando mis antepasados lucharon en la Revuelta de los Pueblos. Quiero que las tengas para que nunca pases necesidad. Mi hijo es más precioso para mí que todo el oro que pueda poseer. Eres para siempre parte de mi familia y aguardamos tu regreso con bien.

Letoc

Aturdido, Rafe se sentó solo en la orilla del río escuchando los sonidos: el crepitar del fuego y los grillos de la tarde en los árboles. No se sentía solo.

¡Familia! La palabra resonó en su mente. Cuatro años atrás llegó a este país sin un centavo y hambriento, un fugitivo sin futuro. George Summers lo hizo parte de su familia y lo trató como a un hijo. Ahora, Letoc también lo abrazaba y lo hacía parte de la suya. Sobre todo, ahora, quería tener su propia familia con Chiwiwi. Familia… pero ¿y su familia? Durante cuatro años no hubo día en que no pensara en la suya de sangre: su madre, su hermana y la familia de su tío José.

Ahora era un hombre rico. Hizo una pausa para considerar lo que significaba. Dejando las monedas sobre la manta, caminó hacia la orilla y se quedó mirando el agua ondulante. No se había sentido pobre desde que don Jorge lo llevó a Santa Fe. Don Jorge le proveyó de todo lo necesario y más. Le dio educación, le enseñó a leer y escribir en inglés y le enseñó el negocio de la fundición. Eso valía más que el dinero, pero sabía que el dinero compraba tierras y respeto.

En Santa Fe estudió, trabajó duro y se hizo hombre, fuerte física y mentalmente. Los años de frustración, causados por la vida feudal en México, parecían limpiados de su alma. Era un hombre, un buen hombre, y ahora un hombre rico. Era hora de arreglar las cosas, de poner todo en su sitio: ayudar a su familia y luego formar una con Chiwiwi.

Rayo le dio un empujón con el hocico. Rafe le tomó las riendas a ambos lados del bocado y lo besó justo entre los ojos.

—Rayo, somos ricos. ¿Qué te parece, mi caballo rico?

—Rayo bajó la cabeza para seguir comiendo. «Un hombre rico». Las palabras repicaban una y otra vez en su cabeza mientras contemplaba el lento Río Grande.

Por fin volvió al árbol y se arrodilló sobre la manta. Su mente corría, hilando posibles planes. Podía traer a su madre y a su hermana a Santa Fe y darles una vida mejor. Podía ayudar a su tío y a su familia a comprar un pedazo de tierra propio. Podía saldar su deuda con don Jorge por su parcela en Santa Fe. Podía agradecer al padre Antonio y dar dinero a la misión. Podía ofrecerle a Chiwiwi un hogar propio.

Enrolló las monedas y las devolvió a la bolsa grande junto con el brazalete de plata de Chiwiwi. Se colgó al cuello el cordón con el amuleto de estrella y lo metió dentro de la camisa.

Las instrucciones para él eran no ir más al sur de Las Cruces. Se lo había prometido a don Jorge; había prometido no ir a El Paso. Don Jorge siempre hacía los viajes de ventas a El Paso sin él. —No es seguro—, le advertía. Ya habían pasado cuatro años desde el problema con los Reynolds y quizá don Jorge estaba siendo demasiado protector.

Probablemente los hijos de Reynolds no lo reconocerían después de tanto tiempo. Carlos no lo había reconocido. Ahora era más alto y sus hombros y pecho se habían ensanchado. También iba bien vestido, pero aun así don Jorge hablaba de problemas. —El Paso es problema para ti—, siempre le decía.

Puso unos troncos más en la lumbre y miró a Rayo, ahora atado a una rama del álamo. Envolviéndose en la manta, tanteó la escopeta a su lado y acomodó la pistola sobre el pecho. Estaba emocionado, pero cansado. No había dormido mucho la noche anterior ni la previa. Chiwiwi se había encargado de eso. Ahora la añoraba. Extrañaba su cuerpo cálido y su caricia suave, imaginó sus brazos rodeándolo y se quedó profundamente dormido a la orilla del río.

Hacia el mediodía, Rafe se hallaba en algún punto al sur de Las Cruces. El aire era fresco y agradable y comenzaba a templarse mientras el sol subía. Alzó la vista hacia un halcón que describía círculos muy alto frente a él. Su grito agudo resonó contra los cerros pedregosos. La tormenta pasajera de la noche había lavado el aire y dejado el camino húmedo, pero no enfangado. Avanzaba con buen paso, poniendo rumbo directo a El Paso, a la casa de su tío, donde esperaba que este pudiera arreglar traer a su madre y a su hermana al norte y comprar tierras. Al salir del pueblo pasaría por la misión y, ya de regreso hacia el norte, recogería sus pedidos de armas en el camino. En realidad, no entraría en la ciudad de El Paso y así no rompería su promesa a don Jorge.

CAPÍTULO 23

Benicío Zúñiga de Armijo estaba sentado en silencio en la diminuta Cantina de Los Chávez. Revolvía el whiskey en su vaso mientras observaba a sus vaqueros jugar cartas, y a otro cortejar a una puta ajada. Su silla, recargada sobre dos patas, descansaba contra la pared. Las botas polvorientas y gastadas se extendían frente a él. Una de ellas había perdido la puntera de plata; la otra la conservaba, pero ennegrecida. Su traje negro estaba roto y apestaba. Antes le habría importado, pero ya no.

El sonido de pasos en la puerta de la cantina llamó su atención: era Juan. Deteniéndose frente a la mesa, bajó ligeramente la cabeza en señal de respeto.

—¿Qué supiste? ¿Qué ha sido de mi estúpido hermano? —preguntó Benicío con aquella voz suya siempre fría y afilada por la amenaza de violencia.

—Jefe, hice lo que mandó y seguí al hombre del Appaloosa. Llevaba a su hermano en una camilla hasta el pueblo de Isleta, al norte de Los Lunas —dijo Juan, apretando el sombrero contra el pecho y moviendo los pies con nerviosismo.

—¿Está muerto?

—No lo creo, don Benicío.

—No te emborraches mucho esta noche. Salimos al amanecer —gruñó Benicío.

Aspiró su cigarro y, con un gesto de la mano, despidió al hombre nervioso. Observó a Juan retirarse a la barra y pedir una botella de tequila y un vaso. Una puta gorda y cansada se deslizó junto a él. Le dijo unas palabras, pero él la apartó.

Benicío miró su whiskey recordando los viejos tiempos, aquellos días en que el viejo orden español reinaba, cuando todos sabían cuál era su lugar y el suyo estaba arriba. Su posición en aquel mundo había sido muy cómoda, y maldita sea si no la extrañaba.

Sonrió con amargura recordando su vida anterior.

Cada domingo paseaba en la plaza de Albuquerque montado en su imponente caballo negro y luciendo su silla tachonada de plata. Él y sus compañeros alardeaban ante las señoritas. Ellas desfilaban en carruajes alrededor de la plaza, ocultando el rostro tras abanicos de encaje, murmurando entre sí cuando Benicio pasaba. Pero no le interesaban todas aquellas señoritas; solo una le importaba: Sabrina Martínez de Espinoza.

Sabrina era la muchacha más hermosa de Albuquerque. Su largo cabello oscuro brillaba como diamantes bajo el sol. Su familia era rica y respetada tanto en Nuevo México como en España. Era juguetona y esquiva. Coqueteaba con Benicio y le encantaba ponerlo celoso flirteando con otros caballeros. Benicio podía haber tenido a cualquier mujer que quisiera. Cualquier familia prominente habría aprobado gustosa el matrimonio, pero Sabrina se mantenía distante. Era demasiado orgullosa para entregarse. A él le encantaban su carácter altivo y su independencia. La amaba.

Cada domingo, antes de ir a la plaza para impresionar a Sabrina, hacía que su sirviente le lustrara el estoque y el puñal toledanos. Sus altas botas negras relucían y las punteras de plata brillaban contra el cuero. El traje negro estaba limpio del polvo, y las conchas de plata que decoraban los costados del pantalón y la chaqueta corta resplandecían. Benicio imponía presencia vestido de negro sobre su poderoso corcel. Las señoritas suspiraban y los otros caballeros mantenían distancia, salvo sus amigos. Era un círculo de poder e influencia.

El sirviente lo ayudaba a ponerse el traje y las botas, luego iba al establo a traerle el caballo. Benicio era el amo de su mundo. El sirviente se arrodillaba en el suelo junto al animal, y Benicio montaba apoyando el pie sobre su espalda. Si algún sirviente fallaba en sus deberes, o simplemente si él lo deseaba, lo golpeaba. Aquellos eran días de orgullo. Vestido de negro, con estoque y daga al costado, entraba en la plaza frente a la iglesia de San Felipe de Neri. Buscaba a Sabrina, pavoneaba por ella y paseaba con ella. Los demás caballeros y señoritas los miraban con admiración.

Benicío era gachupín porque había nacido en España. Su madre, doña Teresa, quiso que todos sus hijos nacieran allá para mantener la sangre gachupina, como dictaba la tradición de los Zúñiga desde generaciones. Al saberse embarazada de su primer hijo, hizo el largo y arduo viaje hasta la casa familiar en Madrid, donde nació Benicío. Bajo el dominio español, los gachupines pertenecían a la clase alta gracias a la pureza de sangre y lugar de nacimiento, y gozaban de derechos sociales especiales. Tras la independencia de México, las cosas comenzaron a cambiar, aunque las tradiciones morían lentamente. Pronto México se vio envuelto en guerra con los Estados Unidos. Cuando doña Teresa quedó encinta por segunda vez, ya no regresó a España. Carlos y los menores nacieron en Nuevo México. De pura sangre española, pero no nacidos en España, eran criollos, no gachupines. Para cuando nacieron todos los hijos de los Zúñiga, la familia ya era americana, viviendo en el Territorio de Nuevo México.

Benicío era el hijo mayor, destinado a heredar la tierra y el poder. Sus hermanos menores estaban obligados a sostenerlo y trabajar para él y para la familia. Se sentía intensamente orgulloso de su estatus gachupín. A sus ojos, sus hermanos eran inferiores; criollos. Mantenía viva la conciencia de su posición y los gobernaba con puño de hierro y látigo más duro. Solo con su muerte su hermano menor ascendería a su rango. No, jamás ocuparían su lugar.

De adolescente fue enviado a Madrid. Ingresó en una academia militar donde aprendió el arte de la espada, las armas y la guerra. Estudió con empeño hasta volverse uno de los mejores con el estoque y la daga. Se volvió diestro con las armas de fuego, pero lo que le apasionaba era la intimidad y la venganza del combate con espada. Aunque no era brillante en los estudios generales, emanaba machismo y era respetado, o temido, por sus compañeros.

Pasaba sus horas libres con los cadetes en las cantinas, bebiendo y conociendo mujeres. Las putas de cantina estaban más que dispuestas a que se quedaran mientras les durara el dinero. Benicío aprendió a dominarlas con miedo y violencia. Cuanto más violento era, más se excitaba. Cuanto más las hería, mejor era el placer. Era como una droga. Dos de sus hermanos menores murieron en la epidemia de viruela de 1842. Carolita fue su única hermana, y Carlos, su hermano menor, fue enviado al seminario en Madrid para hacerse sacerdote o maestro.

Al graduarse de la academia, Benicío regresó a Los Lunas, pero la vida en las afueras de Albuquerque era monótona. Madrid había sido emocionante y llena de vida, pero Los Lunas era un pueblecito somnoliento. Solo Sabrina rompía esa monotonía. Su padre aún estaba fuerte y administraba la hacienda. Cuando no cortejaba a Sabrina para pasar el tiempo, Benicío merodeaba por las cantinas locales con sus amigos.

Recordaba con claridad el día en que todo cambió. Seis guardias armados llegaron al patio acompañando a un funcionario del gobierno. Aún estaba en la cama después de una noche de borrachera en las cantinas. Despertó al oír los llantos de su madre y los gritos de su padre.

—La familia debe irse —ordenó el funcionario, desenrollando un largo documento—. Esta tierra ya no les pertenece. Había sido de su familia por generaciones, y ahora era propiedad de los americanos. Tenían dos horas para reunir lo que pudieran y marcharse.

Benicío agarró su pistola y salió por la puerta apuntando al funcionario. Su padre corrió hacia él gritando que se detuviera. Pero Benicío no había sido educado para obedecer, sino para mandar. Levantó su pistola y uno de los guardias disparó. Le pegaron a su padre por la espalda. Murió en los escalones de la veranda, a los pies de Benicío. Su madre se desplomó, y por primera y única vez en su vida, Benicío fue vencido. Su hermano culón, Carlos, estaba en el seminario cuando aquellos desgraciados americanos les quitaron la tierra. Su hermano culón aceptó el destino familiar sin odio. Lo despreciaba por eso.

Todo lo que había sido y querido ser desapareció. No era nada en la sociedad americana. Lo trataban como a un simple mexicano, un peón. Benicío ya no respetaba las reglas ni la moral de la gente común. Llevaba el odio clavado en el corazón contra los americanos. Escupía sobre sus leyes. Esa ley había destruido su vida, y si debía ser un forajido, que así fuera. Su banda estaba formada por caballeros desposeídos cuyas familias también habían perdido sus tierras. Algunos eran mestizos vaqueros que habían trabajado para él en la hacienda.

Su cuadrilla saqueaba comerciantes y ranchos por igual, matando y tomando cuanto querían. Les prometía riquezas y tierras cuando reunieran suficiente dinero para ir a México y hacerse hacendados. Sabía que era una mentira, pero los hombres le creían, confiaban y lo seguían. Así debía ser: él era el jefe. Siempre lo habían seguido los hombres. Benicío amaba matar, la violencia y la sangre. Era su nueva droga.

Dejó a su hermano por muerto en el suelo al norte de Los Lunas. No le importaba su compañía ni si vivía o moría. Lo consideraba débil e inútil, pero aun así era su hermano. Si vivía, podría hablar. Ese estúpido culón tal vez balbucearía o, peor, enviaría a alguien al escondite. Tal vez debió rematarlo cuando tuvo la oportunidad. Suspiró. Mañana cabalgarían al norte para encargarse de él. Chasqueó los dedos hacia una de las putas. Ella sonrió y se acercó. La atrajo a su regazo. Metiendo la mano bajo la falda, la deslizó por el muslo cubierto de medias y le sujetó el cabello con fuerza.

CAPÍTULO 24

Letoc estaba de pie frente a su casa de adobe, con los brazos cruzados sobre el pecho. Observaba a los muchachos abrir el corral al otro lado del pueblo. Dos de ellos saltaron dentro del pequeño redil y empujaron a las ovejas hacia afuera. Los chicos que esperaban afuera de la puerta las guiaron con destreza por el sendero hacia los pastos del día. Todo estaba bien en su mundo. El mitote de siete días había terminado y la vida volvía a la normalidad en el pueblo, salvo por el español que seguía recuperándose de sus heridas. Las cosechas de ese año lucían prometedoras y las ovejas estaban gordas y sanas. Su gente prosperaría. Uno de los perros ladró. Mirando al oeste, divisó a un jinete solitario acercándose al puente del lado occidental del pueblo.

Benicío observaba desde una colina lejana mientras uno de sus vaqueros descendía hacia el pueblo de Isleta. Vio al hombre cruzar el puente y entrar en el poblado. Haciéndose pasar por comprador de lana de Albuquerque, averiguaría si Carlos seguía vivo.

Benicío se acomodó en la silla, irritado por desperdiciar el día en recuperar a su estúpido hermano. Si pudiera confiar en que Carlos mantuviera la boca cerrada, seguiría su camino y lo dejaría recuperarse, pero su hermano era un ignorante que detestaba la vida de bandido y probablemente hablaría de más.

El vaquero avanzó despacio sobre su caballo dentro del pueblo. Un indio lo recibió. Hablaron un rato, luego el vaquero volvió a montar y salió por el camino. Letoc lo observó alejarse antes de entrar al salón comunal. Cruzando las piernas, se acomodó junto a Shuahe, uno de los ancianos de la tribu.

—¿Se encuentra bien, padre? —preguntó Letoc, dirigiéndose al anciano con el título de respeto tradicional.

—Aún en este mundo. ¿Y tú, Letoc? —respondió el viejo girando la cabeza hacia él con ojos ciegos. Aquel anciano compensaba la falta de vista con otros sentidos muy agudos.

—¿Te preocupa algo, hijo? —indagó el anciano.

—No sé qué pensar del visitante que acabamos de tener. Dijo ser comprador de lana de Albuquerque, pero sabía muy poco del tema. Ni siquiera conocía a los comerciantes con los que tratamos allá. Sus ojos vagaban por todo el pueblo y me ignoraba mientras hablábamos.

—¿Discutiste precios con él? —preguntó el anciano.

—Sí, pero se mostró desinteresado y no intentó regatear. Ningún comprador de lana aceptaría un precio sin discutirlo.

—Tal vez interpretaste mal a ese hombre porque no lo conoces —reflexionó el anciano—. A veces es difícil ver el corazón de un hombre. Puede que sea inofensivo, o puede que no sea quien dice ser. Debes proteger tu rebaño. Nos convendría estar alertas esta noche, por si resulta ser un lobo.

Letoc asintió pensativo. Pondría guardias junto a los corrales esa noche.

Benicío estaba sentado en el suelo, las piernas cruzadas en los tobillos y la espalda recargada contra un enebro, esperando al vaquero. Colocó el corcho de nuevo en su petaca de plata y lo golpeó con el talón de la mano. Guardó la petaca en el bolsillo interior de la chaqueta al oír acercarse el caballo. El vaquero desmontó y enroscó las riendas sobre una rama. Esperó a unos pasos de distancia.

Tras una pausa medida, Benicío asintió para que se acercara y le ordenó agacharse.

El vaquero se puso en cuclillas, apoyando el antebrazo sobre la rodilla levantada. Con la otra mano sujetaba el sombrero.

—¿Está vivo? —preguntó Benicío sin gastar una pizca de cortesía. Sus ojos evaluaban fríamente al hombre frente a él. El cowboy mexicano estaba visiblemente nervioso, justo como Benicío quería. El control por medio del miedo era un principio grabado a fuego en él desde la academia de Madrid. Esa filosofía era la base de la disciplina militar española.

—Creo que sí —respondió tímidamente.

—¡¿Qué crees que sí?! —rugió Benicío.

—Q-quiero decir, sí. Vi a una mujer salir de una choza con vendas ensangrentadas. Debe de ser él.

—¡Idiota! Podría haber estado descuartizando un cordero o en sus sangrados. Te mandé a averiguar sobre mi estúpido hermano.

—No podía preguntarle —balbuceó el vaquero—. El indio dijo que en dos días celebrarán la fiesta de la cosecha del maíz. Es una gran celebración con banquete. Los indios comen, bailan y luego se emborrachan. Podemos esperar hasta que estén ebrios y entonces ir por Carlos —sugirió.

—¿Cuántos guerreros viste? —gruñó Benicío.

—Algunos, no muchos.

Benicío gruñó y lo despidió con un gesto. Se puso de pie y ordenó que le trajeran su caballo.

—¡Vámonos a Los Lunas! —ordenó montando de un salto. Sus hombres montaron detrás y lo siguieron al sur hacia el cercano pueblo de Los Lunas.

Dos días pasarían pronto. Dos días bastarían para que Carlos muriera o recobrara fuerzas para montar. Benicío esperaría dos días.

CAPÍTULO 25

Dos días después, Benicío y tres vaqueros estaban sentados en una colina observando el pueblo. Los indios se apresuraban preparando la plaza para la fiesta de la tarde. Juan, el que había ido al pueblo haciéndose pasar por comprador de lana, señaló la pequeña choza del lado oeste de la plaza. Era la misma donde vio a la mujer con las vendas ensangrentadas. Una india corpulenta entró con una canasta de comida y salió con las manos vacías. Nadie más había entrado en aquella choza.

Sin ningún respeto por los indios, Benicío quería lanzarse de inmediato y saquear el pueblo, pero esperó. Estaban ampliamente superados en número y no tenía razón para arriesgar a sus hombres por Carlos. Caería la noche, y cuando los guerreros estuvieran lo suficientemente ebrios, simplemente irían a buscar a su hermano. Esperaba que Carlos pudiera montar; de lo contrario, Benicío había decidido matarlo.

La celebración de la cosecha estaba en pleno apogeo en la plaza. Los tambores y los cantos resonaban por todo el pueblo y el aire olía a humo y comida asándose. Cuando la noche cubrió el cielo, la mayor parte de la comida había desaparecido y la gente, satisfecha, disfrutaba felizmente del baile y la celebración. Las doncellas, entre ellas Chiwiwi y sus amigas, completaron su última danza. Chiwiwi sabía que su breve desaparición pasaría inadvertida.

Una gran fogata ceremonial ardía en la plaza, pero afuera del círculo reinaba la oscuridad. La luna casi llena aún no aparecía en el cielo. Chiwiwi miró en ambas direcciones desde el costado de la choza del español herido. Hizo señas a sus dos amigas para que la siguieran adentro. Las tres corrieron emocionadas alrededor de la esquina y entraron riendo a la choza. Les habían advertido que no se acercaran al español herido. Ese lugar estaba prohibido para todos, salvo para Sliwaki, la cuidadora del español, y para Letoc, por supuesto.

Chiwiwi era hermosa y su personalidad efervescente. Todos en el pueblo la querían y ella siempre sabía aprovechar esa ventaja. Una sonrisa encantadora y una muestra de arrepentimiento bastaban para librarse del castigo por sus travesuras.

Sus amigas, Laapu y Sokea, morían de ganas por ver al joven. Chiwiwi dijo que no tenía miedo de colarse para echarle un vistazo. Discutieron sobre quién era valiente y quién no. Chiwiwi las retó a acompañarla.

Una lámpara ardía en el soporte de la pared junto al lecho donde dormía el joven. Las amigas de Chiwiwi se quedaron indecisas junto a la pared, tapándose la boca para no reírse. Siempre la más atrevida, Chiwiwi dio un paso adelante y se detuvo junto al hombre dormido. Laapu soltó una risita. Chiwiwi frunció el ceño y la mandó callar, llevándose un dedo a los labios. Les indicó que se acercaran. De pie junto a ella, Sokea susurró:

—Es guapo.

—Sí —asintió Laapu en voz baja señalando su rostro—, y con esa cicatriz se ve peligroso. Las tres rieron otra vez detrás de sus manos.

Los ojos de Carlos se abrieron y se incorporó apoyándose en un codo. Las tres muchachas gritaron y corrieron hacia la salida. Laapu y Sokea casi se atropellaron en su intento por escapar. Chiwiwi, riendo, las seguía de cerca. Sokea llegó primero a la puerta cubierta con pieles. Se agachó para pasar, pero en lugar de cruzar, rebotó como si la puerta fuera de madera y cayó al suelo. Chiwiwi chocó con Laapu y se detuvo en seco.

Las tres quedaron paralizadas. Un gran español llenaba el marco de la puerta y entró en la habitación. El hombre alto vestía pantalones negros decorados con plata gastada. Llevaba una larga espada en la mano.

Sokea, tendida boca arriba, jadeó mirando al intruso. Con el estoque en mano, el hombre pasó sobre ella y se dirigió a Carlos. Chiwiwi y Laapu vieron su oportunidad de huir, pero al lanzarse hacia la puerta fueron atrapadas por los brazos de dos hombres más que entraban agachados. Las chicas forcejearon, pero sus captores las empujaron con rudeza alejándolas de la salida. Uno de los hombres levantó a Sokea del suelo y sujetó a ambas, Sokea y Laapu.

—Levántate —ordenó Benicío a su hermano.

El rostro de Carlos se torció en una mezcla de asco y odio. —¡Desgraciado! Me dejaste morir, ¡maldito! Vete y déjame en paz.

—Levántate —repitió Benicío con voz grave—. O vienes, o mueres. Ya me cansé de ti.

Chiwiwi se debatía en brazos de su captor. Podía ver los ojos aterrados de sus amigas. El hombre la sujetaba fuertemente por la cintura con un brazo y le cubría la boca con la mano. Ella forcejeó y él aflojó un poco el agarre. Entonces Chiwiwi le mordió la mano.

—¡Ayeeee! —chilló el hombre retirando la mano de su boca.

Chiwiwi gritó tan fuerte como pudo, y siguió gritando, rezando porque alguien en la plaza la oyera.

La mente de Benicío se aceleró. No podían quedar atrapados en aquella choza. Levantó el brazo derecho y descargó la empuñadura de la espada contra la sien de Carlos. Todo se volvió blanco para Carlos antes de desplomarse sobre el lecho. Alcanzó a oír el rugido de su hermano:

—¡Me cago en ti, inútil y desagradecido culón! ¡Nuestro padre debió gastar su semilla en las sábanas! Luego todo se volvió negro.

Benicío escupió sobre el rostro inerte de su hermano. Giró sobre los talones, irradiando violencia por cada poro de su cuerpo, lo que excitó su deseo.

Deteniéndose frente a las tres muchachas, observó el hermoso rostro desafiante de Chiwiwi. Luego miró a Sokea, desafortunadamente no agraciada.

—¡Mátenla! —ordenó señalándola—. ¡Llévense a estas dos!

La orden fue cumplida. Sokea cayó de rodillas llevándose las manos al cuello. Sus ojos se cruzaron con los de Chiwiwi, llenos de terror, mientras la sangre le brotaba entre los dedos. Chiwiwi vio cómo su amiga se desplomaba de bruces mientras ella y Laapu eran arrastradas fuera de la choza.

La gente en la plaza escuchó los gritos de Chiwiwi, pero reaccionó con lentitud. Ella volvió a gritar y Letoc ordenó a sus guerreros ponerse en guardia. Las mujeres reunieron a sus hijos y corrieron hacia sus chozas. Tres hombres salieron de la choza de Carlos en la penumbra. Destellos de disparos rasgaron la noche. Los guerreros se dispersaron buscando sus armas. Un vaquero que esperaba afuera entregó las riendas a los tres hombres. Laapu y Chiwiwi fueron arrojadas boca abajo sobre las piernas de sus captores. Benicío montó su poderoso semental. Cuando el último vaquero giró para montar su caballo, la parte trasera de su cabeza estalló, esparciendo sangre, carne y hueso sobre las dos muchachas y los hombres que las sostenían.

El tiroteo venía de todas partes. Chiwiwi podía oír las balas silbar en el aire. Sintió algo cálido y viscoso salpicarle el rostro y oyó un gemido. El brusco salto del caballo la golpeó contra su costado cuando el jinete lo espoleó al galope.

Los hombres de Benicío, disparando desde sus monturas, atravesaron la plaza al galope. Los guerreros indios respondieron el fuego desde las puertas y detrás de cualquier cobertura disponible.

Chiwiwi escuchaba los gritos de su gente y las detonaciones a su alrededor. Sentía los músculos del caballo tensarse bajo ella y sus piernas golpeaban los flancos del animal. La oscuridad de la noche los envolvía, y la luz del fuego en la plaza se hacía cada vez más pequeña.

Los asaltantes espolearon sus caballos por el camino que salía del pueblo. El jinete que llevaba a Laapu iba delante de ella. Chiwiwi alcanzó a ver los pies de su amiga golpear los costados del caballo. Una bala silbó cerca y, de pronto, el caballo, el jinete y Laapu desaparecieron de su vista. El captor de Chiwiwi azotó las riendas con más fuerza, y se perdieron en la oscuridad.

CAPÍTULO 26

Rafe sabía que se acercaba a El Paso. Los viajeros del camino se lo habían dicho. Aunque no había regresado en cuatro años, las cartas de su tío estaban llenas de noticias sobre el bullicioso pueblo. La casa de su tío quedaba al norte del poblado, y decidió desviarse del camino principal mucho antes de llegar. Tal vez no lo reconocerían, pero Rayo era un caballo inolvidable. Cabalgaron hasta la orilla de un pequeño afluente y lo siguieron hacia el este. No estaba del todo seguro de dónde se hallaba el rancho de los Reynolds, así que se detenía en cada colina para observar el paisaje.

En una ocasión vio a dos jinetes y se ocultó en un matorral de sauces hasta que desaparecieron de su vista.

El día estaba caluroso y pegajoso. Volvería a llover más tarde, como solía ocurrir en verano. Rafe se secó el sudor de la frente y dejó que Rayo y el caballo de carga bebieran a gusto del arroyo. Finalmente, coronó una colina y divisó el barrio donde vivía su tío.

Rafe cruzó el campo hacia la modesta casa construida con tablones desgastados y ladrillos de adobe. Una niña jugaba en el patio delantero con un perro marrón. Al olfatear el aire, el perro vio al jinete que se acercaba y comenzó a ladrar. Una mujer mayor apareció en la puerta y le indicó a la niña que entrara a la casa.

Rafe entró al patio, se empujó el sombrero hacia atrás y saludó a su tía:

—Buenos días, tía.

—¡Rafael! Gracias a Dios —exclamó tía Lupe—. Déjame verte. ¡Mira cómo has crecido! Ya eres todo un hombre —dijo colocando sus manos a ambos lados de su rostro y besándolo en ambas mejillas y en la frente cuando él desmontó de Rayo—. Ven, ven adentro.

Olivia se quedó en la puerta, temerosa y tímida. Rafe era un extraño, un extraño vestido con ropas de americano.

—Tu primo Rafael —le dijo su madre, y Rafe

extendió la mano. La niña tocó tímidamente su camisa con volantes y soltó una risita.

Rafe la levantó en brazos y la hizo girar en el aire. Su pequeña prima rió de alegría. —¡Más! —gritó— ¡Más!

Humo salía de la pequeña chimenea detrás de la casa cuando José y sus hijos regresaron de las minas. José se detuvo frente a la casa y se bajó del caballo con dolor. Uno de los hijos mayores tomó las riendas de su padre y se llevó el caballo al corral trasero. José caminó con rigidez hacia la casa. Había sido otro día largo y duro en la mina de plata. La rodilla derecha le dolía con cada paso, pero no tenía más opción que seguir trabajando. Desde que perdió su rancho, esos eran los únicos trabajos para los mexicanos.

Martín, su hijo mayor, gritaba desde la parte trasera de la casa, pero no alcanzó a entenderle. Casi al llegar a la puerta se detuvo y se volvió, dudando si debía ir a ver qué pasaba.

—Hola, tío —dijo una voz detrás de él. Al girar, se encontró frente a un hombre alto y delgado, vestido con traje gris y camisa blanca. José parpadeó y miró a los ojos de aquel hombre. De pronto las palabras cobraron sentido.

—Rafael, mi hijo. ¿De veras eres tú? —preguntó.

—Sí, tío.

Los muchachos corrieron a la casa. —¡Papá, Rafael está aquí!

Cuatro años no solo habían cambiado a Rafe, sino también a la familia de su tío. Martín estaba casado con Conchita, a quien llamaban Ita. Tenían un bebé y otro en camino. Olivia tenía ya casi ocho años, pero aún le gustaba que su primo Rafael la cargara. Tomás y el pequeño José eran ya adolescentes y lucían incipientes bigotes, y Francisco, aunque más joven, casi alcanzaba su estatura.

Quien más le preocupaba era su tío. Cansado y gastado, José parecía mucho mayor de sus cuarenta y seis años. Caminaba cojeando, pero sus ojos brillaban al ver a su sobrino.

Su tía Lupe preparó una gran cena de cerdo picante, frijoles y tortillas calientes. Hacía mucho que no probaba comida chihuahuense como la de su madre. La comida mexicana en Santa Fe era buena, pero distinta. Entre bocado y bocado, todos hablaban a la vez. Querían saberlo todo sobre su vida y sobre Santa Fe. Él quería saberlo todo sobre ellos. Rafe estaba ansioso por contarles que era rico y que les compraría un lugar mejor, pero primero necesitaba hablar con su tío en privado.

La habitación, llena de su familia, estaba deseosa de escuchar sus aventuras. Se maravillaron cuando habló de Chicago y sus edificios altos. Escucharon atentos mientras relataba cómo había salvado al pequeño Baqito del arroyo crecido. Olivia se acurrucó en su regazo hasta quedarse dormida. Ya era tarde y los muchachos tenían que levantarse temprano para ir a la mina. Protestaron con fuerza cuando su padre les ordenó ir a dormir. Solo Martín se quedó en la mesa.

Cuando la familia se fue a la cama, su tío sirvió tres copitas de tequila. Martín rió y dijo que la última vez que su padre había servido tequila fue cuando nació el bebé, hacía más de dos años. Su tío gruñó que el tequila era solo para ocasiones especiales.

—Para tiempos mejores —brindaron y chocaron sus vasos por los buenos tiempos.

—Tío, ¿ha tenido noticias de mi madre y mi hermana?

—No —confesó—. Escribo cartas, pero no recibo respuesta. Tal vez se pierden o las confiscan. Iría a buscarlas, pero no tenemos dinero. Apenas puedo alimentar a la familia con lo que gano en las minas. Ha mejorado un poco desde que Tomás y el pequeño José son lo bastante grandes para trabajar, pero Conchita pronto traerá otra boca que alimentar.

—Tío, tengo buenas noticias, muy buenas. Tengo suficiente dinero para traer a mi madre y a mi hermana. También tengo dinero para comprar tierra para usted y la familia.

—Eso requeriría muchos dólares americanos —le dijo su tío moviendo la cabeza—. La tierra es muy cara. Los grandes rancheros pagan cientos de dólares por los terrenos de ganado aquí. La tierra tiene buena agua y es buena para las reses —explicó.

Rafe metió la mano bajo su camisa y sacó la bolsa de cuero, colocándola sobre la mesa.

—Le conté del joven indio que salvé en el pueblo de Isleta —le recordó—. Su padre, el jefe, me recompensó con este obsequio. —Volcó el contenido sobre la mesa; las monedas tintinearon al amontonarse. José y Martín se quedaron boquiabiertos ante el montón de oro—. Hay cien monedas de oro, miles de dólares —dijo Rafe—. Podemos comprar la tierra.

—No puedo aceptar semejante regalo —protestó su tío tras unos instantes de silencio atónito.

—Sí —insistió Rafe—. Quiero que traiga a mi madre y a mi hermana desde México. Este es el pago por lo que hará.

Sirvieron otra ronda de tequila, y esta vez, al chocar los vasos, su tío tenía lágrimas en los ojos. —Gracias a Dios —repitió varias veces.

José, Martín y Rafe hablaron hasta entrada la noche, bebiendo varias rondas de tequila. José quería que Rafe hablara con el banquero.

—Él no me creerá —insistía su tío—. Además, no puedo leer inglés. Martín puede leer algo, pero no lo suficiente para comprar tierras. Nos engañarían.

—Debes ir a El Paso y ver al banquero —dijo José a Rafe. Él sabía que su tío tenía razón, pero su estómago se revolvió. Ya había roto su promesa a don Jorge al venir a El Paso. Tragando otro sorbo de tequila, Rafe supo que debía hacerlo por el bien de su familia.

—¿Qué pasó con los Reynolds? —preguntó Rafe—. ¿Cree que aún quieren matarme?

—No he oído nada desde hace tiempo. Vinieron varias veces buscándote y luego se cansaron, supongo. No vamos mucho al pueblo para saber las noticias.

Los tres hombres decidieron que Rafe dejaría a Rayo en el pequeño corral detrás de la casa y tomaría uno de los caballos de su tío para ir al pueblo. Vestido con su ropa de trabajo, nadie lo reconocería. Ya no parecía el joven de diecisiete años que había ido al Rocking R Ranch cuatro

años atrás. Era más probable que reconocieran al
Appaloosa. Podría reunirse con el banquero y marcharse
pronto. Su tío creía que Rafe correría poco peligro, pues los
hermanos Reynolds estarían en su rancho o en la cantina
bebiendo.

CAPÍTULO 27

Con cautela, pero procurando verse relajado en la silla, Rafe hizo trotar la yegua castaña de su tío hacia las afueras de El Paso. La tormenta de ayer había dejado el aire libre de polvo. Las calles seguían con lodo y en las hondonadas quedaban charcos pequeños. En el cruce del extremo norte del pueblo, Rafe miró hacia la calle Piedras. Ese camino iba al El Paso mexicano y terminaba en el Río Grande. Rafe volvió la yegua hacia Piedras hasta poder ver al otro lado del río. ¡México! Se detuvo y contempló su antiguo país. Lo invadió una mezcla extraña de arrepentimiento y enojo y, sin llegar a ser nostalgia, una punzada de añoranza. Permaneció un rato sentado y luego hizo regresar a la yegua. Su destino era la calle Stratton.

Al pasar junto a una cantina, el balar de una trompeta, acompañado de una guitarra, flotó hasta la calle. El cantante del Mariachi contaba la historia de una muchacha que dejó a su novio por otro hombre, y ahora el muchacho ya no podía vivir sin su amor. Rafe sonrió al pensar en Chiwiwi. Anhelaba volver a sus brazos y a su cama cuanto antes.

A su izquierda notó el letrero desgastado de la Establo de Flaco. Un joven martillaba herraduras junto al fogón.

—Chico —llamó un hombre mayor—. ¿Ya están esas herraduras? El hombre le lanzó a Rafe una mirada fugaz y volvió con el muchacho. Rafe siguió con la yegua. En la esquina donde antes había girado, esta vez tomó la otra dirección.

El Paso americano era más o menos como lo recordaba, pero parecía más grande. Hizo caminar a la yegua frente a una talabartería y una tiendita atestada de mujeres comprando víveres. De las vigas de madera que cubrían la acera colgaban flores de colores.

Rafe vestía camisa blanca con cuello y un moño negro delgado. Era su mejor traje y lucía aseado y próspero.

Había acompañado muchas veces a George Summers a visitar banqueros y prestaba mucha atención a cómo trataba con ellos. Se palpó la bolsa bajo la camisa y se sintió seguro de poder cerrar un trato por una buena parcela.

En la Calle Stratton giró a la izquierda. Podía ver el El Paso Republic Bank más abajo de la calle, más allá del Hotel Stratton. Ése era el banco que George Summers usaba aquí en El Paso. Rafe pasó frente a un salón con un letrero colgando sobre los escalones que decía de Lilli Jean's Saloon. Un par de vaqueros estaban recargados contra la pared del lado opuesto de las puertas vaivén y miraban a Rafe acercarse. Sus miradas eran amenazantes y frías. Su gesto duro le dijo a Rafe que no sería difícil encontrarse con problemas aquí en El Paso. Sintió aquel viejo cosquilleo de humillación y discriminación en la espalda, pero sostuvo sus miradas con naturalidad y les devolvió el gesto.

Uno de los vaqueros se despegó lentamente de la pared y avanzó hasta el borde de la banqueta. Rafe cambió las riendas a la mano izquierda y dejó la derecha cerca de su pistola.

El vaquero metió los pulgares detrás del cinto del arma y se inclinó para escupir un largo chorro de tabaco en la calle mientras Rafe pasaba. Se limpió los labios y la barbilla con el dorso de la mano y lo miró a los ojos. Rafe siguió calle abajo y metió la yegua en el barandal frente al banco.

Enroscando las riendas alrededor de la barra horizontal del poste de amarre, Rafe echó un vistazo por encima de la silla. Con alivio vio que los vaqueros ahora habían puesto su atención en una pelea a puñetazos que rodaba por los escalones frente de Lilli Jean's Saloon.

Rafe subió los escalones del El Paso Republic Bank o y se detuvo un segundo, mirando su reflejo en los vidrios. Estaba listo para hacer negocios. Enderezó la postura, cuadró los hombros, presionó la manija y abrió la hoja derecha. Una campanilla tintineó anunciando su llegada. La actividad se detuvo por un respiro mientras todos evaluaban al recién llegado y, de inmediato, volvió el trajín.

Rafe cruzó hacia una ventanilla y esperó detrás de una señora mayor con vestido azul y chal blanco. Su sombrero le pareció ridículo: lleno de plumas y flores. Un pájaro falso lo miraba desde la copa, por encima del ala ancha. La mujer revisó nerviosa varias veces por encima del hombro, lanzándole miradas furtivas a Rafe mientras el cajero concluía la operación.

Rafe le sonrió a la mujer, pero se divirtió pensando en decir:

—¡Bú! —y zapatear. Estaba seguro de que la nerviosa mujer daría un alarido o se desmayaría, o ambas cosas.

Ella empujó a toda prisa el dinero que el cajero le deslizó, lo metió en su bolso y apretó las cuerdas hasta cerrarlo bien. Se desplazó de lado por el mostrador sin darse vuelta y, cuando creyó que estaba a salvo del peligroso —aunque bien vestido— desconocido, giró y atravesó el vestíbulo a toda prisa. Empujó la puerta, desapareció y la vieron cruzar la ventana.

Rafe se puso frente a la rejilla. El cajero guardó bajo el mostrador los papeles del cliente anterior y alzó la vista.

—¿Puedo ayudarle? —preguntó con cortesía.

Los lentes del hombre asomaban bajo una visera. Llevaba un chaleco negro de dos bolsillos con un reloj en el izquierdo. Una cadena dorada cruzaba hasta la leontina del otro lado. A pesar de las ligas por encima de los codos, se las había arreglado para mancharse ambas bocamangas con tinta.

—Quisiera hablar con el señor Terrence Howard. Soy Rafael Ortega de George Summers Weapons Company. —Notó la sorpresa del hombre al oírlo. El cajero dudó unos instantes, sopesando qué hacer, mientras examinaba a Rafe por encima de los lentes que se le habían escurrido nariz abajo. Con un índice manchado, se los empujó y cerró la ventanilla.

—Espere aquí un momento —dijo por fin.

El cajero pasó junto a la caja abierta, descorrió el cerrojo de la reja de hierro al final del mostrador, cruzó el vestíbulo y entró a la oficina a la derecha de la puerta. Las ventanas del banco daban a la calle. La oficina del gerente estaba separada por media pared y ventanales que miraban al interior, permitiendo ver entradas y salidas. El nombre Terrence Howard aparecía pintado en dorado sobre el travesaño de vidrio. Tras una breve charla, el cajero desanduvo sus pasos. Howard se puso de pie y cruzó el vestíbulo hacia Rafe.

—Señor Ortega, soy Terrence Howard —dijo tendiéndole la mano—. ¿Cómo está George estos días?

El señor Howard era menudo, con lentes, y varios centímetros más bajo que Rafe. En ese momento, los anteojos descansaban sobre su frente de cabello claro y ralo. Mostraba aplomo y vestía impecable un traje azul marino a rayas con chaleco. Su apretón fue firme y la mirada, sincera y cordial.

—Está muy bien. Le manda saludos para usted y su familia —respondió Rafe en un inglés impecable—. La señora Summers y las niñas también están bien.

—Magnífico, magnífico, pase a mi oficina y tome asiento. —Howard volvió a su escritorio con paso resuelto. Se inclinó levemente y le indicó la silla—. Yo tomaré un café, ¿qué le ofrezco?

Rafe asintió. —Gracias, señor, pero prefiero un vaso de agua.

De regreso a la puerta, Howard pidió a su secretaria que trajera las bebidas.

Rafe sabía que George consideraba al señor Howard un hombre bueno y honesto. «Haciendo negocios con Howard desde hace muchos años», solía decir. «He partido el pan con su familia en muchas ocasiones».

Desde la oficina de gerencia, Rafe veía la calle por un ventanal limpio. El ambiente era tranquilo y cómodo, con un vago olor a pipa.

Howard sonrió ampliamente.

—Así que, así que, ¿usted es el joven Rafe? —afirmó más que preguntó—. Ciertamente, ciertamente, George presume de usted y de cómo le salvó. Cuando viene de visita, no se cansa de contarme sus últimas hazañas. Ya veo con mis propios ojos que es un gran muchacho.

Rafe, intentando sin éxito contener el rubor, alcanzó

a decir:

—Gracias, señor.

—Sí, sí —siguió Howard, con su curiosa costumbre de repetir—, pero estoy algo confundido. He estado carteándome con George y no mencionó su llegada. George nos autorizó a abrir una cuenta nueva para el contrato que negocia con el ejército en Fort Bliss. ¿Hubo algún cambio?

—Estoy al tanto del contrato, señor, y lo he comentado en detalle con George. El ejército eligió a GSW para abastecer Fort Bliss con pistolas y rifles de nuestro diseño. Además, les proveeremos nuestra nueva munición de fuego central de bajo humo. Esperamos que este contrato abra la puerta a muchos envíos posteriores a destacamentos del ejército por todo el país. Nuestra intención es canalizar todas las operaciones de los territorios del suroeste a través de su banco. —Rafe lo miró directo a los ojos. Si el banquero tenía alguna reserva por la edad del joven, la descartó en ese instante.

—Bien, bien. Tengo aquí documentos que requieren firmas para transferencias, desembolsos y poder para actuar en nombre de GSW. Podemos agilizarlo si no hay que esperar al correo para enviar a Santa Fe.

—Con gusto llevaré los documentos a Santa Fe, señor Howard, pero no he venido por asuntos oficiales de GSW —respondió Rafe, con el estómago hecho nudo. Le había prometido a don Jorge no venir a El Paso. Ahora tendría que llevar papeles del banco a Santa Fe y quedar descubierto en su falta—. En realidad, estoy aquí por un asunto privado —dijo al fin.

—Oh, ya, entiendo. Disculpe que me haya adelantado; supuse que venía por negocios de GSW. Entonces, ¿en qué puedo ayudarle, señor Ortega?

Esta vez no se repitió, pensó Rafe, divertido.

—Sí, señor Howard. Busco invertir en una propiedad ganadera cerca de El Paso.

—Bueno, bueno, déjeme pensar. No debería ser problema. Hay varias propiedades abandonadas en la zona —continuó Howard, frotándose el mentón y repasando su lista mental.

—Quisiera saber qué está en venta, y, señor Howard, estoy dispuesto a pagarle por su tiempo y sus servicios para encontrar algo adecuado.

Howard pareció sorprendido:

—No, no. George hace mucho negocio con mi banco y me complacería ayudarle. Este banco tiene los papeles de la mayoría de las hipotecas de por aquí. De hecho, vamos a ejecutar varias en cualquier momento. — Tomó un sorbo, pensativo.

—Le propongo lo siguiente —prosiguió—: vaya a instalarse al hotel y véame aquí cerca de la hora de cierre. Tendré listas compiladas y le mostraré lo que hay disponible. Quizá mañana usted y yo podamos salir a caballo a ver los lugares.

Rafe no había contemplado quedarse en El Paso. Ingenuamente creyó que podría concretar rápido y marcharse. Ahora comprendió que tomaría más tiempo.

—Yo… aún no me registré en el hotel —balbuceó.

Howard alzó la mano. —No hay problema, no hay problema. ¿Quiere que llevemos su caballo a de Hastings Livery?

Rafe asintió, reconociendo el nombre de cuando él y don Jorge llegaron por primera vez. —Gracias, señor, muy amable. —Howard salió y habló brevemente con un joven que enseguida salió del banco. Tomó las riendas de la yegua y la condujo calle abajo.

Al volver, Howard apoyó las palmas en el escritorio.

—Ahora bien, ¿cómo piensa hacer la compra, señor Ortega? Desde luego, el El Paso Republic Bank estaría encantado de ofrecerle un préstamo basado en su relación con George Summers, pero necesitaríamos algo de garantía.

—Mi intención es pagar al contado, señor Howard.

—Al contado, al contado… sí, eso estará bien — admitió el banquero, sorprendido.

Rafe sacó la bolsa de debajo de la camisa y la puso sobre el escritorio.

—Necesito que esto quede en la caja fuerte mientras esté en El Paso —dijo—. Y un recibo.

Terrence Howard levantó la bolsa, sopesándola.

—Cien piezas de a ocho de oro —explicó Rafe—. ¿Necesita contarlas?

—No, no, no, no hace falta. Confío en usted. —Rafe sonrió ante el triple tartamudeo del nervioso banquero.

El señor Howard le extendió un recibo y caminó con él hasta la caja fuerte fuera de su oficina. Al guardar la bolsa, se volvió hacia Rafe.

—Lo espero justo antes de las cinco. Revisaremos las propiedades entonces.

Se estrecharon la mano y Rafe salió por la puerta del banco, bajó por la acera y se encaminó al Hotel Stratton.

CAPÍTULO 28

Rafe soltó una risita al ver la cara de desconcierto del recepcionista mientras pedía una habitación en el vestíbulo del Hotel Stratton. Aquel empleado no recibía muchos mexicanos en el hotel, y menos uno tan bien vestido.

—Yo... eh, tengo una habitación. Cuatro dólares —tartamudeó el recepcionista.

Rafe sonrió y respondió en un inglés preciso, con un deje del acento oriental de George Summers. Puso un billete de cinco dólares en el mostrador y dijo:

—Quédese con el cambio.

Varias personas cerca del mostrador se volvieron a verlo. Rafe se había quitado el Stetson al cruzar la puerta. Su cabello negro y el rostro tostado contrastaban con la camisa blanca. Nadie confundiría su origen, pero al recepcionista le costaba conciliar sus modales cultos y su forma de hablar. Los mexicanos de la zona, incluso los de alto rango, hablaban un inglés al estilo tejano. Rafe fingió no prestar atención, aunque estaba disfrutando el momento. Mantuvo al recepcionista atrapado en su mirada.

El recepcionista giró el libro de registro después de que Rafe firmó.

—¿Señor Ortega? —preguntó despacio, levantando la vista.

—Sí, correcto.

—Ah, sí, señor, la habitación diecisiete. Una habitación muy bonita.

Rafe subió las escaleras. Encontró el cuarto amplio y cómodo, con una ventana a la calle. Tras lavarse y descansar un rato, salió rumbo a de Hastings Livery para revisar la yegua.

Rafe caminó por la acera de tablones con aire despreocupado. Carruajes, carretas y jinetes iban y venían por la calle Stratton. Cruzó la calle junto a las puertas vaivén de Lilli Jean's Saloon. El tintineo metálico de un piano se escapaba por la entrada. Los vaqueros que había visto antes en la puerta ya no estaban. Echó una ojeada por encima de las puertas hacia la penumbra, oyó maldiciones seguidas de risotadas, y siguió de largo.

Al entrar a la caballeriza vio dos hileras de pesebreras, todas ocupadas. Olía a caballo y a heno dulce. Los establos tenían cama limpia y los animales lucían cepillados y bien cuidados. Rafe se plantó frente al cubículo de la yegua.

—¿Quién es usted, señor? —sonó una voz áspera a su espalda.

—Éste es mi caballo. El señor Howard, el banquero, envió a un muchacho para traerla, y solo venía a revisarla; pero parece que no hacía falta preocuparse. Se nota que la ha atendido muy bien —Rafe no se volvió de inmediato. Acarició el cuello de la yegua y se giró despacio.

—Yo sé que el señor Howard es el banquero y me dijo que este caballo es del señor Summers —la voz no cambió—. Y yo conozco al señor Summers, y usted no es él.

Un anciano negro se apoyaba, no tan casualmente, en una horquilla de heno. A Rafe no le cabía duda de que la tendría en su garganta en un instante si sus respuestas no le gustaban.

—No, es mi caballo. Trabajo para el señor Summers —respondió Rafe—. Me hospedo en el Hotel Stratton por negocios, del señor Summers —añadió.

El hombre lo midió un momento.

—Me llamo Charlie Hastings —extendió la mano y Rafe se la estrechó—. Perdone lo brusco, pero hay ladrones de caballos a montones.

Había visto hombres negros antes, pero nunca uno de un tono tan profundo. Su cabello, en contraste, era de un blanco nieve, como sus dientes. Pese a la edad, Charlie era corpulento y muy fuerte. Rafe no dudó de que la yegua estaría segura con él.

—Soy Rafael Ortega. Trabajo para George Summers —Rafe flexionó los dedos después de que Charlie terminara de triturárselos.

—¿Podría hacerme el favor de darle algo de maíz? Pagaré el extra.

Charlie asintió.

—Me gusta la gente que cuida bien a su caballo.

—Supongo que conoce prácticamente todos los caballos de El Paso, ¿no? —preguntó Rafe.

—Todos los caballos entre aquí y Las Cruces, eso creo.

—Quizá compre algunos para cría y llevarlos al norte, y quería saber quién podría tener buenos. Oí que los Reynolds podrían tener —procuró sonar casual.

—Tenían, pero esos muchachos son muy vagos. Vagos, inútiles, canallas como no ha visto. Siempre en líos y dándole disgustos a su padre. Son tan vagos que, si respirar no fuera natural, se ahogarían. Se la pasan en de Lilli Jean's Saloon. —Señaló con la barbilla en esa dirección.

—Eldon va a la tienda china del opio. Se volvió malo desde que lo cortaron —Charlie soltó una risita.

—¿Lo cortaron? —Rafe fingió indiferencia.

—Sí, casi le arrancaron la oreja. Y tiene la nariz chueca. Dicen que antes era medio tonto y medio feo. Ahora no se ha vuelto más listo, pero feo ya es del todo — Charlie se dio una palmada en la pierna y soltó una carcajada.

Rafe rió con él, pensando que a Eldon le estaba bien merecido por lo que hizo.

—¿Los vio alguna vez con ponis indios hace unos años? —Rafe sabía que se arriesgaba con esa pregunta, pero por lo que Charlie acababa de decir, intuía que no era amigo de los Reynolds.

Charlie se rascó la barbilla, pensativo.

—Conozco todos los caballos de por aquí. Y de repente, un día, Roy y Eldon vinieron a vender uno o dos ponis, sin herrar. Lo más seguro es que fueran indios. Les pregunté de dónde los sacaron y dijeron que se los quitaron a indios que intentaban robarles ganado.

—Con ese dinero se dieron la gran vida en de Lilli Jean's Saloon, y destrozaron el lugar. Por eso también pasaron tiempo en la cárcel —Charlie apoyó la horquilla junto al pesebre.

—Usted mejor manténgase lejos de los Reynolds; no

valen nada y son ladrones. Si quiere caballos, vaya con Bud Hansen. El viejo Bud tiene y los vende a precio justo.

—Muy agradecido por su tiempo, señor Hastings — dijo Rafe.

—Llámeme Charlie, así me llama todo el mundo — replicó, y se estrecharon la mano otra vez. Rafe se aseguró de meter la suya bien adentro del apretón para proteger los dedos. Aun así, salió de la caballeriza sacudiendo la mano adolorida.

La actividad en la calle Stratton había menguado: caía la tarde. Tenía ese tramo de acera para él solo al acercarse a la sal Lilli Jean's. Sus pasos sonaban huecos sobre los tablones.

Rafe rumiaba sus pensamientos sobre los Reynolds, que le dispararon y le quitaron sus caballos. La vieja rabia le subía. Sabía que debía dejarlo ir. Podía oír la voz de don Jorge diciéndole que nunca perdiera el control. Rafe ahora era propietario, un hombre de recursos, y quizá enamorado, pero en ese instante estaba furioso.

Llegó a la puerta del salón, vaciló, giró a la derecha y empujó las puertas vaivén. Tras él, las hojas golpearon fuera de ritmo hasta volver al centro y quedarse quietas.

Rafe barrió el lugar con la mirada; la mano colgaba suelta, lista sobre la pistola. Detrás de la barra a su derecha, el cantinero lustraba un vaso con una toalla blanca y le echó una mirada sin interés. Un vaquero, en el extremo de la barra, con un pie en el barandal de latón y los codos apoyados, contemplaba su trago ausente, hundido en sus pensamientos. Cuatro hombres jugaban póquer en una mesa a la izquierda. El que miraba hacia Rafe lo sostuvo un instante con la vista, bebió un sorbo y volvió a las cartas. Al fondo había más mesas, una pista de baile y un piano desocupado junto a una puerta abierta. Dos chicas del salón conversaban en una mesita. Eran las únicas que mostraban siquiera un poco de interés por Rafe.

Todos en el Lilli Jean's tenían, por ahora, ambas orejas. Rafe se volvió y salió por las puertas de nuevo a la acera. Se detuvo un instante con náuseas. Las manos le temblaban apenas, y una gota de sudor le corría por la espalda. No había atendido las palabras de don Jorge y había dejado que la ira lo dominara. Se prometió mantener el control en adelante.

En Santa Fe era fácil: allí lo aceptaban y trataban como hijo de George Summers. Las viejas sensaciones de vergüenza y humillación no existían. No tenía cuentas pendientes en Santa Fe. Rafe enderezó los hombros, giró y caminó hacia el banco.

—Con razón don Jorge no quería que viniera a El Paso —murmuró.

Poco antes de las cinco, Rafe volvió al banco. El señor Howard lo esperaba con una carpeta, que pasó a la mano izquierda antes de extender la derecha.

—Hola, hola, señor Ortega —lo saludó—. Tengo los papeles de todas las propiedades disponibles a diez millas a la redonda.

—Llámeme Rafe.

—Bien, bien, y usted dígame Terry, sí, estará bien. ¿Vamos al restaurante a cenar? Podemos hablar de las propiedades mientras comemos —propuso el banquero, guiándolo fuera del banco y por la acera.

Sentados a la mesa, tras pedir, el banquero abrió la carpeta y desparramó papeles para que Rafe los revisara.

—Hay tres ranchos que probablemente quedarán disponibles pronto y dos que lo están de inmediato —dijo, humedeciéndose el índice para pasar hojas hasta dar con los documentos precisos. Los extrajo y se los entregó a Rafe. Desplegando un mapa tosco, continuó—: Aquí, aquí, le muestro dónde están. —Alisó el mapa y señaló un punto al oeste del pueblo—. Éste está disponible ahora. Era de los Jensen y tiene buena agua.

Rafe dejó de oír sus palabras. Estaba clavado en el mapa. Encima de donde Terry señalaba, al norte del pueblo, se leía: Rocking R Ranch. El corazón le golpeó en el pecho. ¿Podía ser? ¿Habían perdido los Reynolds el rancho que le quitaron a su tío?

Interrumpió:

—¿Esto es correcto, señor Howard... Terry? ¿El Rocking R Ranch está disponible? —preguntó, recobrando la compostura y apuntando el nombre en el mapa.

—Sí, sí. Ejecuté la hipoteca de Henry Reynolds a finales de la semana pasada. Si quiere esa propiedad, basta con mandar al sheriff a desalojarlos.

Rafe estuvo a punto de reír de gusto, pero contuvo la euforia. Recuperar el rancho a los Reynolds sería mucho mejor que matarlos, y totalmente legal.

Terry añadió:

—No me da ninguna lástima el viejo Henry. Es un hombre mezquino y miserable, y desde que murió su esposa, sus dos hijos son peores. Se la pasan bebiendo y destrozando de Lilli Jean's Saloon. Estoy casi seguro de que han estado robando ganado; al menos eso se dice. Henry no pudo sacar el rancho adelante solo y se atrasó con los pagos. Le di varias oportunidades de ponerse al día, pero cada vez estaba peor. El Rocking R Ranch está a ocho millas al noroeste. Tiene unas ochocientas acres, buena agua y pasto para el ganado. La casa y los graneros están muy venidos a menos, pero podrían arreglarse. O podemos ver los otros que saldrán pronto —el banquero lo miró esperando respuesta.

—El Rocking R Ranch era de mi tío —intervino Rafe—, antes de que Henry Reynolds y sus abogados se lo robaran.

—Caramba, caramba, no me diga. Recuerdo al viejo Henry fanfarroneando de cómo le quitó el rancho a un mexicano. ¿Era su tío? —preguntó Terry.

—Sí, señor. Era el rancho de José Ortega.

El banquero recogió los documentos y los volvió a la carpeta justo cuando el mesero trajo los platos y los dejó sobre la mesa.

—¿Cuál es el precio del Rocking R? —preguntó Rafe mientras empezaban a cortar los filetes. George le había enseñado a mantener la sangre fría al negociar, pero le costaba contener la emoción.

—El banco pide cuatro dólares por acre, más algunos impuestos atrasados, una cantidad nominal, estoy seguro —ofreció Terry. Tras haber visto el oro de Rafe, había doblado el precio. Al banco le bastaban un dólar con ochenta por acre para recuperar el préstamo. Él podría embolsarse la diferencia—. Y, y por supuesto, no hay ganado, pero cualquier cultivo ya plantado será suyo. Los Reynolds podrán llevarse los muebles de la casa —explicó.

Rafe sonrió. Conocía el arte de banqueros y comerciantes de pedir mucho más de lo que valía.

—Me parece un precio bien alto para un rancho destartalado y robado —replicó.

—Tiene buena agua. Sí, sí, un gran lago natural —insistió el banquero, algo incómodo en la silla.

—La casa y los graneros necesitarán mucho trabajo —objetó Rafe—, y habrá que reponer todo el ganado. ¿Aceptará el banco dos dólares por acre? —Sabía que no era el banco sino el banquero quien fijaría el precio.

—Caramba, caramba, no lo creo —contraatacó Terry—. Usted sabe que el tren llegará a El Paso en unos años y los precios se duplicarán.

—Entonces quizá el banco deba quedarse con el rancho de los Reynolds hasta entonces —planteó Rafe.

—No, no, el banco quiere vender. Creo que el banco aceptará dos dólares con cincuenta por acre. Sí, sí, lo creo.

Rafe sonrió y asintió.

—Precio justo. Hecho —Apenas mermaría el oro guardado en la caja.

—Bien, bien, entonces haré que el sheriff vaya mañana a sacarlos —se estrecharon la mano, y Rafe pidió que el papeleo se hiciera a nombre de José Ortega. Terry alzó las cejas, pero asintió—. Me encargo mañana mismo.

Después del café, salieron del restaurante y se despidieron. Rafe entró al hotel con paso tranquilo y saludó con un gesto al recepcionista antes de subir a la diecisiete. Cerró la puerta y se dejó caer de espaldas sobre la cama, con las botas puestas. Sonrió mirando el techo. No podía esperar a ver la cara de su tío cuando les dijera que volvían a casa.

CAPÍTULO 29

Los renegados cabalgaron a toda prisa fuera del pueblo. Las muchachas iban boca abajo sobre las sillas, rebotando con el terreno áspero. Tras lo que pareció una eternidad, los jinetes se detuvieron un rato y pasaron a las chicas a montar a horcajadas. Al captor de Laapu le habían disparado y la cambiaron a otro caballo. Chiwiwi se alivió al ver que su amiga seguía con ella.

Chiwiwi cabalgaba con Benicío sobre un gran semental negro. Él la sujetaba contra su cuerpo con un brazo fuerte. El hedor del hombre era intolerable. Olía como si nunca se hubiera bañado. La limpieza era un motivo de orgullo para su gente, y aquel hombre apestaba peor que los cerdos.

De vez en cuando su captor bajaba la mano y la deslizaba por el interior de su pierna. Ella se la apartaba de un manotazo, lo que provocaba una risa desagradable.

Al fin se detuvieron. La luna daba un resplandor espectral a las rocas volcánicas. Benicío le tiró del brazo y arrojó a Chiwiwi al suelo. A Laapu la tiraron junto a ella.

—Átenlas —ladró Benicío. Un hombre obedeció casi arrastrando a las muchachas sobre las piedras afiladas y las ató con fuerza. Con las manos atadas a la espalda y los pies amarrados, se sentaron sobre el pedregal de lava cortante.

—¡Ay! —soltó Chiwiwi por el trato brutal.

—Cállate, puta.

Los bandidos encendieron una fogata, bebieron y se echaron a dormir. El fuego quedaba demasiado lejos para darles calor en la noche fría, de modo que ellas se acurrucaron juntas en busca de abrigo y consuelo.

Al poco rato la mayoría roncaba junto al fuego. Uno debía estar de guardia y sostenía el fusil a un lado, aunque la cabeza se le caía. Ninguna de las dos durmió. Temblando, se sentaron hombro con hombro; sólo se oían los grillos y los ronquidos.

—Laapu, ¿estás herida? —susurró Chiwiwi.

—No, pero tengo frío y miedo. Chiwiwi, pensé que te habían matado con tantos disparos. ¿Qué nos harán? —La voz de Laapu temblaba mientras contenía el llanto.

—No lo sé, y yo también tengo miedo —contestó Chiwiwi, intentando mostrar más seguridad de la que sentía.

—Te dije que no debíamos ir a la choza a ver al español. Mira ahora. ¿Qué será de nosotras? Sokea está muerta —Laapu empezó a sollozar.

Los ojos de Sokea relampaguearon en la mente de Chiwiwi. La mirada de terror de su amiga, sabiendo que iba a morir, la perseguía. Sabía que debía ser valiente para ayudar a Laapu a mantenerse serena.

—Shhh, estaremos bien. Hay que esperar y ver qué pasa, y buscar una oportunidad para escapar. Debemos estar listas para actuar en cuanto la veamos —en silencio, Chiwiwi rezó por un milagro.

—¿Por qué nos llevaron? —preguntó Laapu—. ¿Por qué mataron a Sokea y a nosotras nos trajeron?

Chiwiwi sabía la respuesta, pero no quiso decirle la verdad. Laapu era inocente en las cosas del mundo y de los hombres.

—No lo sé —mintió—. El jefe Letoc nos encontrará, Laapu, no te angusties. Probablemente ya nos estén rastreando —intentó calmarla, aunque dudaba de que su tío pudiera hallarlas.

El horizonte del este apenas empezaba a encenderse con un resplandor rosado. Cualquier otro día Chiwiwi se habría detenido a contemplar la belleza y a dar gracias a los dioses por el nuevo día. Aquella mañana, sin embargo, les rogó fuerza y ayuda.

Con la luz de la mañana Chiwiwi por fin pudo ver. Laapu dormitaba a su lado. Miró los brazos de Laapu: grandes marcas moradas empezaban a hincharse, el cabello lo tenía enmarañado y la túnica salpicada de sangre y barro. Bajó la vista a sí misma y se vio más o menos igual. Le dolía el hombro y el estómago le rugía de hambre.

A su alrededor se amontonaban rocas volcánicas negras. Chiwiwi conocía aquel lugar. Era un sitio donde los antiguos habían dejado sus historias en los muros oscuros de las piedras sagradas. A veces los ancianos de Isleta celebraban ceremonias allí para honrarlos. Sabía que estaba a corta distancia al noroeste de Albuquerque. Se puso a estudiar el campamento, pensando en todas las rutas posibles de escape.

Cuando el sol aclaró el cielo, los hombres empezaron a desperezarse. Un hombre dio órdenes y, tras mucho trajín, las muchachas olieron el humo y la comida al fuego.

—Chiwiwi, necesito orinar —susurró Laapu.

—Yo también —dijo Chiwiwi y se lo gritó a los hombres.

Un tipo corpulento se acercó y las alzó a empujones hasta ponerlas de pie. La vejiga de Laapu, mucho más allá del límite, se vació por sus piernas. Miró suplicante a Chiwiwi, con los ojos desbordados de pánico. El hombre la empujó al suelo mojado con gesto de asco.

Desesperada, Chiwiwi se irguió y gritó:

—¡No! ¡Déjala en paz!

Él sonrió y rió.

—Creo que ya es tarde para esa.

Benicío le ladró algo al vaquero corpulento y Chiwiwi notó que a ella la trató con menos brusquedad. El hombre le desató las manos. Chiwiwi se frotó las muñecas para recuperar la sensibilidad. Luego se pasó la mano por la cara y se despegó el pelo del carrillo. Tenía el rostro y el cabello cubiertos de tierra, y la parte delantera del vestido tiesa de polvo y sangre.

El hombre señaló detrás de una roca. Chiwiwi indicó las ataduras de los pies. Gruñendo, él se agachó y se las soltó. Chiwiwi fue tras la roca y se alivió, compadeciendo a su amiga. Cuando volvió, el hombre ya había desatado a Laapu.

—Siéntate —le ordenó, señalando el suelo. Ella se sentó junto a Laapu en la tierra húmeda y maloliente.

El vaquero corpulento volvió al fuego y se sentó con los demás a desayunar. Se burlaron y rieron mientras las miraban.

—¡Cerdos! —murmuró Chiwiwi en su lengua.

Laapu lloraba a su lado, con los brazos cruzados sobre el pecho y las manos clavadas en los hombros. Chiwiwi le chistó:

—Contrólate. No nos servimos de nada si nos derrumbamos. Debemos ser fuertes y estar listas.

—Aprovecho —dijo uno de los captores acercándose y ofreciéndoles un plato compartido con tocino y una tortilla. Chiwiwi tomó el plato y lo colocó en el suelo delante de ellas. El hombre se encogió de hombros y se apartó.

Las dos tenían diecisiete años. Laapu, su mejor amiga, era tímida y reservada, la hija menor del tintorero del pueblo. Chiwiwi, cuñada del jefe, era voluntariosa e independiente, para fastidio de su hermana y de muchas mujeres mayores de la tribu. De niña le gustaba correr con los muchachos para aprender a cazar y pescar, y lo hacía siempre que podía. Le parecía más divertido que cocinar y coser. A menudo se escabullía de sus quehaceres para mirar a los chicos practicar sus habilidades; cuando podía, agarraba un arco con flechas o un sedal y se iba a entrenar. La reprendieron muchas veces, pero ninguna advertencia apagó su espíritu independiente. Una anciana dijo una vez de Chiwiwi que debió nacer yegua, y les dijo a los mayores: «Ninguna jovencita debería correr como ella. No parece propio». Al final, los viejos movieron la cabeza y aceptaron su ímpetu. Era de las que ven y hacen a su modo.

Chiwiwi examinó el entorno. Miró al otro lado de la hoguera. El cabecilla de la partida estaba recostado contra la roca negra. Notó que, cuando hablaba, los otros obedecían rápido. No recordaba el nombre con que el joven español lo había llamado cuando irrumpieron en la choza. Llevaba ropas que en otro tiempo debieron ser finas, ahora ajadas de camino y con la plata casi tan negra como la tela. En el rostro sólo se le veía frialdad distante. Alzó la vista del plato y la sorprendió mirándolo. Sus ojos se trabaron y la boca se le encorvó en una mueca sin alegría. Ella le sostuvo la mirada con desafío antes de apartarla. Notó que los hombres evitaban al jefe: comía solo. Tras el desayuno, el cocinero guardó los víveres y los demás enrollaron sus mantas.

Chiwiwi susurró a Laapu:

—Nos llevarán más lejos del pueblo. Tenemos que intentar escapar ahora. Prepárate.

—Tengo miedo —sollozó Laapu—. Son demasiados.

—Sí, pero debemos intentarlo.

—Juan, prepara a los hombres —ladró Benicío—. Cabalgamos al norte.

Juan, que hablaba con un grupo, se acercó al jefe.

—Jefe, por favor —dijo a Benicío. Sostenía el sombrero con ambas manos contra el pecho. Los bandidos detuvieron lo que hacían y clavaron la vista en los dos.

—¿Qué quieres? —gruñó Benicío.

—Jefe, los muchachos —Juan señaló con la cabeza a los hombres—, quieren saber cuándo cabalgamos al sur, a México. Deberíamos ir al sur. Ya hemos hecho suficientes incursiones y, ah… creemos que los indios vendrán por esas chicas —se quejó, retorciendo el sombrero.

—¿Creemos? ¿Quiénes creemos? ¡Chinga tu madre! ¿Quién te crees que manda aquí? —El rostro de Benicío se crispó de ira. La mano le voló a la cazoleta del estoque. Juan dio un paso atrás, pero era tarde.

Benicío desenvainó y le abrió un tajo fino en la cara antes de que Juan parpadeara. Volvió a blandir y le rajó el frente del chaquetón. Juan jadeó, atónito, y se tapó la herida para contener la sangre.

—¡Fuera de mi vista! Salimos cuando yo diga. Vamos a donde yo ordene —Benicío le clavó la punta bajo el mentón. Juan se retiró con sumo cuidado y regresó con los otros.

El grupo levantó el campamento y aparejó los caballos sin decir palabra. Según calculó Chiwiwi, eran doce bandidos, quizá más si había centinelas alrededor. Benicío dio órdenes a cuatro; asintieron, montaron y espolearon al galope. Los demás montaron y esperaron su señal, salvo dos.

Benicío se acercó a las muchachas. Se quitó el sombrero e, inesperadamente, hizo una reverencia a Chiwiwi.

—Chiquita, tú eres mía —le dijo. Aunque no entendió las palabras, la lujuria en sus ojos dejó claro el propósito. Ella devolvió la reverencia con una mirada fiera. Él la alzó como si no pesara y la echó por encima del hombro. En un suspiro la colocó sobre su caballo. Alcanzó a ver al último hombre levantar a Laapu y llevarla a su montura.

Benicío giró para dirigirse a los que aguardaban órdenes.

—¡Ahora, Laapu! —gritó Chiwiwi—. ¡Vamos! —Se inclinó hacia delante, se encaramó a la silla y agarró las riendas que colgaban sobre el cuello del caballo.

—¡Heyaa! —chilló, clavando los talones en las costillas del animal, con los pies muy por encima de los estribos.

El semental retrocedió dos pasos y luego saltó al galope. Chiwiwi lo azotó de lado a lado con las riendas mientras se lanzaba entre dos rocas grandes que abrían el claro. Nunca había montado un caballo tan grande, y jamás con silla. El cuero resbalaba y era difícil mantenerse erguida. Estuvo a punto de salir despedida en una curva cerrada. Apretándose al arzón con una mano, logró conservar el equilibrio al irrumpir en terreno abierto.

Echó una mirada por encima del hombro, esperando ver a Laapu, pero sólo vio a media docena de vaqueros reventar al claro detrás de ella.

El caballo del jefe, bajo ella, era fuerte y rápido y, con su poco peso, empezó a sacar ventaja. Delante se abría una cañada cortada por el Río Grande entre una cresta de lomas. Espoleó, abrazada a la silla. El caballo voló por el talud y cayó en los bajos del río sin perder tranco. El agua helada le azotó el rostro y el cuerpo. Cortó por entre los árboles de la orilla, sintiendo sus latigazos en piernas y brazos. Al tomar una curva del río, miró atrás. Como no vio perseguidores, tomó una decisión audaz. Tirando de las riendas, detuvo al caballo y saltó al agua. Le llegaba media pantorrilla. Le pegó un manotazo en la grupa con todas sus fuerzas, gritó:

—¡Heyaa, heyaa— y agitó los brazos. El caballo

arrancó y desapareció río arriba.

Chiwiwi giró y cruzó a zancadas hasta el talud, trepando a toda prisa por la maleza densa. Se lanzó bajo un árbol grande y se arrastró hasta una espesura de sauces. De pronto oyó tronar y chapotear a los caballos cuando los vaqueros pasaron de largo y se esfumaron.

El corazón le martillaba el pecho. Dudaba que Laapu hubiera sido tan rápida o valiente para imitarla. Escuchó por si venían más jinetes; todo estaba en silencio. Salió de su escondrijo aún jadeando. No sabía con exactitud, pero hacia el sur debía quedar el pueblo. Esperaba haber acertado al separarse del caballo veloz.

Sin perder tiempo, se echó agua en cara y brazos para quitar algo de barro y sangre. Lo demás tendría que esperar.

Se preguntó cuánto tardarían sus perseguidores en alcanzar al caballo sin jinete. Tendrían mucha orilla que rastrear y su intención era poner la mayor distancia posible entre ella y ellos.

El río le daba cobertura con los carrizos y los sauces, pero también sería el primer lugar donde mirarían. Subió la pendiente hasta la coronación del talud. Planeó seguirlo hacia el sur, entre árboles y por debajo de la línea de cresta. Agachándose, recogió un palo roto, con una punta natural. Podía servirle de arma improvisada si hacía falta.

Correr por la ladera era difícil: el pie izquierdo siempre más bajo que el derecho. Tropezaba y se enredaba en arbustos y sauces. A su derecha, a diez pies, la franja era más llana y despejada, pero allí sería más visible. Salió de entre los árboles a la cabecera de un arroyo que vertía al río; el pecho le subía y bajaba, el corazón quería romperle las costillas. Escudriñó y escuchó un segundo antes de decidir. Seguir recto la mantenía en los árboles y rumbo sur, pero la ribera plana le permitiría ganar más terreno junto al agua.

Decidió quedarse en los árboles: la cobertura valía más que la distancia. A caballo tendrían más dificultad para verla entre la maleza.

Bajó la ladera a toda prisa y cruzó el fondo del arroyo en la confluencia de ambos cauces. Se sintió expuesta y vulnerable en lo abierto al trepar de nuevo y zambullirse en la línea de árboles, cayendo de bruces y jadeando. Miró hacia atrás por la ladera. Al no ver a nadie, descansó unos momentos para recuperar el aliento.

Al fin, las pulsaciones y la respiración empezaron a calmarse. Se incorporó y echó a correr entre los troncos. De pronto se detuvo en seco: creyó oír cascos. Se dejó caer y se escondió tras una saliente rocosa. Inmóvil, intentando acallar su respiración, aguardó. Las abejas zumbaban entre las flores cercanas, los pájaros charlaban en las ramas sobre su cabeza, ajenos a su peligro. Los minutos se estiraban. El miedo y la adrenalina le pasaban factura. El estómago se le revolvía, pero no oyó ni vio jinetes.

Asomó de nuevo y nada. Se humedeció los labios resecos con la lengua. Se deslizó fuera de las rocas y bajó por una colina hacia el agua. Ya en la arboleda, miró arriba y abajo del cauce; luego se lanzó a la orilla y se arrodilló. Hundió la cabeza en el agua fresca y, al echarse hacia atrás, sacudió el cabello en un arco húmedo sobre la espalda. Juntó las manos y bebió.

Con la sed saciada, tomó su palo y se puso en pie. Ahogó un grito. Río abajo, no muy lejos, venía uno de los bandidos a pie en su dirección.

Juan oyó un ruido y miró río arriba. Alcanzó a ver sus pies mientras trepaba por la orilla. Giró y resbaló con sus botas de montar en las piedras mojadas, cayendo de rodillas. Al recobrar el equilibrio, la vio correr, saltar un tronco caído, trepar rocas. Lanzó un silbido agudo para llamar a los demás.

Chiwiwi oyó el silbido y los gritos en palabras que no entendía. La seguridad estaba en los árboles, no junto al agua, y volvió a ganar altura. Avanzó a prisa por la ladera, con la espalda pegada a una pared vertical del lado alto, pero el terreno era muy difícil. Se abrió paso a presión entre matorrales y la pared y, de pronto, quedó con una pequeña cueva a sus espaldas. Entornó los ojos; la luz del sol contrastaba demasiado para ver dentro. Apuntó hacia delante con la punta del palo y se agachó en la oscuridad sin saber qué habría allí.

Cuatro pasos después, dio con la pared del fondo y,

para su alivio, la cueva estaba vacía. Se dejó caer y se quedó escuchando el tambor de su propio corazón. A lo lejos, oyó voces y el crujir de ramas; los caballos se movían cerca. Se le llenaron los ojos de lágrimas. Nunca se había sentido tan sola ni tan asustada. Enfadada consigo misma, apretó los labios y se secó las lágrimas con el dorso de las manos. Ojalá no la encontraran; si lo hacían, juró pelear como guerrera. Prefería morir a volver a manos de esos cerdos. Se pegó a la pared del fondo, con el palo apuntando a la boca de la cueva.

Pasó el tiempo y, de cuando en cuando, se oían voces lejanas. Estaba bien escondida, aunque no era gran refugio. De pronto se tensó: los pasos sonaban más cerca y las voces se oían sobre la entrada. Apretó el agarre. Una cascada de piedras y tierra cayó desde arriba y se estrelló junto a la boca con un golpe sordo. Aguantó la respiración, esperando ver movimiento cuando el polvo se asentara. Algo se movió ante la entrada.

—¡Mierda! —maldijo un hombre.

Risas y chanzas acompañaron al vaquero mientras bajaba a trompicones por el risco. Gimió, se incorporó, se sacudió la cabeza. Alargó el brazo y recuperó el sombrero. Al mirar arriba, notó la abertura. Se puso en pie y llamó a Juan. Chiwiwi no entendió las palabras, pero supo que se le acababan las opciones. Apretó el palo. Estaba lista.

El hombre se agachó y entornó los ojos hacia la oscuridad. Con cautela, dio un paso incierto al interior. Gritó de dolor cuando la punta del palo de Chiwiwi le perforó la camisa y le cortó las costillas. Aferró el palo con las manos y cayó rodando hacia la luz.

Privada del arma, Chiwiwi salió disparada de la cueva, giró a la derecha y se estrelló de frente contra uno de los bandidos. Rebotó en su pecho y cayó de culo enredada en la maleza espesa.

CAPÍTULO 30

Un bofetón seco le cortó la mejilla a Chiwiwi. El hombre le agarró la túnica y la rasgó, dejando su pecho al descubierto.

—¡Ayeee, chica! —gruñó. Agarrándola con brusquedad, la alzó hasta ponerla de pie mientras otros hombres avanzaban por el barranco hasta donde él la tenía sujeta. Chiwiwi forcejeó por sostenerse la túnica y cubrirse.

—No, chica, todos queremos mirar —se burló, antes de tirar de la prenda hasta que cayó a su cintura. El rostro de Chiwiwi ardió de ira y vergüenza mientras quedaba desnuda de cintura para arriba ante media docena de vaqueros. Intentó mantener un gesto de indiferencia mientras ellos reían y la manoseaban. Un hombre llegó por detrás, le subió el vestido y le agarró las nalgas.

—Miren, no es más que una india, una india puta —escupió el de atrás—. Démosle turno ahora y le decimos a Benicío que no la encontramos. ¿Por qué ha de quedarse él con todo el botín?

—El jefe te cortará el pene y te hará comértelo —advirtió el hombre con los tajos de espada en la cara—. Ésta la quiere para él. La otra nos la dará para divertirnos.

Juan apartó al fanfarrón y echó a Chiwiwi al hombro. La cargó sobre su caballo como un saco, atándole manos y tobillos. Dio una orden, los demás montaron y todos salieron al paso llevando en cabestro el semental de Benicío. Juan espoleó apenas y avanzó al paso.

La vista de Chiwiwi era limitada, boca abajo sobre el regazo de Juan, pero no veía ni oía a otros jinetes. Su captor le habló en español; no entendió, aunque notó una lascivia extraña en su voz. Indefensa sobre la silla, sintió la mano de Juan empezar a acariciarle la espalda desnuda.

—Al diablo con Benicío —murmuró Juan. Él y los hombres servían bien a Benicío, pero éste los trataba como perros. A algunos no les importaba: les gustaba la vida de forajidos. El jefe los pagaba con licor y putas siempre que podían parar. Aun así, asaltaban y mataban, llevándose dinero y alhajas con sólo hablar de ir a México. Juan y otros empezaban a creer que Benicio no tenía intención de dejar el bandidaje. Juan estaba cansado de huir y de dormir sobre piedras. Quería cama blanda y estómago lleno, como en los viejos tiempos.

Sabía que el jefe quería a esa india para sí. Siempre escogía a la más bonita y dejaba las feas a los hombres. Aquella doncella era hermosa y probablemente virgen. Juan se tocó la quemazón del tajo en la cara. Al diablo con Benicio, pensó de nuevo. Tirando del vestido, deslizó la mano por el muslo bajo el cuero suave hasta encontrarle las caderas y acariciar su piel.

—Shhh, chica —le susurró, mientras sus dedos la recorrían. Chiwiwi forcejeó, intentando patear y escabullirse de su contacto. No tenía escape de aquella mano. Miró sus propias lágrimas gotear y perderse en el suelo, jurándose matar algún día a aquel cerdo.

A varias millas, entre las rocas de lava, Benicio sostenía las riendas de su semental. Sus hombres regresaron al campamento devolviéndole el caballo y diciéndole que habían hallado a la indita y que Juan la traía.

—Bueno —gruñó. Su ingle se agitó al pensar en la india. Hacía mucho que no desfloraba a una virgen.

La primera había sido la hija rolliza de la cocinera en la hacienda de sus padres. Él tenía catorce y ella menos. Ella se resistió, llorando y tirándole los puños, pero él era más fuerte y era el hijo mayor del hacendado. Aunque la muchacha intentó evitarlo, él la sorprendía alimentando las gallinas o trayendo agua y se imponía. Al cabo de unos meses, se hartó de ella.

Un día oyó voces airadas en el despacho de su padre. La cocinera decía que él había dejado preñada a su hija y exigía satisfacción. Benicio fue a su cuarto a enfurruñarse por aquella traición. No era justo que una desarrapada lo metiera en líos. Cuando la viera, se arrepentiría de haber nacido.

Ese mismo día desaparecieron la cocinera y la hija. Nadie volvió a hablar del asunto. Su padre ni siquiera lo miró mal. Era su derecho como hijo del hacendado, y el derecho del hacendado.

La segunda virgen fue su prima Margarita, de su misma edad. No era muy linda, pero le gustaba provocarlo. De niños jugaban cuando la familia de ella visitaba la hacienda. Una vez, Margarita le pidió montar. Él tenía quince y ella ya despuntaba mujer. Ella galopó y se escondió entre los árboles. Él tardó en hallarla y ella se rió, burlona. La risa lo enfureció. Cuanto más se reía, más se excitaba. La garrancha le tiraba del pantalón. Al fin le agarró las riendas, la sujetó y, echándola al suelo, le alzó las faldas. Ella no volvió a reírse de él.

Ese verano lo enviaron a la academia militar de Madrid. Él y sus compañeros cadetes gastaban todo en cantinas: beber, jugar y acostarse con cuantas putas alcanzara el dinero. Las muy usadas lo aburrían. Sólo lo excitaba la violencia. Dañarlas y obligarlas a someterse despertaba a la bestia. Entonces un apareamiento rudo y una explosión bastaban.

Con Sabrina era distinto. Al volver a Nuevo México de la academia, conoció a la hermosa gachupina Sabrina Martínez. Era pura y refinada, con piel de alabastro y cabello negro brillante. Segura de sí y altiva. Su familia, de alto rango gachupín, más que la de él, no lo frenó. Muchas veces pavoneó su caballo ante ella en el paseo. Muchas veces coquetearon en fiestas. Pasearon por los jardines de la hacienda de su familia, siempre con dueña. A veces ella lo ignoraba y él se pasaba días hosco. Otras lo miraba a los ojos, sonreía y aceptaba su brazo.

Lo enloquecía, sonriéndole y batiendo el abanico. En una fiesta pasó muy cerca; sin que otros lo vieran, le rozó la pierna por fuera del pantalón. Las rodillas casi se le doblaron. Dios mío, cuánto la deseó.

Era gachupina, de sangre española pura. Sólo pensar en una virgen de sangre pura le apretaba la garganta. Al fin se comprometieron y las familias celebraron una gran fiesta. Él era joven, apuesto, rico y poderoso, y la más bella sería suya. Era feliz.

Luego los americanos le arrebataron todo. Su tierra,

su cuna, mataron a su padre. También despojaron a la familia de Sabrina. Don Miguel Martínez canceló la boda, vendió ganado y lo vendible y regresó con los suyos a Salamanca. Sabrina se fue.

Algunas familias gachupinas, como la de ella, aún tenían lazos en España. La invasión francesa había trastocado el poder en Madrid. Los Zúñiga cayeron en desgracia. Con el padre muerto, no les quedó nada. Su madre casó a su hermana con un ranchero local antes de morir de tisis años después.

Benicío no tenía oficio ni sabía trabajar. Era diestro bebiendo con amigos, disparando pistolas, batiéndose con espada y pavoneándose en el paseo. El trabajo era cosa de peones; él era Zúñiga. Se hizo bandido, viviendo de espada y pistola, robando y matando. Les dijo a sus vaqueros que reunían riqueza para comprar una hacienda en México. —En México seremos libres de leyes americanas—, prometía.

—En México volveremos a ser poderosos.

Lo creyeron y lo siguieron. Sólo él sabía que era mentira. Quería venganza. Se alimentaba de ella y pensaba morir en tierra americana. Sabía que nunca vería México. El mero recuerdo de lo perdido le encendía la negrura.

Esperando a Juan, paseó de un lado a otro. Los minutos se arrastraron. De pronto se le ensombreció la cara:

—¿Dónde está ese pendejo? —estalló.

Los hombres se mantuvieron ocupados mientras él rondaba. Nadie contestó ni cruzó su mirada cuando estaba de ese humor.

Juan entró al trote con el cargamento colgando inerte sobre la silla. Se detuvo junto a un grupo. Un par de hombres alargaron los brazos, bajaron a Chiwiwi y la dejaron de pie junto al caballo. Ella lo fulminó y le soltó una andanada de insultos en Tiwa. Le escupió y trató de golpearlo, pero con manos y pies atados cayó al suelo. Los hombres rieron y Juan se apartó unos pasos.

—¿Por qué tardaste tanto? —rugió Benicío.

Lo último que Juan quería era enfrentarlo, pero no tenía elección. Alzó la cabeza y sostuvo la mirada asesina.

—Es valiosa para usted, jefe. Estos pendejos asesinos querían mancharla y dejarla junto al río. Yo se la traje sana y salva —dijo humilde—. Pregúnteles a los hombres si no es cierto.

Con un gruñido bajo que sólo Juan oyó, Benicío le siseó:

—Te cortaré el pene y te lo meteré por la garganta si descubro que la tocaste.

Al oír la amenaza, Juan se alejó, llevándose la mano a la mejilla en carne viva. Sabía que no era bravuconada.

Benicío cortó las cuerdas y subió a Chiwiwi a su caballo. No volvería a perderla. Sujetándola por la cintura, espoleó a su semental y gritó:

—¡Vámonos, muchachos!

Los hombres montaron y lo siguieron fuera de las rocas, hacia la llanura donde Chiwiwi había cabalgado en su intento fallido.

Mientras el caballo iba a galope tendido, Benicío saboreaba la recompensa. Era salvaje y tenía espíritu, no como su amiga dócil. Con ésta se tomaría su tiempo y disfrutaría la conquista de desflorar a una virgen. La imaginó gimiendo entre dolor y placer cuando la atravesara. Lucharía. Él la dominaría, pero con cuidado, como se doma por primera vez a un semental. Degustaría el rastro de sangre en su garrancha al hacerla mujer. Su ingle se encendió y espoleó más.

La partida se mantuvo alta, sobre la meseta que dominaba el Río Grande. Desde ese mirador ventoso se veía a millas. Anoche Benicío decidió ocultarse un tiempo. Pedro llevaba una bala en el costado y necesitaba cuidados; moriría si seguían. El pueblo de Corrales quedaba al norte de Albuquerque, cerca del río. Los desperados retumbaron hacia la casa de su amigo, Rubén Anaya de Córdoba. Eran camaradas de la academia en Madrid. Estaba seguro de que Rubén los acogería, más al ver a la india que traía para su placer. La chica de Rubén no era tan bella como la suya, pero no le importaría. Sería como en los viejos tiempos. El cuerpo y la mente de Benicío se agitaban imaginando la noche de vino y conquista.

Rubén y un puñado de vaqueros llevaban lo que quedaba de la hacienda y bodega de su familia cerca de Corrales. Rubén se parecía a Benicío; quienes los conocían decían que podían ser hermanos, si no en rasgos, sí en gusto por la buena vida y el aire imperioso. A diferencia de Benicío, Rubén conservó parte de su casa y tierras. Ya no tenía mucha riqueza, pero no era forajido.

—Aguanta, chica —susurró Benicío al oído de su pasajera y le apretó la cintura, espoleando. Chiwiwi no entendió, pero sintió cómo reforzaba el agarre. Escapar era imposible. Laapu parecía ilesa cuando la devolvieron al campamento; agradeció que su amiga no sufriera por su intento. La subieron a otro caballo y Chiwiwi no la volvió a ver desde que salieron.

Sombras largas de altos álamos bordaban el camino hacia la puerta de la hacienda Anaya en Corrales. Un guardia, en la almena, gritó al reconocer a Benicío y el portón doble se abrió despacio.

Los vaqueros de Benicío entraron al patio a través del gran arco que daba acceso al interior del recinto. La nube de polvo los siguió y se quedó colgando cuando por fin detuvieron las cabalgaduras. Un sirviente corrió a anunciar la llegada.

Momentos después, se abrió la enorme puerta de roble tallado y salió Rubén.

—¡Benicío, pendejo! ¿Cómo estás? —saludó al viejo amigo. Bajó a zancadas los peldaños de piedra hacia el patio. Llevaba pantalón de montar ceñido y camisa blanca desabotonada al cuello. Manchas recientes de vino le tiznaban el frente y se le veían aureolas amarillas de sudor bajo los brazos.

—¡Rubén, amigo! —gritó Benicío, echando la pierna por detrás y saltando al suelo. Hizo ostentación de entregar las riendas a uno de los hombres de Rubén—. Bájenla —ordenó, con un gesto de pulgar hacia Chiwiwi.

Los dos amigos rieron y se abrazaron, dándose palmadas en la espalda.

—Bienvenido a mi casa, amigo —lo recibió Rubén, sujetándolo por los hombros—. ¿Qué te trae por aquí?

—Un poco de descanso y diversión —carcajeó
Benicío. Se acercó, aferró a Laapu por la cintura, la levantó
y la puso de pie frente a Rubén—. Un regalo para ti.

. —¿Y qué hago con esta indita sucia? —preguntó
Rubén, examinándola—. Parece que la arrastraste detrás de
un caballo.

—¡Ah, amigo! Un buen baño y estas chicas serán
como flores de primavera. ¡Reviviremos las cantinas de
Madrid! Esta noche beberemos tu buen vino y
desfloraremos a estas muchachas.

Rubén sonrió de oreja a oreja mostrando los huecos.
No era hombre agraciado: la viruela, en la academia, le dejó
la cara picada. En una bronca de cantina perdió tres
dientes. Disimulaba con barba oscura; rala en casi toda la
cara, larga en el mentón y el labio. Al hablar, casi no se le
veía la boca. Bajo y fornido, era un buen palmo menos que
Benicío.

De pie junto al caballo, Chiwiwi estudió a ambos.
Desesperó. Su gente jamás los hallaría allí. Vio cómo
Benicío plantaba a Laapu frente al barbudo. Era evidente
que se la regalaba, y la idea le revolvió el estómago. Laapu
era dulce e inocente, pero temió que no lo fuera por
mucho. Observó al más bajo sonreír con lujuria y ardió de
vergüenza. Todo era culpa suya.

La hacienda de Rubén, cerca del Río Grande, estaba
cercada por muros altos de piedra y adobe, como fortaleza.
En cada esquina, torres de guardia con techos piramidales
de teja roja. Saeteras espaciadas a lo largo de los muros. Los
portones de tablones de roble, con herrajes pesados, se
cerraban con una tranca en horquillas de hierro. Rubén
recordaba cuando aquello era una casa en paz junto a los
viñedos. Ahora era un recinto fortificado.

El valle fértil al oeste del río era famoso por las
mejores uvas del Territorio de Nuevo México. Los Anaya
poseyeron grandes extensiones y la mayor viña de la región.
Cuando las leyes americanas intentaron arrebatar las tierras,
el padre de Rubén compró la hacienda y la bodega con la
fortuna familiar. Fue un precio alto y se perdieron los
viñedos. Sus padres volvieron a España. Rubén se quedó

para dirigir la bodega.

Creyó que podría mantener su vida con el negocio. Durante unos años fue lucrativo, pero, como Benicío, se formó en la academia militar y no en comercio. Criado como primogénito de familia gachupina, jamás trabajó y suponía que el dinero simplemente aparecía. No estaba hecho para ganarse la vida. La bodega decayó y se arruinó, dando cada año menos. Aun así, Rubén intentó aparentar riqueza y fuerza.

No era la primera vez que Benicío buscaba refugio allí. Los vaqueros se conocían bien. Disfrutarían de un respiro y, sin duda, de juerga. Con suficiente vino, se pelearían y se acostarían con las putas del lugar.

Rubén hizo un ademán hacia los hombres de Benicío:

—Amigos, hay comida y vino, y cama cómoda para cada uno.

Señaló a una mujer corpulenta para que llevara a las muchachas adentro y ordenó cerrar el portón.

Benicío y Rubén se volvieron y subieron la escalinata hacia la casa.

CAPÍTULO 31

Rubén ordenó a las criadas preparar un baño caliente para las muchachas y pidió a las cocineras que dispusieran una gran cena. Aunque el dinero y los alimentos escaseaban, Rubén no permitiría parecer débil frente a Benicío. Su orgullo se lo impedía. Aunque ambos hombres se llamaban amigos, Rubén no confiaba en él. Sabía bien que Benicío era peligroso y que se aprovecharía de cualquier debilidad.

Dentro de la casa principal, Rubén condujo a Benicío hacia las habitaciones. —Haré que Juanita te traiga agua y jabón para lavarte —dijo—. Ella cepillará el polvo de tu traje y lavará tu camisa. Reúnete conmigo en el salón cuando estés listo. —Dio un leve chasquido con los tacones y se alejó por el pasillo.

Benicío se echó agua en la cara y, lavándose las manos, se consideró limpio y preparado para la velada. Ya no notaba el olor rancio que emanaba de su cuerpo y su ropa. Era su olor natural, el olor de un hombre. Cuando la sirvienta apareció en la puerta, él la despachó con un gesto.

Más tarde, Rubén y Benicío se sentaron en el salón principal y alzaron sus copas de vino en el primer brindis de la noche. Aquel cuarto se llenaría de música, risas, vino y mujeres. Esa noche Rubén quería olvidar sus problemas con el negocio, los viñedos y los impuestos de los americanos. Quería olvidar que sus peones se impacientaban. Aquella noche sólo habría fiesta y diversión, como en los viejos tiempos de la academia militar, cuando la vida parecía tan sencilla.

Rubén conocía bien la vida de forajido de su amigo. Tiempo atrás, Benicío le había pedido unirse a su banda y comprar juntos una hacienda en México, pero Rubén se negó. Benicío era más guerrero que él. Rubén se había graduado con honores, pero no tenía sed de sangre. Su sueño era mantener el viñedo, casarse y formar una familia. Sin embargo, la bodega se venía abajo y las deudas lo ahogaban. Sabía mandar hombres, pero no sabía dirigir un negocio. A veces se preguntaba si los caminos de Benicío no eran más sencillos.

Aun así, Rubén no era ningún ingenuo. Conocía el carácter traicionero de su amigo. Aunque lo apreciaba, sabía que debía estar siempre alerta. Benicío traicionaría hasta a su propia madre si le convenía. Rubén había visto con sus propios ojos el desprecio con que trataba a su hermano Carlos. No, la única seguridad de Rubén eran sus vaqueros leales, hombres que habían servido a su familia por generaciones. Encontraría la forma de sobrevivir en Corrales.

—¡Salud! —brindaron ambos—. Por la amistad, por el dinero y por el amor. Rubén sonrió. Estaba ansioso por conocer a la joven que Benicío le había traído. Estaba cansado de las mujeres que trabajaban en el burdel de su hacienda. Aquella noche, una joven virgen le haría olvidar sus penas.

Los vaqueros comenzaron a entrar en el gran salón y ocuparon los asientos de respaldo alto alrededor de la mesa colonial. Un hombre con guitarra empezó a tocar una canción alegre sobre un forajido y una mujer hermosa. Risas, humo y el aroma de carne asada llenaron el aire.

En el piso superior, en una habitación iluminada por lámparas de aceite y velas, Chiwiwi y Laapu se bañaban en una tina de agua caliente. Una mujer grande y áspera las frotaba con un cepillo de cerdas duras. Las muchachas se quejaban, pero la mujer continuó su labor sin prestar atención. A pesar de lo brusco del lavado, Chiwiwi agradeció sentir el cuerpo limpio otra vez. La mujer le enjuagó el cabello, deshaciendo el lodo y los nudos que lo cubrían.

La mujer le entregó una toalla a Laapu y le indicó que saliera del baño. Laapu se cubrió y miró a Chiwiwi. Abrió la boca sorprendida al verla levantarse. Su amiga temblaba levemente por el aire fresco, esperando la toalla. No trató de cubrirse y se mantuvo erguida, con la cabeza en alto. Desde niña, esa era su forma de mostrar valor. Su cuerpo estaba cubierto de rasguños y moretones, las costillas

202 Robert J. Alvarado

pintadas de azul y amarillo, y las piernas llenas de arañazos.
Aun así, su mirada permanecía firme.

Vestidas con túnicas blancas bordadas con flores y
pájaros, fueron conducidas a una gran habitación iluminada
sólo por las velas. La enorme cama con dosel ocupaba una
pared entera. Nunca habían visto algo tan lujoso. La mujer
ajustó los vestidos, cepilló sus cabellos hasta que quedaron
lisos y los adornó con un broche de plata. Luego las dejó
solas y cerró la puerta.

—Chiwiwi, ¿qué vamos a hacer? El jefe Letoc nunca
nos encontrará aquí —dijo Laapu con la voz temblorosa.

—También tengo miedo —admitió Chiwiwi,
abrazándola—. Siéntate aquí. —La hizo sentarse en la orilla
de la cama. Laapu bajó la vista, jugando con el bordado del
vestido.

Chiwiwi caminó hasta la ventana. Corrió las cortinas
y abrió las contraventanas. Las rejas de hierro y la oscuridad
del patio le confirmaron que estaban prisioneras. Intentó
abrir la puerta, pero estaba asegurada desde fuera. Estaban
atrapadas.

—Laapu, recemos a la doncella *kachina* Wauxupili
para que nos proteja. ¿Recuerdas la oración?

—Sí —murmuró entre lágrimas.

—Entonces repítela conmigo. —Tomadas de la
mano, entonaron el rezo en voz baja:

Oh Wauxupili,
Doncella más hermosa de todas, protégeme,
Aparta el mal que nos acecha,
Aléjanos de los espíritus que nos dañan,
Y de los hombres que desean nuestro dolor,
Si morimos, llévanos contigo,
Y serviremos por siempre.

Se tomaron de las manos y recitaron la oración. El
clic del pomo al abrirse la pesada puerta los sobresaltó.
Laapu notó pequeñas manchas de sangre que se asomaban
por el vestido de Chiwiwi. La corpulenta mujer mexicana
les hizo un gesto para que la siguieran. Caminaron por el

largo pasillo, mientras las risas y la música resonaban desde la fiesta de abajo. El ruido se hizo eco en las escaleras al bajar. La mujer abrió las puertas del salón de banquetes, empujó a Chiwiwi y Laapu al otro lado del umbral y cerró las puertas tras ellos.

Se quedaron paralizados. Al menos dos docenas de hombres borrachos reían y gritaban por encima de la música. El olor a comida asada y cuerpos sudorosos hizo que Chiwiwi tuviera arcadas. Varios hombres los señalaron y gritaron algo ininteligible. Uno, con un chuletón en la mano, le dio un mordisco enorme y empujó a su compañero, señalando a las chicas. Su compañero se levantó y se agarró la entrepierna, sacudiéndola. Cayó de espaldas en su asiento, riéndose a carcajadas.

Varias mujeres, con blusas bordadas raídas y faldas de colores, estaban sentadas en las piernas de los hombres y una iba y venía coqueteando con ellos y cantando. Los hombres trataban de atraparla, pero ella giraba fuera de su alcance y los otros gemían. Una mujer se subió a una mesa y bailó con sus enormes pechos desnudos rebotando y chocando entre sí. Los hombres aullaron su aprobación. Benicío y Rubén se solazaban en la bacanal. Era como en los viejos tiempos de las cantinas de Madrid, donde una gresca de borrachos prometía peleas y conquista.

Benicío dio una larga chupada a su cigarro y señaló la puerta.

—Mira, Rubén, aquí vienen nuestras señoritas. —Ambos se pusieron de pie y, con el brazo derecho, trazaron un arco al inclinarse, el saludo acostumbrado de caballeros a señoritas.

—Señoritas, sean bienvenidas, mi casa es su casa —dijo Rubén, tomándolas de las manos y guiándolas a la mesa. Al verlas tan jóvenes y limpias, comparadas con las otras mujeres, los hombres silbaron. Rubén se relamió los labios. Aquella noche olvidaría sus problemas.

Las sentaron junto a ellos en la cabecera. Laapu bajó la cabeza murmurando la oración una vez más. Chiwiwi se mantuvo erguida y con la mirada desafiante. Al ver a Juan entre los presentes, le lanzó una mirada llena de odio. Él respondió con una sonrisa indecente. Ella miró el cuchillo junto a su plato y calculó la distancia.

Benicío observaba fascinado. Aquella joven era aún más hermosa con su vestido español. Tenía fuego en los ojos y dignidad en el porte. Su deseo por ella ardía más fuerte con cada gesto de desafío. No era como las otras mujeres; domarla sería su mayor triunfo.

Un estallido de risas interrumpió el momento. Una de las mujeres tropezó y cayó sobre un vaquero borracho. La sala estalló en carcajadas. Rubén y Benicío brindaron entre gritos y música. Luego Rubén sirvió vino y carne a las muchachas.

—Señoritas, por favor, acepten este alimento —dijo Rubén. Ellas no se movieron. El olor del asado era tentador, pero Chiwiwi apretó los puños y contuvo su hambre. No daría el gusto a sus captores de verla débil.

—Eh, Rubén, nuestras señoritas no se ven muy contentas —chanzó Benicío a su amigo, echando con desgano el brazo sobre el hombro de Chiwiwi. Ella se inclinó para apartarse y él rió. A una puta le habría pegado si se comportaba así, pero deseaba a aquella linda indita y eso templaba su violencia. No, no quería forzarla, sino que quería que ella respondiera a él, que respondiera a su lujuria por ella.

Benicío sirvió más vino para Rubén y para sí, y el guitarrista rasgueó una canción triste. Los hombres empezaron a cantar tratando de sobre gritarse.

Rubén volvió a tenderle la copa a Laapu. Ella vaciló, pero dio un sorbo. Tosió y un poco de vino se le derramó por el frente del vestido. Rubén le dio unas palmaditas suaves con un paño. Le entregó otra vez la copa y ella bebió varios sorbos. Laapu pensó que el hombre era amable. No como los hombres del salón, ruidosos y furiosos. Probó unos bocados de carne y sorbió el vino. Tenía hambre y la comida era buena. Comió y bebió de la copa, que Rubén rellenaba a menudo. Pronto la cabeza se le sintió liviana y algo mareada, y ya no estaba asustada.

Chiwiwi se negó a comer o beber, con la cabeza en alto. Miró cómo Laapu comía del plato y deseó con desesperación comer. El estómago le gruñó, pero el orgullo la contuvo. No cedería ante esos hombres. Nunca. Preferiría morir primero.

La música subió más y más mientras avanzaba la noche. Algunos hombres quedaron tendidos en el suelo. Chiwiwi y Laapu miraron horrorizadas cómo una puta gorda era tendida sobre una mesa y los hombres se turnaban con ella. Rubén y Benicío miraban y aullaban de risa.

—Eh, Rubén, ¿crees que las señoritas ya están listas para nuestras garranchas?

Rubén sonrió con desdén y asintió, con la mano acunando uno de los pechos de Laapu.

—Sí, están listas. ¡Vamos!

CAPÍTULO 32

Rafe despertó cuando el sol ya entraba a raudales por la ventana de su habitación en el Hotel Stratton. Se estiró perezosamente sobre la cama blanda, pensando en cómo le contaría a su tía y a su tío la maravillosa noticia. Recuperarían su rancho. Regresarían a casa. Tal vez debía irrumpir en la casa y gritar la noticia para todos. Quería ver la sorpresa en sus rostros y disfrutar del momento.

Pensó en su madre y en su hermana, y en lo felices que serían lejos de la hacienda de don Bernardo. Dejaría suficiente dinero para que su tío viajara a Torreón y las trajera a Santa Fe. Les construiría una casa y su madre nunca volvería a trabajar.

Bajó por las escaleras del hotel y saludó con un gesto al dependiente.

—Buenos días, señor —lo saludó el hombre.

—Linda mañana —respondió Rafe.

En el restaurante pidió huevos, pan tostado y papas para desayunar. Bebió dos tazas de café fuerte. No había otros rostros morenos esa mañana, pero la gente no le prestó atención. Más tarde debía reunirse con el banquero, así que decidió pasar antes por la barbería.

Habían pasado cuatro años desde su última visita a El Paso con don Jorge. Entonces era un muchacho, ahora un hombre. Antes un peón, ahora un hombre con recursos. Entró a la barbería y se sentó en la silla vacía.

—Afeitado y recorte —pidió.

—Sí, señor. —El barbero envolvió su rostro con una toalla caliente. Rafe oyó la campanilla de la puerta al abrirse.

—Buenos días, Harv —saludó el barbero.

—Buenos días, Pete —respondió el recién llegado.

—Termino con este caballero y lo atiendo enseguida. Tome asiento.

—Seguro. ¿Oíste? El sheriff está juramentando hombres para embargar el rancho de Henry Reynolds.

—¿De veras? —el barbero soltó una risita—. Viejo

Henry, al fin perdió el rancho.

—Así parece. Esos dos hijos flojos nunca ayudaron a mantenerlo. Estaban esta mañana en la cantina durmiendo la borrachera, según escuché.

Rafe se tensó bajo la toalla, escuchando sin mover un músculo.

—Esos dos no sirven para nada —dijo el barbero—. Me pregunto qué harán ahora que el rancho se perdió. ¿Vas a ir a ver a Henry?

—Tal vez lo vea pronto. Hace mucho que no trata con nadie. Mi Molly y su esposa eran buenas amigas, pero desde que Anna murió, Henry se volvió uraño. Yo le daría trabajo si viniera a pedírmelo, siempre que deje la bebida.

El barbero retiró la toalla. El tal Harv miró sorprendido a Rafe. Rara vez un mexicano entraba en esa barbería. El barbero enjabonó su barba.

—¿Es forastero por aquí? —preguntó Harv.

—Sí —respondió Rafe, sin querer decir más. Aquel hombre conocía a Henry Reynolds.

—Listo, joven —dijo el barbero—. Son dos reales.

Rafe puso una moneda de cincuenta centavos sobre el mostrador, se acomodó el sombrero, saludó con la cabeza y salió al sol.

—Mexicano altanero —escuchó decir—. ¿Quién se cree que es?

—Ni idea. Nunca lo había visto. Siéntese, Harv, le pondré la toalla.

Rafe caminó por la acera hasta la tienda de abarrotes. Tenía tiempo antes de su cita y quería revisar las armas disponibles para informar a George sobre el suministro. Una vez que regresara sano y salvo, George lo perdonaría por romper su promesa de no venir a El Paso. Al entrar, oyó al dependiente discutir con un hombre en el mostrador.

—Te lo dije, Roy, no puedo darte más crédito. Ni a ti ni a Eldon. Se dice que perdiste el rancho y no tienes con qué pagar. El señor Duckett me colgaría si te fiara más —reprendió el empleado.

—Eres un cobarde —escupió Roy—. Viejo Duckett

va a oírme, y tú mejor cuídate. —El hombre se dio la vuelta y se topó de frente con Rafe. Lo miró fijamente a los ojos.

—¿Qué miras, mex? —gruñó Roy.

Rafe decidió apartarse. Había aprendido su lección: no buscar problemas, no aquí, no ahora. Roy lo empujó con el codo y salió dando un portazo.

—¿Por qué está tan enojado? —preguntó Rafe al dependiente, fingiendo calma, aunque el corazón le golpeaba el pecho.

El hombre negó con la cabeza.

—El banco le embargó el rancho a su padre. Deben dinero a medio pueblo. Vivían como ricos y no trabajaban. Él y su hermano son mala gente, sobre todo cuando beben, que es casi siempre. No sé qué harán ahora sin el rancho. ¿Le puedo ayudar en algo?

—Solo reviso las armas. ¿Tiene de esas repetidoras? —Rafe notó que no había rifles GSW en el estuche.

—Vendí las dos que tenía, pero pedí más. Tal vez lleguen en un mes.

Rafe sabía que no las habían pedido. —Gracias, regresaré entonces —mintió, y salió.

Ya en la calle, respiró hondo para calmarse. Roy y Eldon estaban en el pueblo. Roy lo había mirado sin reconocerlo, lo cual era bueno. Decidió regresar al hotel hasta la hora de ir al banco. No buscaba problemas ni quería que lo encontraran.

Poco después del mediodía, Rafe salió rumbo al banco. El señor Howard lo saludó y estrechó su mano.

—Bien, bien —dijo el banquero—. Tomará un día más para que el sheriff desaloje a los Reynolds. No estaba contento y temía que dieran pelea. Juramentó a cuatro hombres esta mañana y fueron al rancho. De regreso me dijo que le dio a Henry Reynolds veinticuatro horas para desocupar la propiedad.

—¿Cree que se irán mañana? —preguntó Rafe.

—Henry no causó problemas. Vuelva mañana a firmar los papeles —le indicó el banquero—. Todo estará en orden.

Era la noticia que Rafe necesitaba. Ahora podría

contarle a su familia las buenas nuevas. Al salir, fue a la caballeriza. El viejo Charlie había cuidado bien de la yegua.

—¿Habló con Bud sobre esos caballos? —preguntó mientras ensillaba.

—Aún no —respondió Rafe—. Tengo otros asuntos que terminar primero. Regresaré mañana.

—Aquí estaré. Noté que a esa yegua le hacen falta un par de herraduras nuevas.

—Hazlo mañana —asintió Rafe y le pagó dos dólares por la estancia. Charlie agradeció la propina. Rafe montó y cabalgó hacia la casita de su tío.

Esa noche, en la cena, disfrutó de la carne con frijoles picantes. Su tía preparó flan de postre y los niños pelearon por el último pedazo. Sabía que su tío se moría de ganas de preguntarle por el rancho, pero por respeto se contuvo. Rafe saboreaba el momento.

Tras la comida, pidió que su tía y los niños se quedaran en la mesa.

—Tío, creo que deberías servir tequila. —José le guiñó un ojo y asintió. Se levantó, trajo cuatro vasos y la botella. Sirvió para Lupe, Martín, Rafe y él mismo. Su esposa protestó, pero José insistió.

—¡Salud! Por tiempos mejores —brindó Rafe, sonriendo de oreja a oreja. José y Martín repitieron el brindis y bebieron de un trago. Lupe sorbió un poco. José volvió a llenar los vasos y Rafe continuó:

—Mi tío, escuché en el pueblo que eres un mal minero.

—¿Qué? —José se detuvo con la botella en el aire, el ceño fruncido—. Hago lo que debo. Ningún hombre trabaja más duro. ¿Quién dijo eso?

Rafe sonrió ampliamente. —También escuché que preferirías ser ranchero.

José bufó, molesto. —Sí, por supuesto.

—Pues hoy, tío, arreglé la compra del Rocking R Ranch. Mañana volverá a ser el Rancho Tecolote, propiedad del señor José Ortega y su familia.

Al oír el nombre, todos quedaron en silencio.

—¿Qué dijiste? —balbuceó José, mientras Lupe lo

miraba boquiabierta.

—Mañana tendrás de nuevo tu rancho y tu hogar. ¡Alégrense! Es verdad —dijo Rafe, sonriendo ante sus rostros incrédulos. Su tía se cubrió la boca, llorando de emoción.

—¿Es cierto? ¿Cómo lo lograste? —José apenas podía hablar.

Rafe alzó su vaso. —¡Es cierto! ¡Por tiempos mejores! Lupe gritó y rompió en lágrimas. José corrió a abrazar a Rafe y lo levantó del suelo. Los niños saltaron y aplaudieron alrededor de ellos.

Los perros ladraban, corriendo entre las piernas. Martín abrazó a Ita, cuyo vientre abultado anunciaba al nuevo bebé. Las lágrimas y el tequila corrieron por igual hasta que la botella se vació.

José durmió muy poco aquella noche. Al amanecer, ya estaba de pie. Nunca más entraría a una mina. Ningún Ortega volvería a hacer ese trabajo jamás.

CAPÍTULO 33

Henry Reynolds tenía poco de valor en la casa. Los muchachos habían vendido la loza fina y el cristal de su esposa para sostener sus vicios de opio y bebida. Ya habían vendido también el ganado, y lo único que él apreciaba era la tumba de su mujer. Aun así, era su hogar y había trabajado duro esa tierra. Recordaba cuando se la arrebató al mexicano. El mexicano la mantenía limpia y bien cuidada. A Anna, su esposa, le gustaba la casa bien arreglada. Le gustaban las cortinas en las ventanas de la cocina y las coloridas alfombras. Porque a ella le gustaba, a él también. Dios, cómo la extrañaba. Los muchachos no habrían sido tan malos si ella hubiera vivido; habría mantenido unida a la familia de una manera en que él no pudo.

Ayer llegó el sheriff con cuatro hombres y le dijo que para hoy debía estar fuera. Era más tiempo del que él le dio a la familia mexicana. Él y los chicos simplemente llegaron y amenazaron a los mexicanos mugroso. Se marcharon una hora después. Ahora era su turno de irse. Caminó despacio hacia la tumba de su esposa. Se arrodilló con una rodilla y le pidió perdón para él y para los muchachos. Ella murió de influenza, que golpeó con dureza a muchas familias ese año. Tenía casi cuarenta y un años cuando falleció.

Henry tenía treinta y nueve cuando se casó con Anna. Ella tenía diecinueve y él se enamoró de inmediato. Nunca entendió por qué aceptó, pero la amó con fiereza. Cuando murió, una gran parte de él murió también. Fue como si el sol ya no saliera en el cielo. Dejarla sola allí, en la pequeña lomita, le carcomía el alma.

Se figuraba que moriría en esa tierra y sería enterrado junto a ella. Ahora no tenía adónde ir. Los muchachos podrían encontrar trabajo en otro rancho, pero nadie quería a un hombre maltrecho de sesenta y seis años. Su caballo ya estaba ensillado con unas provisiones, un catre y el rifle. Se incorporó con lentitud. Las rodillas le dolían mucho.

Acarició la cruz de la tumba de su esposa y se dio vuelta para marcharse. Miró una vez más la casa del rancho y el granero. También se veían cansados y gastados. Caminó hacia el caballo y se izó al sillín.

Enfiló hacia el camino, pasando bajo el letrero del Rocking R Ranch al salir. Se detuvo, giró en la montura, sacó el rifle y apuntó al letrero. Dos disparos, y el tablón quedó colgando de una sola bisagra. Tiró de las riendas y galopó a El Paso. Necesitaba encontrar a los muchachos y luego... ya no sabía.

Roy salió de la tienda de Duckett con las manos vacías y encontró a Eldon en la cantina con una chica en las piernas.

—Ese maldito Duckett no nos da más crédito —se quejó Roy.

Eldon empujó a la chica y se puso de pie. Había casi vaciado la botella de whiskey sobre la mesa, y Roy sabía que su hermano no tenía dinero. De algún modo Eldon siempre terminaba encontrando algo, usualmente del bolsillo de otro.

—¿Y te tragaste esa mierda del lacayo ese? —gruñó a Roy.

Roy se encogió. Eldon no tenía empacho en golpearlo.

—No había nada que hacer —rezongó Roy.

Eldon agarró la botella y apuró lo último. —Voy a ver a HangFu —gruñó—. ¿Vienes?

—No, Eldon, tenemos que volver a casa y ver qué hace papá. El banquero embargó y ya sabes que está enfermo.

—Que se joda. Nunca hizo nada por nosotros y ahora perdió el rancho —le gritó a su hermano—. ¿Vienes o no?

—Sí... supongo —cedió Roy. Iría con Eldon a la tienda de opio, pero después se marcharía. Eldon necesitaba fumar a diario o se ponía violento, pero Roy estaba cansado de sacarlo de líos.

Poco después del mediodía, Henry Reynolds llegó al paso lento a El Paso. Amarró el caballo en la baranda frente a de Lilli Jean's Saloon. Los caballos de Roy y Eldon estaban allí. Bajó rígido de la montura y subió los escalones cojeando. Tomó aire hondo antes de empujar las puertas y entrar en la penumbra del salón. Miró todas las mesas buscando a Roy y a Eldon; luego fue a la barra y le preguntó a Sam, el cantinero:

—¿Has visto a mis muchachos?

—Sí, estuvieron aquí hace un rato. Me deben treinta dólares de fiado también. ¿Vienes a pagar? —le soltó Sam, áspero.

—¿No te has enterado? —saltó una voz más allá en la barra—. Henry perdió el rancho. Nunca verás esos treinta dólares.

Henry giró hacia la voz. Un vaquero flaco y nervudo, Shorty Blain, estaba con un pie en el estribo de latón y la mano en su vaso. De pronto el bar quedó en silencio; todas las miradas sobre ellos. Henry tenía fama, pero ya estaba viejo y lento. Shorty era de los pistoleros más rápidos del pueblo. Hubo un día en que Henry podría haberlo tumbado; ese día ya pasó y Shorty lo sabía. Disfrutaba provocando al viejo.

—No veo que sea asunto tuyo —silbó Henry.

—Y yo no veo que no lo sea. Oí que lo compró un mexicano. Perdiste tu rancho con un mexicano, Henry, ¡qué risa!

Henry quedó sin habla. ¿mexicanos? Pensó que no lo venderían tan pronto, que quedaría vacío como otros ranchos; así podría ir de vez en cuando a la tumba de Anna. ¿Qué maldito mexicano tendría tanto dinero? Era una gran extensión. No, no era justo. La rabia le ardió detrás de los ojos.

—Ya te llegará, Shorty —gruñó Henry.

—No por tu mano ni por la de esos vagos del opio de tus hijos —carcajeó Shorty.

Henry salió cojeando hecho una furia. No, no, eso no estaba bien. Ningún maldito mexicano iba a ser dueño de su rancho, donde estaba enterrada su Anna.

Señor Howard estaba inclinado sobre el escritorio detrás de las ventanillas, pero alzó la vista y vio entrar a

José y a Rafe. Sonrió y asintió levantando el índice, pidiéndoles un momento. Al terminar con el cajero, les indicó su oficina. José, con el sombrero en mano, notó lo cómodo que se movía Rafe en ese mundo, el mundo de los americanos; él no. El banquero los invitó a sentarse. Tenía un pequeño montón de papeles en el escritorio.

— Señor Howard, este es mi tío, el señor José Ortega.

—Sí, sí, ya he visto antes a su tío. Mucho gusto en volver a verlo, señor Ortega —dijo el banquero, ofreciéndole la mano. Se sentaron—. Rafe, me tomé la libertad de hacer examinar tus monedas de oro y son muy valiosas. La compra no tocará mucho tus fondos. Preparé los papeles para transferir la tierra a nombre de tu tío como pediste. La tierra, los impuestos atrasados y la tasación suman dos mil ciento cuarenta y cinco dólares. Si están conformes, convertimos las monedas a dólares. —Giró un documento para que Rafe lo revisara—. Si las cifras te parecen, firma abajo.

Rafe repasó números, asintió, tomó la pluma y firmó.

—Ahora, señor Ortega, si firma aquí, la propiedad será oficialmente suya, libre de cargas.

Rafe le pasó la pluma a su tío. A José le tembló la mano. Extendió el brazo y estampó la firma al pie de la página.

Señor Howard también firmó, se quitó los lentes y tendió la mano. —Felicidades, señor Ortega. Vuelve al negocio del rancho.

José sonrió de oreja a oreja, estrechó con fuerza la mano del banquero y abrazó a Rafe, dándole palmadas en la espalda. Rafe devolvió el abrazo. Recordaría ese momento para siempre. Ahora quería sentir un abrazo de su madre y de su hermana. Ojalá pronto.

Terrence Howard esperó a que terminaran de celebrar y aclaró la voz:

—Rafe, necesitamos hablar del resto de tu dinero. Me gustaría ayudarte a invertirlo bien.

—En realidad, señor Howard, necesito abrir una cuenta para mi tío. Va a necesitar fondos para arreglar el rancho y comprar caballos y ganado. El resto me lo llevaré a Santa Fe para montar mi criadero de caballos allá.

—Oh, oh, ya veo. ¿Cuánto quiere depositar para su tío?

—La mitad de lo que queda —respondió Rafe.

El banquero se quedó pasmado. Hizo cuentas al vuelo, asombrado por la generosidad del joven.

—Eso es... eso es... más de seis mil dólares —tartamudeó.

—Bien. Toma las monedas que cubran esa suma y abre la cuenta ahora. Me llevaré el resto.

—Llamaré al cajero para que empecemos —dijo el banquero.

José y Rafe charlaron en la oficina mientras Howard salía al frente.

—Rafael, es mucho dinero, demasiado —protestó el tío.

—No. Necesitarás reses y caballos. Arregla la casa para mi tía y haz los arreglos para traer a mi madre y a mi hermana. Se necesitará dinero para traerlas de México. No quiero que a mi familia le falte nada nunca más.

La puerta principal del banco se abrió de golpe, sobresaltando a clientes y cajeros. Señor. Howard alzó la vista. Un hombre enfurecido, Henry Reynolds, entró con un rifle.

—¡Howard! —bramó.

El banquero se volvió hacia él. —Nuestros... nuestros asuntos terminaron, Henry. Será mejor que se vaya antes de que llame al sheriff.

—¡Terminaron un cuerno!

Rafe y José vieron al hombre del rifle a través de la ventana de la oficina. Rafe se puso de pie y salió al vestíbulo en silencio, haciendo señas a José para que se quedara. Flexionó los dedos y dejó el brazo suelto, con las yemas cerca de la empuñadura del revólver. Se detuvo a unos pasos de la puerta de la oficina; sabía que miraba a Henry Reynolds. Oyó pasos quedos detrás: José lo había seguido.

Reynolds estaba sin afeitar; rastro blanco sobre su tez

enrojecida. Los ojos enmarcados de rojo y una vena latían en su frente.

—¿Esos son los mexicanos que robaron mi rancho? —giró la cabeza mirando directo a Rafe y a José.

—Henry, el banco le dio todas las oportunidades. Usted sabe que le concedimos más tiempo —balbuceó Howard, tratando de sonar sereno.

—Pregunté si esos son los mugroso mexicanos que robaron mi rancho —ladró Reynolds, clavando los ojos en Rafe y José.

—Es una transacción justa y legal, señor Reynolds —respondió Rafe con hielo en la voz—. Compramos la tierra en ejecución al banco. No le robamos nada. No como usted y sus abogados le hicieron a mi tío.

Rafe vio odio en los ojos del viejo.

—Muy bocón para un mexicano a punto de morir —escupió Reynolds.

—Henry —intentó el banquero, pero Reynolds lo cortó.

—Este banco me quitó el dinero y luego la tierra. ¿Qué recibí? ¡Nada! ¡Los banqueros son unos rateros!

—Henry…

—Los voy a matar a todos —amenazó Reynolds.

No se movió. Parecía confundido, mirando de un lado a otro entre el banquero y Rafe. Sacudió la cabeza, como queriendo despejarla, y de pronto la cara se le torció: alzó el rifle, amartilló en un solo gesto y apuntó al banquero.

El revólver de Rafe ya estaba fuera y tronó antes de que Reynolds alcanzara a jalar. El .45 ya no le botaba la mano; años de práctica habían hecho del arma una extensión de su brazo. El rifle de Reynolds se disparó al caer y la bala se incrustó en el techo, sobre la cabeza de Howard.

Reynolds se tambaleó hacia atrás y se estampó contra la pared. Resbaló lentamente, dejando una mancha de sangre. Quedó sentado con las piernas estiradas. Humo y silencio colgaron en el aire; solo se oía el reloj de pared con su péndulo.

Rafe enfundó. El sabor amargo del ácido y la adrenalina le rascaba la garganta. Mr. Howard se inclinó sobre Reynolds.

—Sigue respirando. La herida no parece tan grave —dijo, y recogió el rifle para entregárselo a Rafe.

Rafe lo tomó y lo iba a dejar en una mesa cuando la puerta golpeó y el sheriff irrumpió con pistola en mano. Rafe se volvió y se encontró con el cañón a la cara, aún sosteniendo el rifle. Se quedó inmóvil.

—Será mejor que deje ese rifle en el piso, despacio —gruñó el sheriff entre jadeos. El pecho le subía y bajaba sobre la panza; no estaba hecho para correr.

Rafe respetó esa mirada. Se agachó despacio, apoyó el arma en el suelo y levantó las palmas.

—Gírese y ponga las manos sobre esa mesa —ordenó.

Rafe obedeció. El sheriff dio un paso, le sacó el revólver de la cartuchera. La puerta volvió a abrirse y un flacucho con una estrella en el pecho se clavó, pistola en alto. Con ansias quiso apuntarle a todos a la vez, incluyendo al sheriff, con los ojos desorbitados por la emoción. Al ver que el sheriff apuntaba a Rafe, también le apuntó a él.

—¿Es él el que disparó? —dijo el ayudante con la mano temblorosa.

—¡Nathan! Guarda esa maldita pistola antes de que dispares algo.

Nathan miró al sheriff y titubeó.

—¡Ahora, Nathan!

Bajó el percutor y enfundó.

—Corre por el médico. ¡Anda!

Nathan dio un brinco, giró a la puerta y la jaló con fuerza; no abrió, casi se estrella, se le cayó el sombrero. Lo recogió, probó con calma, abrió y salió corriendo.

El sheriff negó con la cabeza y miró a Howard.

—El hijo de mi hermana. Se me excita. Ahora, ¿quién me dice qué pasó aquí? —preguntó, sin bajar el arma.

—Sheriff, Reynolds entró buscando pleito. Sabe lo de ayer, cuando usted lo desalojó. Cree que le robaron la tierra. Nos amenazó y estaba por disparar, empezando conmigo.

El señor Ortega me salvó la vida —explicó Howard, colocándose entre el sheriff y Rafe.

—Ah, ¿sí? —el sheriff bajó el arma—. La ley dice que si hay disparos, yo encierro al que sigue en pie. En cuanto lo asegure, vuelvo y hablamos para ver quién hizo qué. Ustedes se quedan aquí con señor Howard —ordenó a los presentes.

Agarra a Rafe por el hombro y lo empujó hacia la puerta. Rafe sintió el cañón en las costillas.

—Espere, sheriff. ¿Puedo decirle algo a señor Howard? —pidió Rafe en el umbral.

—¡Rápido! —espetó, volviendo a Rafe hacia el interior. El médico se coló a toda prisa y se arrodilló junto a Reynolds.

—Señor Howard, por favor asegúrese de que mi tío regrese a casa a salvo y envíe un telegrama a George Summers. Cuéntele lo ocurrido. Él no sabe que estoy en El Paso.

—No te preocupes, Rafe. Me encargo de todo. Lo aclararemos. Te conseguiré un abogado si hace falta, el mejor del pueblo. Me salvaste la vida.

Con las manos arriba y el cañón en la espalda, Rafe y el sheriff bajaron la acera entre la gente que se arremolinaba frente al banco. Rafe notó las miradas; los rumores corrían de boca en boca. Los ojos le ardían en la espalda mientras el sheriff lo conducía por la calle. Mantenía la espalda recta y la cabeza en alto. Sabía que no había hecho mal, pero el estómago le daba vueltas.

La comisaría y la cárcel estaban al otro lado y dos cuadras abajo, cerca de Hastings Livery. La puerta se abrió al llegar. Nathan se hizo a un lado para que entraran.

—Quédate atento, Nathan, y no dejes entrar a nadie, ¿me oyes?

—Sí, sheriff —dijo él, ajustándose el cinturón y cerrando la puerta.

El sheriff abrió una de las dos celdas y empujó a Rafe.

—Los mexicanos en esta —murmuró. Las bisagras chirriaron y la reja se cerró con estrépito. No era, desde luego, el Hotel Stratton. El olor del cubo, mezclado con sudor y orines, le revolvió el estómago. Entrecerró los ojos hasta acostumbrarse a la penumbra.

Hecho ovillo en un rincón, un hombre se movió, despertado por el ruido. Gimió y, tras varios intentos, se puso en pie lentamente.

—Aiii, me duelé la cabeza —se quejó, sosteniéndose con ambas manos. Tenía el ojo izquierdo hinchado y morado. La camisa mugrienta estaba tiesa de sangre seca. El mexicano se arrastró hacia Rafe, deteniéndose a pulgadas de su cara para tratar de reconocerlo. Apestaba a licor y vómito.

—¿Qué te pasó? —preguntó Rafe, retrocediendo.

—El sheriff es un hombre bien maldito con los mejicanos. Me golpió cuando me echó aquí en la cárcel —balbuceó. Dijo que el sheriff lo había encerrado y golpeado, que no quería a los mexicanos. Preguntó si Rafe tenía cigarros. Al oír que no, volvió a su rincón y se desplomó.

Rafe se frotó la nuca. —Este pueblo solo me trae mala suerte —murmuró. Se volvió de espaldas al compañero de celda, posó las manos en los barrotes y, con la cabeza inclinada, rezó a la Virgen de Guadalupe.

CAPÍTULO 34

En el pueblo de Isleta la tensión flotaba en el aire mientras Nasi, padre de Laapu, se sentaba frente a Letoc y a los ancianos del consejo. Quería actuar para encontrar a su hija, no seguir esperando. Empezaba a impacientarse con Letoc y los ancianos. Nasi era maestro tintorero de lana del pueblo y muy respetado por la gente. Su creatividad y pericia eran en gran parte responsables de la demanda de los productos de lana de la tribu y de la prosperidad del pueblo Tiwa. Por ello, la voz de Nasi tenía mucho peso en el consejo. Creía que el español sabía más. Ya habían pasado dos días desde el ataque y Nasi exigía respuestas.

—Nasi, comprendo este dolor que te tira del corazón, pero no olvides que también se llevaron a la hermana de mi esposa. En mi casa también se derraman muchas lágrimas —habló primero Letoc.

Nasi, con el rostro sombrío, asintió reconociendo las palabras de Letoc.

—Los rastreadores siguieron el rastro de los asaltantes. Recibimos noticia de que se perdió en el río cerca de Albuquerque. Encontraron muchos vados y muchas huellas de viajeros por la zona, pero nuestros hombres siguen buscando. Envié exploradores en todas direcciones.

—¿Han interrogado al español herido? —apretó Nasi—. Oí que confirmó que fue su hermano quien dirigió el asalto. ¿Por qué le damos ayuda si probablemente es uno de ellos?

—Lo hemos interrogado y es colaborador. Creemos que nos ha dicho todo lo que sabe, pero no hay manera de estar seguros. Recuerda que también resultó gravemente herido en el ataque. Nos proporcionó una lista de lugares donde podríamos encontrarlos: sitios de descanso y refugios que han usado en el pasado. Se han enviado exploradores para investigarlos y descartar cada posibilidad. Rogamos oír noticias pronto y, cuando las tengamos, actuaremos con rapidez —Letoc quería tranquilizar al padre de Laapu, pero tenía poco que contarle. Él también estaba frustrado y enfadado por la espera y la incertidumbre. Con suerte pronto podrían trazar un curso de acción y, con suerte, las muchachas seguirían con vida.

—Nasi, cuando sepamos dónde están las chicas reuniremos a los más valientes de nuestros hombres. Rescataremos a las muchachas y vengaremos el ataque contra nuestro poblado —continuó Letoc—. Ahora, ve a casa y consuela a tu esposa. Las encontraremos, te lo aseguro.

El artesano se puso en pie, asintió a Letoc y a los ancianos, y se marchó; la puerta de cuero se cerró tras él.

—He enviado un mensajero a Santa Fe para pedir ayuda al gobernador Mitchell. Puede que la envíen o puede que no. No podemos contar con ellos y planearemos encargarnos de este asunto nosotros mismos —aseguró Letoc a los padres del consejo tras la salida de Nasi. Se incorporó de un solo movimiento y salió de la sala del consejo en busca del viejo jefe de guerra, Nakwavenqa.

Nakwavenqa trabajaba en una lanza cuando Letoc cruzó el umbral de su vivienda. Letoc entró y se acuclilló frente a él. Ambos ofrecieron un saludo silencioso, como era costumbre en su tribu: apretaron levemente los labios con las comisuras hacia abajo y alzaron sutilmente la barbilla.

Nakwavenqa pertenecía al clan Sivenqa, el del Coyote. Durante generaciones, los Sivenqa habían tenido la tarea de mantener a salvo el pueblo. Como guerrero mayor, Nakwavenqa se tomaba muy en serio su linaje y ahora se sentía responsable por no haber repelido a los asaltantes y permitir que escaparan con las dos muchachas. El ataque lo avergonzaba.

La tribu Tiwa había vivido en paz durante muchas décadas. Los ancianos eran maestros con arcos y flechas, lanzas y hondas. Habilidades aprendidas de sus mayores y así por generaciones. Los tiempos estaban cambiando y eran los jóvenes quienes usaban fusiles. En 1680 los Tiwa se unieron a otros pueblos en la Revuelta de los Pueblos

222   Robert J. Alvarado

que expulsó a los españoles de vuelta a la Nueva España. Las historias de esas batallas se transmitían de generación en generación por el clan Sivenqa alrededor de las fogatas. Nakwavenqa, llamado Anciano Nakwa, era ahora el narrador de los relatos de guerra, pero muchos jóvenes ya no escuchaban. Se reían de las viejas historias de arcos y flechas. Querían armas de fuego y munición.

—Anciano Nakwa, ¿qué has oído de los exploradores? —preguntó Letoc tras un momento observando la labor del hombre.

—Regresó el que envié a Socorro. No encontró nada. Ni rastro ni noticia de los asaltantes. Chewatnahay, mi hijo, ha vuelto de Los Lunas. La gente conoce al hermano del español herido, pero no lo han visto desde hace varios días —la decepción era evidente en el rostro de Nakwa.

—Esperamos el regreso de otros tres —prosiguió—. Tenemos un explorador en Albuquerque, otro fue a Las Chávez y otro río arriba hacia Corrales. Rezo para que encuentren a las muchachas.

—Ven a verme en cuanto oigas algo —ordenó Letoc, aunque se le revolvía el estómago al pensar en los Tiwa yendo a la guerra contra esos forajidos. Sabía que no eran rival para asesinos despiadados.

—Mis guerreros estarán listos, mi jefe —aseguró Nakwa.

—Tal vez solo los jóvenes deban entrar en esta batalla, viejo amigo. Los españoles tendrán muchos fusiles. Tus lanzas y flechas quizá no basten. Creo que tú y los canosos deberíais quedaros a vigilar el pueblo —sugirió el jefe al anciano guerrero.

Nakwa quedó dolido y apartó la mirada. La guerra nunca había llegado a su generación, pero él había practicado y se había preparado para ese momento toda su vida, igual que sus amigos de cabellos grises. El ataque al poblado era el primero en su vida. Quiso replicar al jefe, pero guardó silencio con los ojos bajos.

Sin embargo, el corazón de Nakwa dolía al sentirse responsable del rapto. Estaba decidido a redimirse rescatando a las muchachas. Las lanzas, las flechas y las hondas no serían rival para españoles con fusiles y pistolas modernos, pero ¿acaso los pueblos no habían derrotado al bien armado ejército español en la revuelta con lanzas y flechas? Como sus antepasados, tendrían que confiar en el ingenio y la sorpresa. Él y los mayores trazarían un plan.

Nakwa también era realista. Los Tiwa no tenían gran gusto por la guerra. Solo querían cultivar sus campos y cuidar sus ovejas. Aun así, habían sido atacados y se llevaron a dos muchachas y mataron a una. La situación exigía venganza. Nakwa era jefe de guerra por linaje y acudiría. No perdería esta oportunidad de alzarse en armas contra los asaltantes, como hicieron sus antepasados muchas generaciones atrás.

Al caer la tarde regresó el explorador de Albuquerque para informar de que no había señales de los secuestradores. Preguntó a muchas personas del pueblo que trabajaban en la ciudad. El explorador quedó satisfecho de que los raptores no estaban en Albuquerque.

Más tarde, tras la comida, volvió el explorador de Corrales informando que algunos trabajadores del pueblo en los viñedos vieron a una docena de jinetes dirigirse a la hacienda bodega de los Anaya. Iban con dos mujeres montadas a la grupa.

Con la noticia del explorador, Letoc y Nakwa fueron de inmediato a la choza donde Carlos se recuperaba.

—Tenemos noticia de un grupo de hombres con dos mujeres visto en la hacienda bodega de Anaya, en Corrales. Háblanos de ese lugar —le preguntaron a Carlos.

—La hacienda es de Rubén Anaya. Es amigo de mi hermano. Lleva una pequeña bodega que formaba parte de la herencia de su padre antes de que los americanos se quedaran con los viñedos. El recinto está fuertemente guardado desde las cuatro esquinas con un muro alto. Tiene hombres que lo protegen en todo momento —les dijo Carlos.

—¿Cuántos hombres? —apremiaron al español.

—Quizá veinte o más. Son duros y leales a Rubén, pero también les gusta beber vino. Mi hermano tiene otra docena de hombres.

Carlos bosquejó el plano del recinto con todo detalle que pudo recordar. Describió los parapetos de guardia y las murallas que rodeaban la hacienda, protegida por una pesada puerta principal. Letoc reunió a los hombres del pueblo. Al calor de la hoguera del centro del recinto, anunció a los valientes que partirían al amanecer hacia Corrales. Si los dioses les sonreían, abatirían a los asaltantes y salvarían a Chiwiwi y a Laapu.

Sin que Letoc lo supiera, Nakwa reunió en su casa a los guerreros canosos, sus amigos de toda la vida. Eran diez en total. Los hombres reunidos habían crecido juntos; pescando, cazando y practicando el arte de la guerra. Nakwa no veía cojeras, ni espaldas encorvadas, ni vientres blandos. Veía a hombres que conocía como a hermanos y en quienes confiaba.

—Hermanos, mañana por la mañana los bravos de nuestra tribu cabalgarán a combatir a quienes asaltaron nuestro pueblo. Letoc teme que seamos demasiado viejos y que nuestras viejas artes ya no valgan. Dice que debemos quedarnos con mujeres y niños. ¿Acaso no seguimos siendo guerreros? Puede que seamos guerreros de cabellos grises —hizo una pausa—, pero seguimos siendo guerreros. Digo que juntemos esta noche nuestras armas y luchemos con honor.

Un murmullo suave recorrió la estancia. Cabezas asintieron y los susurros se apagaron. Su amigo cercano, Honapsi del clan del Tejón, empezó a hablar:

—Nakwa, nosotros...

Lo interrumpió un suave ronquido y un resoplido. Todas las miradas se volvieron hacia Kopi, sentado con la espalda contra la pared y la cabeza bamboleándose hacia delante. Kopi, apodado Cortito por su estatura, estaba echando una de sus siestas. Una risita recorrió la habitación. Un codazo en las costillas lo devolvió del sueño. Resopló y se enderezó, algo desorientado y avergonzado.

—¿Eh? —farfulló mirando de cara en cara, confuso.

Honapsi continuó:

—Iba a decir que estamos contigo, Nakwa. Aunque

ya no somos lo que fuimos, lucharemos con honor. Añadiría —dijo lanzando una mirada a Kopi con media sonrisa— que algunos lucharemos… bueno, siempre que haya hueco para una siesta.

La risa llenó la sala. Kopi empezó a protestar y se le puso roja la cara. Al momento sonrió y sus amigos a ambos lados le palmearon la espalda.

—Reúnan en silencio sus armas y caballos y nos vemos en el puente.

Los guerreros ancianos se pusieron en pie, algunos con lentitud, y salieron a prepararse para la primera partida de guerra de sus vidas. Pese a la edad, reinaba entre ellos un aire casi infantil de expectación.

Treinta minutos después Nakwa esperaba a caballo junto al puente. La luna colgaba en el cielo oriental y a la Estrella Perro empezaban a unírsele otras en un cielo negro y limpio. Chotacabras y murciélagos hacían acrobacias sobre el arroyo, dándose un festín de insectos cuando se acercaron los primeros guerreros.

Nakwa observó cómo los canosos llegaban despacio al puente. Ladeó la cabeza mirando a uno de los jinetes que salía de entre las casas. Entrecerró los ojos, tratando de reconocer la extraña silueta que se acercaba a la luz de la luna. Se le dibujó una sonrisa al darse cuenta de que el viejo Nahchuruchu, apodado Nahchu, en sus preparativos de guerra había hurgado entre sus tesoros y encontrado un viejo casco de conquistador. Fiel a su carácter bromista, Nahchu lucía su mejor rostro de guerra y asintió a Nakwa al detenerse a su lado.

El casco, dos tallas más grandes, le rebotó sobre los ojos y quedó apoyado en el puente de la nariz. Nahchuruchu, llamado así por el legendario Hombre que se Casó con la Luna, nunca dejaba de divertir a sus hermanos canosos. Azorado, Nahchu alzó con su delgado brazo el ala del casco. Lo empujó hacia arriba y sonrió.

Nakwa contó a nueve guerreros armados con arcos y lanzas, listos para cabalgar a la hacienda de Anaya.

—¿Dónde está Wapiwi? —preguntó. Encogimientos de hombros y caras vacías respondieron. Poco a poco, de la oscuridad avanzó una figura al paso hacia el grupo.

Wapiwi no era un hombre alto. Le gustaba comer y con los años se había redondeado de cintura. Al acercarse, los canosos vieron un pesado escudo español de hierro atado a su espalda y un viejo mosquete en cada mano. Wapiwi tiró de las riendas y se detuvo. Una risa ahogada recorrió al grupo.

—¡Wapiwi, pareces una tortuga montada a caballo! —se rió Kopi.

—Probablemente te vueles la mano con esos mosquetes, amigo —pinchó Nahchu a Wapiwi.

—Recuerda, Nahchu, que de jóvenes nos escondíamos detrás de este escudo. No recuerdo que fuera tan pequeño —replicó Wapiwi—. Quizá volvamos a escondernos tras él.

Con los guerreros canosos reunidos, Nakwa giró su caballo y partió al galope, los demás muy pegados detrás. El viaje hasta Corrales llevaría varias horas, sobre todo en la oscuridad.

CAPÍTULO 35

—¡Sheriff, sheriff, ¿oyó, el viejo Reynolds está muerto! —entró a empujones el diputado Nathan y se detuvo de golpe frente al escritorio del sheriff. El sheriff dejó la pluma con calma y levantó la vista hacia su ayudante. Quitándose la pipa de la boca, la dejó en el cenicero a su derecha.

—¡Dios mío Nathan, cálmate!

—Está muerto. El doctor Wade acaba de anunciarlo. Roy y Eldon están en Lilli Jean's y han provocado a un montón de tipos por allá. Creo que vendrán con una cuerda por el mexicano.

—¡Ah, malditos esos muchachos! Esto es justo lo que me faltaba ahora. La maldita elección está a la vuelta y ahora tiene que pasar esto. Los malditos provocadores, los mexicanos y la basura de los ranchos me van a matar.

El sheriff comprobó su pistola para ver si tenía seis cartuchos y alzó una escopeta de dos cañones. Metió media docena de perdigones en el bolsillo de la camisa, cargó dos en la escopeta y la cerró de un golpe.

—Lleva un rifle —ordenó a Nathan. Watkins salió por la puerta y Nathan le siguió.

Ya había caído la noche y la luz de las antorchas se veía desde dentro de la celda. Rafe podía oír voces airadas y los gritos de hombres en la calle. Una piedra destrozó la ventana delantera de la oficina del sheriff y dio contra el armario de los rifles en la pared. Alcanzaba a reconocer la voz del sheriff, pero no lo suficiente como para entender lo que decía. Rafe sabía que si el sheriff no controlaba a la muchedumbre, ni él ni su compañero de celda borracho tendrían oportunidad de sobrevivir.

El seco estallido de una escopeta hizo que Rafe se sobresaltara y despertó al viejo borracho. El ruido de la multitud se atenuó y la voz del sheriff se volvió clara.

—¡Ahora váyanse! Vayan a sus casas o vuelvan a lo que estaban haciendo, me importa un comino cuál, pero si se quedan aquí los voy a arrestar o los voy a pegar un tiro —eso va por ti también, Mathew, y por cierto tu padre va a pagar por esa ventana.

Rafe oyó unas cuantas palabras más cargadas de enojo y luego otra vez la voz del sheriff. —Eldon, Roy, siento lo de vuestro padre, pero esto no va a arreglar nada. ¡Ahora idos! ¡Que no os vuelva a ver esta noche!

—¿Qué pasa? —preguntó el viejo mexicano.

—Nada, todo está bien. —Rafe le dijo que no se preocupara y respiró aliviado cuando la puerta se abrió y el sheriff y el diputado regresaron y cerraron la puerta de la oficina tras ellos.

El sheriff abrió la escopeta para cambiar el cartucho gastado. La dejó sobre su escritorio y se acercó a la puerta de la celda.

—Chico, eres un mexicano con suerte, ¡por todos los cielos! Cumplí con mi deber jurado y vas a vivir la noche. —Le sonrió a Rafe—. Tendrán que esperar hasta después de la audiencia de mañana por la mañana para colgarte. Roy y Eldon y sus amigos están deseando matarte y cuanto más borrachos se pongan, más valientes serán.

—Sheriff, Reynolds vino tras nosotros en el banco. Iba a dispararle al señor Howard y luego a mí. Le disparé en defensa propia.

Todos se encogieron cuando una lluvia de piedras dio contra la cárcel. El sheriff giró de inmediato. —¡Maldita sea Nathan, sal y diles que dejen esa mierda! —gritó.

Watkins se levantó el sombrero y se pasó la mano por el cabello que se le afinaba. —Puede ser. Eso fue lo que me dijo el señor Howard. La gente del banco dijo lo mismo. Mi trabajo es llevarte a la audiencia. Calculó que el juez te dejará libre en la mañana cuando escuche la historia, pero eso no importará para mucha gente por aquí. A la gente no le gusta que un mexicano le dispare a uno de los suyos. Y si te dejan libre, será mejor que salgas de aquí volando.

—Sí, sheriff, planeo hacer justamente eso. En cuanto termine mis asuntos bancarios, me marcho de El Paso.

—¿Dónde aprendiste a hablar así en inglés, chico? — preguntó.

—Tuve un buen maestro en Santa Fe —respondió Rafe.

El sheriff refunfuñó, se volvió, recogió la escopeta y salió otra vez. Apoyado en la pared, Rafe se dejó caer hasta el suelo. Esperaba sinceramente que el sheriff no cambiara de idea respecto a su deber jurado.

Al poco rato, al amanecer, llegó tío José a la cárcel. El diputado Nathan lo detuvo en la puerta, erguido y tratando de aparentar cierta autoridad. Tras cachearlo abrió la puerta de la celda y lo empujó por el umbral.

—Tienes visita.

La puerta se cerró de un portazo y José sonrió a Rafe.

—¿Cómo estás, Rafael?

—Estoy bien, tío.

José le entregó a Rafe una pequeña canasta con unos panes para el desayuno.

—El señor Howard dijo que no te preocupes por la audiencia. Contrató al mejor abogado de El Paso para que te represente. — José aseguró a su sobrino, pero la sonrisa no ocultaba su inquietud. En un juzgado de El Paso podían ocurrir cosas extrañas a los mexicanos.

—Espero que tengas razón, tío, pero temo al sheriff —dijo Rafe en voz baja.

El golpe de la puerta de la celda había despertado a su compañero de celda, todavía con la resaca, que se incorporó torpemente y orinó en el cubo.

—El sheriff Watkins no es un mal hombre —dijo José observando al viejo borracho aliviarse—. Puede que sea duro con nosotros los mexicanos, pero cumple la ley. Es conocido por ser honesto. No has hecho nada malo y eso se demostrará hoy. —Tratando de sonar seguro le dio una palmada a Rafe en el hombro. Una mosca zumbó molesta delante de la cara de Rafe y con impaciencia intentó darle un manotazo, sin acertar.

—Tengo la sensación de que no me protegerá de Roy y Eldon. Quieren matarme si el juez no me cuelga —dijo Rafe observando la mosca girar.

—No, no es así. Dicen que el sheriff es un héroe de guerra. Dicen que peleó con los confederados en la guerra y recibió una herida en la pierna. Se pone sus medallas de guerra durante las elecciones. Solo no le causes problemas y te protegerá. —La mano de José se lanzó y atrapó la mosca en el aire.

Sonrió a Rafe. —Todo va a estar bien. —Mostró la mosca muerta en la palma de su mano.

—Ah, se me olvidaba decirte —añadió José—, el señor Howard dijo que te telegrafió anoche a don Jorge. Recibió respuesta esta mañana. Don Jorge viene a toda prisa hacia El Paso. Estará aquí en un par de días.

—Oh no —gimió Rafe—. Don Jorge no va a estar muy contento conmigo por armar este lío. Le prometí que no vendría a El Paso. —En silencio deseó que su padre adoptivo y amigo ya estuviera allí; sabría qué hacer.

José se quedó con Rafe hasta que el diputado Nathan llegó a la puerta y, al tantear las llaves, las dejó caer al suelo una vez antes de abrir la celda.

—Vamos, es hora de ir —anunció. José abrazó a Rafe y le deseó suerte. Como no le permitían entrar al juzgado, le dijo que volvería al rancho. Los muchachos y Lupe estaban mudando unas cosas de la casita y necesitaban su ayuda.

—Cuando te liberen ven al rancho —le dijo el tío, rezando para que no colgaran a su joven sobrino.

Era ya media mañana cuando el diputado preparó a Rafe para la caminata al juzgado. Rafe, cansado por la falta de sueño y con el traje arrugado y sucio por haber estado sentado en el piso de la celda, mantuvo las manos a la espalda mientras Nathan le ajustaba las esposas en las muñecas.

El sheriff y su ayudante escoltaron a Rafe fuera de la cárcel y lo llevaron por la cuadra hasta el juzgado en la plaza. Nathan se movía nervioso mientras caminaban. Una puerta mosquitera se cerró de golpe detrás de ellos. Él sacó la pistola a un gesto y la agitó vagamente en dirección a la puerta que había golpeado.

—¡Nathan, maldita sea, me estás sacando de quicio! ¡Si no guardas esa maldita arma te daré una paliza! —chasqueó el sheriff.

Una multitud se había reunido en la calle cerca de los escalones del juzgado. Unos cuantos vagabundos con aspecto rudo se plantaron delante de la escalera bloqueando el paso. Rafe, el sheriff y diputado Nathan se acercaron y redujeron la marcha. Un vaquero de aspecto desagradable, con una barba de una semana áspera como alambre de púas, escupió un largo chorro de jugo de tabaco que salpicó las botas y los puños de Rafe. Rafe le lanzó una mirada fulminante.

—¡Apárense! —bramó el sheriff a la gente—. Son los hombres de los Reynolds. —murmuró y empujó la espalda de Rafe. Los vaqueros se hicieron a un lado, pero le dieron empujones y codazos cuando pasó.

—Lo vas a colgar, mugroso mexicano —se burló uno de los vaqueros. Dió una palmada en la espalda del hombre a su lado. Rafe fijó los ojos en él antes de subir los escalones que llevaban a la gran puerta de madera del juzgado.

La puerta se abrió y Rafe entró en la sala. El murmullo de conversación se detuvo de inmediato. Hacía muchísimo calor y el olor a sudor y a humo de tabaco era espeso en el aire. Todas las miradas se volvieron hacia Rafe. Caminó por el pasillo central con la cabeza erguida y atravesó la reja baja cuando una voz en la sala gritó:

—¡Cuelguen al asesino mugroso mexicano!

—Te lo dije —susurró el sheriff a Rafe al quitarle las esposas. Hace cuatro años huía por su vida de El Paso. Ahora, una vez más, luchaba por su vida. No mucho había cambiado para él en El Paso.

El sheriff señaló hacia el señor Howard y otro hombre. Estaban sentados en una mesa a la izquierda de Rafe, frente al estrado. Rafe se acercó a señor Howard, pero volvió la mirada hacia la sala repleta.

Un hombre de traje gris estaba sentado en una mesa a la derecha del pasillo. Detrás de él estaban Roy y Eldon Reynolds. Lo miraban con odio mientras Rafe permanecía junto a la mesa de la defensa. Eldon había dejado crecer el cabello, pero lo que le había salido era fino y escaso y apenas cubría el horrendo muñón que había sido su oreja.

Parecía mucho mayor que los pocos cuatro años transcurridos.

—Rafe, este es señor Mike Dillon —interrumpió señor Howard sus pensamientos—. Es el mejor abogado de El Paso y es amigo mío. —Rafe volvió la atención al abogado y señor Howard corrió una silla para que se sentara.

Señor Dillon se inclinó hacia Rafe y dijo:

—Esto no debería ser un problema para usted, señor Ortega. Tenemos muchos testigos que dicen que el disparo fue en defensa propia y que, de hecho, usted salvó la vida del señor Howard. Además, sé que el juez Walker es un hombre que se atiene a la ley. Tengo su caso en orden. Se lo entregué esta mañana, así que estoy seguro de que entenderá la situación. —El abogado sonaba confiado, pero después de haber pasado la noche sin dormir en la cárcel con los vaqueros listos para colgarlo, Rafe estaba lleno de dudas.

—Espero que tenga razón, señor Dillon, y gracias — respondió Rafe. Miró hacia Roy y Eldon y los vio hablar con los vaqueros detrás de ellos.

—Todos de pie. El Tribunal de Distrito de El Paso está ahora en sesión. Preside el juez Edgar Walker — anunció el sheriff.

—Tomen asiento. —El juez llamó al orden.

Barajeó papeles y miró por encima de las gafas alrededor de la sala. Tenía el cabello gris plata, pero el rostro de un hombre más joven. Dos profundas líneas verticales en el medio de la frente, justo encima de la nariz, se marcaron mientras leía los papeles. El juez examinó los documentos durante lo que a Rafe le pareció una eternidad. El sudor le chorreaba por los costados bajo la camisa y empapaba las axilas.

—Sheriff, ¿cuál es el asunto del tribunal hoy? — preguntó el juez, asomándose por sus gafas.

—Bueno, juez, este mexicano le disparó a Henry Reynolds en el pecho matándolo ayer. Está aquí acusado de asesinato.

—Muy bien. —El juez movió la cabeza y golpeó su

mazo. —Esto es una audiencia y no un juicio. Hoy determinaremos si este hombre debe o no ser sometido a juicio por el asesinato de Henry Reynolds —declaró.

—¿Quiere decir que no lo van a juzgar ahora? —gritó una voz desde la multitud—. ¡Es culpable como el demonio y debe ser colgado hoy!

BANG, BANG hizo el mazo del juez. —¡SILENCIO, silencio en la sala! —Poco a poco la sala se calmó.

—Señor Campbell, ¿desea empezar? —preguntó el juez mirando al fiscal.

—Ah, sí, su señoría. —El hombre en la otra mesa se puso en pie.

—Este mexicano —señaló a Rafe—, le disparó a Henry Reynolds a sangre fría ayer en el banco. Ustedes saben que Henry era un hombre bravo, pero nunca mató a nadie, al menos a nadie que no mereciera morir. El viejo Henry estaba loco por haber perdido su rancho y eso lo tenía mosqueado. No tenemos prueba de que realmente habría disparado al señor Howard. Por lo tanto, el asesinato fue a sangre fría.

—¿Eso es todo? —preguntó el juez.

—Sí, su señoría. —El fiscal, señor Campbell, se volvió a sentar. Roy y Eldon le dieron palmaditas en la espalda.

El juez se volvió hacia la mesa de la defensa. —Señor Dillon, llame a sus testigos.

Señor Dillon llamó al señor Howard y al empleado del banco. Ambos contaron la historia tal como había ocurrido, interrumpidos varias veces por Roy y Eldon, lo que hizo que el juez golpeara con su mazo y, al final, perdiera la paciencia.

—Una vez más, muchachos, y volveréis a compartir la celda que habéis conocido en tantas ocasiones. ¿Me oís? —les advirtió el juez.

El sheriff fue llamado al estrado y, para alivio de Rafe, su testimonio fue directo sobre lo que vio y oyó. El doctor fue la última persona llamada por el señor Dillon.

El doctor Wade testificó:

234   Robert J. Alvarado

—La causa de la muerte no fue la herida de bala en el hombro. La causa de la muerte fue el corazón del viejo Henry. —Un murmullo atónito recorrió la sala con el testimonio del médico y el juez golpeó el mazo hasta recuperar el orden. El doctor continuó: —Henry Reynolds tenía el corazón débil. He estado tratándolo por falta de aire y entumecimiento en el brazo durante meses. Le di medicinas para ayudar, pero era demasiado terco para tomarlas. El viejo Henry me decía que la medicina era cosa de mujeres.

La sala rió por los comentarios del doctor y alguien dijo:

—¡Así es, doctor!

BANG, BANG. El juez golpeó el mazo para restablecer el orden.

El juez Walker carraspeó y dijo:

—Es la opinión de este tribunal que Henry Reynolds fue abatido en defensa propia. Murió por un corazón débil. Ordeno este caso cerrado y la puesta en libertad del prisionero. Se levanta la sesión. —Golpeó su mazo, recogió un fajo de papeles y salió de la sala.

Hubo un fuerte murmullo en la multitud y los hijos Reynolds se pusieron en pie volviéndose hacia Rafe. —¡Te mataremos, asqueroso mexicano! ¡No vas a escapar por matar a nuestro padre!

El sheriff se plantó delante de Roy y Eldon.

—Chicos, no habéis hecho más que causar problemas a vuestro padre. Sois una pérdida de piel y debéis ser tontos de remate, amenazar con matar a un hombre en un juzgado frente al sheriff. —Sacudió la cabeza—. Fuera de aquí y no quiero veros por mucho tiempo, ¿me oís? —Refunfuñando se fueron con sus amigos a la zaga.

—No puedo agradecerles lo suficiente, caballeros. Arreglaré el pago por sus servicios al final del día. —Rafe estrechó la mano del señor Dillon.

Señor Howard negó con la cabeza. —No, Rafe, yo me encargaré del honorario del señor Dillon. Salvaste mi vida y quizás la de otros en mi banco con tu rápida acción. Te debo una gran deuda.

—Gracias, señor —dijo Rafe cortésmente y los hombres se dieron la mano.

—Bueno, joven, esquivaste la soga —comentó el sheriff Watkins—. Ahora veamos si logramos mantenerte con vida un poco más. Nathan y yo te llevaremos de vuelta a la oficina a recoger tu arma. Lamento decir que probablemente la vas a necesitar.

Afuera del juzgado la mayor parte de la multitud ya se había ido. Lo que quedaba eran un par de grupos de vaqueros con cara hosca. Uno llamó a Rafe un sucio mexicano y otro murmuró asesino. Roy y Eldon no estaban a la vista. El sheriff condujo a Rafe rápidamente hacia su oficina. Rafe notó que tenía la escopeta preparada y apuntando.

—Entréganoslo, sheriff. Le daremos la justicia tejana —gritó uno de los vaqueros que los seguía a distancia. Una piedra golpeó la espalda de Rafe, que se estremeció, pero siguió caminando. El diputado Nathan se dio la vuelta sobre sus talones, sacó la pistola y la agitó hacia los vaqueros. Rafe y el sheriff entraron en la oficina y cerraron la puerta tras ellos.

Una vez dentro, el sheriff sacó la pistola de Rafe de un cajón cerrado con llave. La examinó pensativo, dándole vueltas en la mano.

—Es una belleza —dijo, inflando las mejillas y dejando salir el aire lentamente por los labios—. Me da pena admitirlo, pero pensaba quedármela cuando te colgaran.

—Es un repetidor GSW de doble acción. El último diseño de George Summers. Es una mejora del viejo Colt Navy. Se puede disparar con el martillo armado o simplemente apretando el gatillo. Puede disparar seis tiros en rápida sucesión.

—He oído hablar de esas pistolas, pero nunca la usé. Vi una en Duckett's, pero son carísimas. Demasiado para mi sueldo. ¿Cómo conseguiste un arma así? —preguntó.

—Trabajo para la fundición GSW en Santa Fe —explicó Rafe. El sheriff tanteó la pistola, la sostuvo en las manos y luego se la entregó a Rafe empuñadura primero.

Aceptándola, Rafe giró el cilindro para asegurarse de que estaba cargada y se guardó el arma en la funda.

Watkins hizo una pausa y continuó:

—Será mejor que concluyas tus asuntos y salgas de este pueblo. Hay gente que querría verte muerto. ¿A dónde vas después?

—Necesito pasar por el hotel a recoger mis cosas y también por el banco.

El sheriff suspiró. —Bueno, no es conveniente que andes por ahí solo. Será mejor que me quede cerca hasta que te marches. —La voz y el gesto del sheriff se ablandaron un poco desde el juicio. Rafe agradeció la oferta y esperó que su protección fuera suficiente.

—Agradecería mucho la compañía, sheriff.

El sheriff Watkins asintió, abrió la escopeta para comprobar los cartuchos y la cerró. Abrió la puerta y los guió hacia la calle.

—¿Algún problema, Nathan?

—Los vaqueros se metieron en el salón —dijo Nathan asintiendo hacia Lilli Jean's—. Creo que Roy y Eldon también están allí. Por lo demás está tranquilo.

—Mantén ojo en el salón y avísame si comienzan problemas —dijo el sheriff—. Mantén los ojos abiertos, chico.

Caminaron a paso rápido por la pasarela cubierta hasta el Hotel Stratton. La mayoría de la gente que pasaba los miraba indiferente. Algunos se detuvieron a mirar, pero nadie dijo palabra. Al llegar frente al hotel se bajaron de la pasarela y cruzaron la calle. Roy y Eldon, con tres amigos, salieron de la sombra del callejón junto al hotel. Avanzaron cinco en fila hacia Rafe y el sheriff y se detuvieron. Siete hombres quedaron a un brazo de distancia, frente a frente, en medio de la calle.

—¡Sheriff, entréganoslo! —ordenó Roy.

—Os dije que no quería veros en el pueblo. La ley ha hablado y él es un hombre libre; es mi deber protegerlo como a cualquier otro en este pueblo. Os aconsejo que os larguéis ahora mismo. —El sheriff alzó la escopeta apuntándola a Roy.

Rafe evaluó las líneas de fuego para el inminente enfrentamiento. La escopeta del sheriff podía tumbar a dos. Eso serían Roy y el hombre a su izquierda, directamente en la línea con el sheriff. Eldon y otro hombre estaban directamente enfrente de Rafe. Un tiro fácil, calculó Rafe, pero quedaba el vaquero del extremo. Estaba medio paso atrás y podría ser un problema si era rápido sacando el arma.

Los peatones en las aceras se alejaron buscando resguardo donde aun pudieran mirar con relativa seguridad.

Rafe se tensó al oír pasos rápidos detrás de ellos. Nathan se deslizó hasta detenerse junto a Rafe. Sostuvo un rifle y lo apuntó hacia el objetivo problemático de Rafe. Tal vez Nathan fuera más listo de lo que pensaba el sheriff.

Roy negó con la cabeza. —No podemos hacer eso, sheriff. Nos lo llevamos ahora. Él mató a nuestro padre. — Eldon asintió.

La mano de Eldon se agitó cerca de su arma. La mano de Rafe se movió en un borrón. Los ojos de Eldon se abrieron a la incredulidad cuando vio el cañón de la pistola de Rafe apuntando a su pecho. Su mano apenas había tocado la funda.

—¡Maldita sea! —maldijo Nathan.

—No maté a tu padre, Eldon. Pero no me importaría matarte a ti y a tu hermano. —Rafe sabía que lo estaba provocando, pero en su mente ya veía hombres muertos.

—Esa pistola puede disparar seis tiros tan rápido como jale el gatillo —advirtió Watkins.

—Eso es mentira, Eldon —gruñó Roy—. ¡Está faroleando! ¿De dónde va a sacar un mugroso mexicano un arma así?

De pronto Eldon no se sentía nada seguro con la pistola de Rafe apuntando a su pecho y la suya todavía en la funda.

—Cállate Roy.

—Es demasiado rápido, Eldon —dijo el vaquero a la izquierda y empezó a retroceder—. Tu papá murió por el corazón.

—Escuchad bien, chicos, esa arma podría tumbaros a

238   Robert J. Alvarado

todos tan rápido como él apriete el gatillo —dijo el sheriff con severidad—. ¡Idos de aquí ahora! Hoy no es vuestro día para morir. ¡Fuera! —les gritó.

—Vámonos, muchachos, ya tendremos otra oportunidad con él después —gruñó Eldon. Retrocedieron despacio hasta llegar a los caballos atados al riel no muy lejos detrás de ellos. Los cinco montaron y giraron en seco. Eldon y Roy se detuvieron un instante para mirar con dureza a Rafe, diputado Nathan y al sheriff. Espolearon a sus caballos y cabalgaron directo hacia ellos, pasando incómodamente cerca. Desaparecieron calle abajo dejando una estela de polvo suspendida en el aire.

Rafe enfundó su arma y se volvió hacia el sheriff. Un hilo de sudor le corría por la espalda.

—Carajo —dijo Nathan sonriendo—. ¿Es cierto todo eso que dicen de esa pistola?

Rafe le dio una palmada en la espalda. —Sí.

—¿Puedo verla otra vez? —pidió Watkins tras secarse el sudor de la frente y colocarse de nuevo el sombrero.

Rafe sacó la pistola y se la entregó al sheriff mientras caminaban rumbo al hotel. Watkins la hizo girar entre sus dedos.

—Podría venirme muy bien en mi trabajo. ¿Habrá manera de conseguir una de estas? —preguntó el sheriff con aire tímido antes de devolvérsela a Rafe.

—Hablaré con el señor Summers cuando regrese a Santa Fe. Estoy seguro de que estará de acuerdo en que usted se la ha ganado —respondió Rafe. Pensó qué extraño era: hacía apenas unas horas había detestado y temido a ese hombre, pero ahora lo veía como un hombre justo y valiente. Había estado a su lado frente al peligro y le había salvado la vida varias veces en las últimas veinticuatro horas.

Los tres hombres cruzaron la calle y subieron los escalones del hotel. Rafe pidió al sheriff y al ayudante que lo esperaran mientras se aseaba y recogía sus cosas.

El recepcionista lo miró con desdén y resopló.

—La llave de mi habitación, por favor, el número

diecisiete.

El empleado miró al sheriff y suspiró antes de soltar la llave en la mano de Rafe sin decir palabra.

El sheriff Watkins y diputado Nathan se acomodaron en las sillas a ambos lados de la puerta y observaron cómo Rafe subía la escalera.

Al abrir la puerta de la habitación diecisiete, la cama se veía tentadora. Se lavó la cara y los brazos con agua del lavabo y se cambió a ropa limpia. Dormir tendría que esperar. Empacó su ropa sucia, cerró la puerta y bajó de nuevo las escaleras. Sólo el sheriff lo esperaba en el vestíbulo.

Al verlo bajar, el sheriff notó a un hombre distinto al que había traído allí. La camisa sucia y los pantalones arrugados habían sido reemplazados por una camisa limpia y pantalones de viaje. Pero no fue su atuendo lo que más llamó la atención del sheriff. Un cinto doble rodeaba su cintura delgada, con un revólver en cada costado que relucía bajo la luz. En la espalda, dentro de una aljaba de cuero con cuentas indígenas, llevaba una escopeta de cañón corto. Aquel hombre parecía capaz de enfrentarse a cualquier clase de problema.

—Mandé a Nathan adelante —explicó el sheriff ante la mirada inquisitiva de Rafe.

Rafe pagó al recepcionista y devolvió la llave. Ambos caminaron hasta el banco sin contratiempos. El sheriff esperó junto a la puerta mientras Rafe hablaba con el señor Howard en su oficina.

Poco después, Howard y Rafe salieron al vestíbulo del banco. El banquero tenía un brazo sobre los hombros de Rafe. Éste miró el suelo donde el día anterior Henry Reynolds había caído, su sangre formando un charco sobre las tablas de pino aceitado. Ahora el piso estaba recién restregado, pero aún se notaban las manchas. También el agujero en la pared donde la bala se había incrustado tras atravesar el cuerpo de Reynolds.

—Yo… yo me encargaré de todo lo que me pidió —dijo el banquero—. Oh, hola sheriff. Muchas gracias por velar por la seguridad del señor Ortega. Él me contó lo que ha hecho por él.

—Sólo cumplo con mi deber, Terry —respondió el sheriff.

—Creo que de aquí en adelante podremos encargarnos nosotros. El banco ha pedido a Charlie que traiga el caballo del señor Ortega desde el establo. Se marcha de inmediato.

El sheriff asintió y se caló el sombrero.

—Sheriff, gracias. Se lo debo. No olvidaré lo que ha hecho —dijo Rafe tendiéndole la mano.

—Buena suerte, muchacho. Espero que no la necesites —respondió Watkins estrechándole la mano con fuerza.

—Le avisaré sobre la pistola —añadió Rafe—, en cuanto regrese a Santa Fe.

—Entonces espero que llegues allá —repuso el sheriff y salió por la puerta del banco.

Una mujer entró y se sobresaltó. De pie junto al banquero había un pistolero mexicano. Lo había visto hablar con el sheriff que acababa de salir, así que no debía de ser un bandido. El pistolero vestía pantalones ceñidos y una camisa blanca abotonada hasta la mitad del pecho y doblada con una solapa sujeta por botones. Llevaba un cinto con las fundas de las pistolas amarradas a los muslos con correas de cuero. Su cabello negro, peinado hacia atrás, brillaba; sostenía un sombrero Stetson en la mano. Cruzándole el pecho, sobre el hombro derecho, pendía una correa de cuero labrado con cuentas indígenas, unida a la aljaba que en su espalda guardaba la escopeta corta. La mujer se apresuró hacia la ventanilla del cajero.

—Le dará a mi tío todo el dinero que necesite para traer a mi madre y a mi hermana —reiteró Rafe al banquero.

—Sí, sí, puede estar seguro de ello. Asegúrese de decirle a su tío que se mantenga alerta con los hermanos Reynolds y su gentuza. Tal vez aún busquen causar problemas.

—Lo haré. Cabalgaré hacia allá esta tarde, pero antes debo ver al padre Antonio en la misión.

—Oh, Rafe, otra cosa. George viene en camino. Le telegrafié sobre tus problemas, pero ahora ya no hay forma de avisarle.

—Estoy seguro de que lo encontraré en el camino cuando vaya al norte. Gracias, Terry —agradeció Rafe al banquero.

Rafe salió del banco. La calle parecía normal, con peatones, jinetes y carretas ocupados en sus asuntos. Nadie le habló ni pareció prestarle atención cuando desató las riendas de la yegua del poste. Observó la calle y los tejados. Su mirada se detuvo en una figura sobre el techo de la ferretería al otro lado de la calle. Allí estaba Nathan, sosteniendo un rifle apoyado en su brazo izquierdo. Rafe montó su caballo y alzó el sombrero hacia Nathan, quien asintió en respuesta. Giró al norte y trotó con calma por la calle. Se detuvo un instante en la esquina donde el sheriff permanecía con su escopeta en mano. Rafe se llevó el sombrero a la frente en señal de despedida y espoleó a la yegua hasta ponerla al galope.

CAPÍTULO 36

—Al ir quedando atrás los edificios de El Paso, me alegré de dejar los problemas detrás —reflexionó Rafe— «El Paso no estaría tan mal como pueblo, si no fuera por la gente que quiere verme muerto.» Aflojando las riendas, puso a la yegua en un trote cómodo rumbo a la misión. En el fondo de su corazón había la necesidad de pagar a Padre Antonio y a los hermanos que lo habían cuidado cuatro años atrás.

Era casi mediodía y las casas del pueblo ya se veían a lo lejos. Delante se alzaba la cruz sobre la capilla de la misión recortada contra el brillante cielo azul de junio. No pensaba quedarse mucho antes de cabalgar al rancho de su tío para ayudarlos con la mudanza.

Padre Antonio Serrano estaba fuera de la capilla hablando con una pareja de recién casados mexicanos cuando Rafe llegó a caballo y se detuvo cerca. Enrollando las riendas de la yegua en el poste, Rafe se acercó al padre, quedando a una distancia respetuosa.

Desde donde estaba, escuchó al padre decir a la joven pareja:

—No se preocupen. La mayoría de los recién casados pasan por esto. Deben respetar a las familias del otro y confiar en el Señor. —Rafe no alcanzó a oír la respuesta de los jóvenes, pero los vio sonreír y alejarse contentos.

El padre Antonio se volvió y miró al pistolero mexicano con expresión preocupada. —¿Puedo ayudarle? —preguntó el padre sin reconocerlo. Rafe se quitó el Stetson y se acercó.

—Soy Rafael Ortega, padre. ¿Se acuerda de mí? —preguntó Rafe. Los ojos del padre, antes preocupados, se iluminaron y una gran sonrisa inundó su rostro.

—¡Ah, sí! ¿Cómo está mi hijo? —dijo, colocándole las manos sobre los hombros y examinándolo a cierta distancia.

—Estoy bien, padre. Gracias.

Las cejas del padre se alzaron. —Se ha convertido en un hombre, hijo mío. Santa Fe le ha tratado bien. Vamos, compartamos un poco de vino —ofreció y condujo a Rafe por las puertas conocidas hasta el patio.

En una mesa cerca del banco donde había descansado cuatro años antes, había una vasija de barro llena de vino tinto casero. El padre Antonio sirvió el vino en jarros de barro con diseños geométricos púrpura y rojos a juego con la vasija. El aroma del jazmín llenó el aire. Las memorias invadieron la mente de Rafe. Miró por la reja al patio donde vio por primera vez a Henry Reynolds, recordando el miedo a ser descubierto. Cuatro años atrás había estado sentado en ese mismo banco, herido y asustado. Los hermanos lo protegieron y lo curaron. Ahora el patio era un remanso de paz para las aves, las abejas y para él. Henry Reynolds estaba muerto.

—Bendíceme, padre, porque he pecado —confesó Rafe—. Padre, yo disparé a Henry Reynolds.

—¿Así que fuiste tú quien mató a Henry? Dime, hijo mío, ¿por qué buscaste esa venganza y llevas tantas pistolas? —preguntó el padre.

—No busqué venganza, padre —explicó Rafe—. Le conté sobre la ejecución hipotecaria del Rocking R Ranch y cómo lo compré de nuevo para José y su familia. Le expliqué cómo Henry Reynolds irrumpió en el banco y amenazó al señor Howard y a mí. —Sí, le disparé —confesó—, pero Henry murió de problemas del corazón y no por mi bala.

—Eso es lo que he oído —convino el padre—. Me alegra que no buscara venganza a los ojos de Dios. —Le dio una palmadita en la pierna a Rafe.

—Padre, he venido a agradecerles por cuidarme cuando estaba herido. Por curarme y protegerme de los Reynolds.

—No lo piense, hijo mío; todos somos hijos de Dios —dijo abriendo los brazos, palmas hacia fuera—. Es una bendición poder compartir lo que tenemos con los necesitados.

—Nunca pude agradecerle bien a usted ni a los

hermanos —dijo Rafe.

El padre Antonio asintió pensativo. —Dígame, hijo mío, ¿cómo le va en Santa Fe?

—Muy bien, padre. George Summers es un buen hombre. Él y su mujer, Josefina, me acogieron y ahora me tratan como a un hijo. Me han dado tanto: una vida, una casa, una familia. Con su ayuda compré unas tierras donde espero criar caballos. Dios me ha sido muy generoso.

—Me alegra mucho oír eso, hijo mío —sonrió el padre y alzó su copa en brindis. Rafe respondió con la suya y ambos bebieron un sorbo.

—Traigo algo para la misión, padre —dijo Rafe, metiendo la mano dentro de la camisa y sacando un fajo de billetes sujetos con una cinta. Los dejó sobre la mesa junto a la vasija de vino—. Quiero que se queden con este dinero. Ayudará a cubrir las necesidades de la misión.

Los ojos del padre Antonio se abrieron de par en par. Miró el grueso fajo y luego a Rafe con incredulidad; su rostro se inundó de gozo. —Dios lo bendiga, hijo. Dios ha respondido mis oraciones y te ha enviado a mí. He estado pidiendo una forma de construir una escuela y comprar comida para los niños que cuidamos aquí. Nuestras necesidades han sido grandes y nuestros recursos, pocos. Ahora, por medio suyo, Dios ha respondido.

Se levantó, abrazó a Rafe con fuerza y llamó a doña Chana, quien entró al patio a toda prisa. El padre le contó la buena noticia; ella le sonrió mostrando el diente que le faltaba en una amplia mueca y lo obligó a quedarse a la comida del mediodía con los hermanos. Rafe necesitaba ir al rancho de su tío, pero la comida le venía bien. No había comido mucho desde el día anterior y aceptó la invitación con gratitud. Otra hora no lo retrasaría demasiado.

Los dos hombres conversaron y bebieron vino en el patio mientras ella corría de regreso a la cocina. Cuando sonó la campana, Rafe y el padre se unieron a los hermanos en el comedor. Las enchiladas estaban calientes y deliciosas; Rafe comió hasta saciarse mientras conversaba animadamente con los hermanos. Se discutían con entusiasmo los planes para la escuela entre los monjes, usualmente reservados y silenciosos. El vino y la comida caliente ayudaban a borrar la larga noche en la cárcel y el juicio. Sin embargo, su cuerpo estaba exhausto y necesitaba dormir.

—¡Rafe, Rafe! —gritó una voz y el ruido de botas corriendo resonó sobre las losas. —Debo ver a Rafe —se oyó decir. Entrando a la carrera en el comedor apareció el señor Howard con el rostro lleno de preocupación. Detrás de él se detuvo en seco el diputado Nathan. Rafe se levantó de la larga mesa corrugada y fue a su encuentro.

—Rafe, los Reynolds dispararon en el rancho de tu tío. Hirieron a uno de sus hijos y quemaron el granero. El sheriff Watkins y diputado Nathan fueron a poner fin a la cosa. Le dispararon al sheriff. Le tirotearon a sangre fría. Está herido, pero no sé qué tan grave. Nathan volvió al pueblo a buscar al doctor Wade y a encontrarte a ti —dijo el señor Howard.

—¿Cuándo pasó esto? —la cara de Rafe se encendió de ira.

—Hace un par de horas, creo —respondió Howard.

—Cabalgué lo más rápido que pude —intervino Nathan—. Dijeron que iban a buscarte y a matarte para siempre. Dijeron que cuando terminaran volverían a quemar todo el rancho y a matar a todo el mundo. Le juro que esos muchachos se han vuelto locos.

—¿Dónde podría encontrarlos? —explotó Rafe, con la mandíbula apretada por la rabia.

—Probablemente en de Lilli Jean's Saloon, yo diría —respondió el señor Howard—. Estarán buscando más whiskey y más valor.

—No puedo creer que le hayan tiroteado al sheriff. Fueron Roy y Eldon, seguro, y algunos de esos vaqueros con quienes andan —añadió el ayudante sacudiendo la cabeza.

—Me encargaré de esos bastardos pronto. Primero debo ver a la familia de mi tío —maldijo Rafe en voz baja y contenida.

—Iremos con usted —insistió el señor Howard.

Los tres montaron y Rafe pinchó las costillas de la

yegua con la espuela, soltándola en un galope total. El señor Howard y Nathan lo seguían cerca. La mente de Rafe corría mientras tronaba por el sendero hacia el Rancho Tecolote. Si no se hubiera detenido a cenar con el padre Antonio, quizá habría impedido el tiroteo de su sobrino y del sheriff Watkins. «¡Desgraciados, no son más que cucarachas con armas!» maldijo Rafe sintiendo el frío furor crecer dentro de sí, y no le importó. Esta vez no dejaría pasar la cosa. Esta vez iría en busca del problema y lo encontraría.

Cabalgando a todo galope, pronto vio el arco de madera del rancho. Un resplandor rojo por el fuego colgaba en el aire. Al detenerse en seco frente a la casa principal, pudo saborear los vapores acres. Las ruinas chamuscadas del granero crujían por el calor. Dos mexicanos bajaron del porche con los rifles apuntando al pecho de Rafe.

—¿Dónde está mi tío José? —preguntó.

Los peones, al reconocerlo, bajaron las armas y dijeron:

—En la casa con el médico. —Rafe saltó los escalones del porche y abrió la puerta principal. Oyó llegar los caballos del señor Howard y del diputado Nathan al patio. Su tía Lupe estaba sentada en la mesa de la cocina y se volvió hacia él.

—¡Ay Dios mío, Rafael, le dispararon a mi Francisco, le dispararon a mi pequeño Francisco! —lloró, hundiendo su rostro en el delantal que apretaba contra su cara. Rafe la abrazó intentando encontrar palabras de consuelo. Martín salió del cuarto seguido por los pequeños, todos en silencio y con los ojos abiertos como platos. El miedo y la tristeza se leían en cada rostro infantil.

—¡Rafael, le dispararon a Francisco! —sollozó Martín.

—¡Es sólo un niño de diez años y tan pequeño, por qué? —continuó Martín—. El corazón de Rafe se hundió.

—¿Cómo está, Martín?

—El doctor dice que sobrevivirá, pero la bala hizo añicos el hueso mayor de la pierna. El doctor dice que la pierna podría no funcionar bien nunca —respondió Martín.

—¿Y los demás? ¿Están todos bien?

—Mandé a Ita y al bebé a la casita. Pedí a unos amigos que se quedaran de guardia, pero no son expertos con las armas. El doctor está ahora con el sheriff.

—¡Rafael, gracias a Dios que estás aquí y estás ileso! —exclamó su tío José, que irrumpió desde un cuarto y cruzó la estancia.

—Tío, ¿qué pasó? —respondió Rafe, devolviendo el abrazo.

—Estábamos descargando las carretas y metiendo los animales al granero cuando oímos caballos. Luego empezó el tiroteo por todas partes. Se cubrieron el rostro con pañuelos. Intenté meter a todos en la casa y me di cuenta demasiado tarde de que Francisco seguía en el granero. Salí corriendo y lo encontré escondido en la pajarera. Ni siquiera tenía arma. Fueron los Reynolds, lo sé. ¡Incendiaron el granero! Agarré a Francisco y corrimos hacia la parte trasera de la casa. Ya casi llegábamos a la puerta cuando me dispararon a mí y a Francisco —describió el ataque José, con angustia y rabia en el rostro y los ojos llenos de lágrimas—. Dios mío. Debería haber sido yo.

—Nos mantuvieron atrincherados en la casa. Entonces llegó el sheriff y estaba hablando con Roy y Eldon. Roy sacó su pistola y le disparó al sheriff. Todos apuntaron al ayudante y no pudo hacer nada. Ordenaron al ayudante que les mandara a usted o volverían a terminar con nosotros.

—¿Cómo está el sheriff? —preguntó Rafe.

—No muy bien. El médico está con él ahora. Será mejor que vaya a hablar con él.

José y Rafe entraron por el pasillo y pasaron al dormitorio trasero. El sheriff Watkins yacía estirado en un catre pequeño y el médico trabajaba inclinado sobre él. El olor a azufre flotaba en el aire. La sangre había salpicado los brazos del médico hasta los codos. El sheriff tenía una correa de cuero entre los dientes.

El doctor Wade retiró la correa de la boca de

Watkins, se volvió y al ver a Rafe, con el rostro fatigado, dejó la correa sobre la mesa junto a la cama y, sin reconocer a Rafe, preguntó:

—¿Quién es usted?

—Rafael Ortega, señor. Esta es la casa de mi tío. ¿Cómo está el sheriff Watkins? ¿Va a vivir?

El doctor asintió. —Le saqué la bala, pero ha perdido mucha sangre. No creo que haya alcanzado órganos vitales. Le he desinfectado la herida y vendado. Ahora todo lo que podemos hacer es esperar a ver si sobrevive. Es un hombre fuerte. Sus posibilidades son buenas.

—¿Puede hablar?

—Todavía no estoy muerto —gruñó Watkins, apretando los dientes por el dolor.

Rafe tomó la silla del doctor y se inclinó hacia adelante. Habló en voz baja:

—Sheriff, soy Rafe. ¿Me oye?

—Tampoco soy sordo; claro que te oigo. Esos pedazos inútiles de mierda me pegaron un tiro. Te quieren muerto —el sheriff se humedeció los labios resecos—. Si no los agarras, no habrá paz ni pa' ti ni pa' tu tío —añadió. Cerró los ojos y la cabeza se le venció sobre la almohada. El doctor se le acercó presuroso y luego le hizo un gesto a Rafe.

—Si no los detiene, no habrá paz ni para usted ni para su tío —añadió el sheriff. Sus ojos se cerraron y la cabeza cayó sobre la almohada. El doctor se apresuró junto a él y luego asintió a Rafe—. Sólo está descansando. Vaya ya.

Rafe salió al porche delantero y se dejó caer en una silla a la derecha de la puerta para ordenar sus pensamientos, sintiendo como si llevara sobre los hombros el peso de una tonelada de piedras.

Su tío se sentó a su lado. —No te vayas, hijo mío. Te matarán. Los Reynolds están locos de odio y opiáceos.

—Deben ser detenidos o no habrá jamás paz para ustedes —respondió Rafe.

—No, quizá debamos regresar a la casita. No puedo permitir que haga esto.

Las palabras de su madre resonaron en su cabeza otra vez: «Nada puede cambiarse. ¿Por qué nada podía cambiarse? Él haría que cambiara. Esta era su lucha. Esta noche habría muertes, de eso estaba seguro. Si Roy y Eldon no cambiaban, morirían y él los mataría».

Volviéndose hacia su tío preguntó

—Tío, ¿dónde está Rayo?

—En la casita.

—No se preocupe. Me encargaré de esto. Ustedes y la familia estarán seguros. Esta es su casa y estarán a salvo aquí. Vayan a ver a Francisco y al sheriff. Vuelvo pronto.

Rafe se subió a la yegua y la espoleó a galope rumbo a la casita. Necesitaba a su caballo veloz, Rayo, antes de salir a buscar a Roy y a Eldon.

CAPÍTULO 37

El cantinero sirvió otro trago de whiskey en el vaso de Roy.

—Sigan trayendo —gruñó Roy. El cantinero percibía olor a humo de leña que venía de los hombres plantados frente a él en la larga barra que casi ocupaba todo el cuarto. Volvió a llenar seis vasos de whiskey y dejó la botella sobre el mostrador. Sabía que no tenían dinero y no pagarían, pero temía por su vida. No le pagaban lo bastante en el bar como para morir por un whiskey aguado.

—¡Beban, muchachos! —ordenó Roy, queriendo celebrar el éxito de su emboscada contra los mexicanos.

—Roy, ¿y el sheriff? —interrumpió uno de los otros vaqueros, preocupado por el tiroteo. Matar mexicanos era una cosa; matar a un sheriff podía costarle la horca.

—Que se joda el sheriff. Ojalá esté muerto por ayudar a los mugrosos mexicanos a robarnos el rancho —se jactó Roy. Eldon siempre había sido el mandamás; ahora era el turno de Roy. Sonriendo, miró a su hermano, alzó el vaso y se bebió otro trago de whiskey.

—Oye Eldon, dile al pianista que toque algo. ¡Tienes buen oído! —Roy soltó una risita ronca y dio una palmada en la barra. Los hombres a su lado rieron también, pero con más cautela.

—¡Que te jodan, Roy! —balbuceó Eldon, y se dirigió al fondo del cuarto donde estaba el piano y comenzó a hablar con un hombre delgado y calvo que vestía una camisa a rayas rojas y blancas. Pronto la música metálica llenó la sala.

Tres vaqueros flacos estaban junto a Roy y Eldon en la barra. Mejor pendencieros que vaqueros. El cantinero los conocía de las muchas peleas en ese bar. En su mayoría eran colados que bebían y jugaban con los hermanos Reynolds. Todos en el pueblo sabían que las apuestas, la bebida, la adicción al opio y la vida con mujeres de Eldon y Roy habían arruinado el rancho. Ellie, una de las muchachas del bar, se quedaba cerca por el alcohol gratis. Siempre había sentido cierta inclinación por Roy, aunque sabía que era escoria.

—Les dimos una buena lección esta noche, ¿no, Roy? —fanfarroneó el vaquero junto a él.

—Quizá deberíamos haber acabado el trabajo. ¿Qué opinas, Roy? —refunfuñó otro.

—Los acabaremos. Esos mugroso mexicanos no van a durar mucho en nuestro rancho —dijo Roy, vertiendo otra copa. Varias manos extendieron vasos vacíos en su dirección.

Eldon dejó el vaso en la barra y se encaminó hacia la puerta.

—¿A dónde crees que vas? —vociferó Roy.

—Stub y yo vamos a la tienda a fumarnos una pipa o dos. ¿No es así, Stub? —gruñó Eldon. Stub se incorporó de su bebida. —Si tú lo dices, Eldon.

—Vamos, Stub, mueve el trasero. El tiempo apremia.

Cachondeándose y tambaleándose, los dos vaqueros se acercaron a la tienda de opio, que brillaba en ámbar en la noche. Eldon levantó la solapa de la tienda. Stub vaciló.

—¡Métete, jodido Stub! —regañó Eldon. Dentro de la tienda colgaban largos paneles de tela desde el techo que ondeaban suavemente. Las lámparas de gas hacían brillar las sedas en tonos rojos, azules y amarillos con intrincadas figuras de guerreros, dragones y serpientes. El olor del opio flotaba, dulce y penetrante, en el aire.

Se abrió una rendija en uno de los paneles y un hombre Chino se deslizó sin hacer ruido, llevando una caja negra con tallas de marfil. Sus calzones flojos eran negros y la camisa de seda blanca, finamente bordada, brillaba bajo la luz de la linterna. Llevaba el cabello largo recogido en una trenza según la costumbre.

Hizo una reverencia casi imperceptible. —¿Quieren fumar? —preguntó.

—Sí, queremos fumar, Chino —respondió Eldon.

El Chino observó a los vaqueros con desprecio ensayado mientras ellos se tambaleaban delante de él. —Ustedes beben demasiado. No fuman esta noche. Van a vomitar.

—Joder, no vamos a vomitar. Acabamos de beber y ahora queremos fumar y quizá tomar algunas de tus putas chinas —rogó Eldon, intentando sonar más sobrio de lo que estaba.

El Chino miró a Eldon y a Stub de arriba abajo. —Me pagan ahora, pagan doble.

—Vamos ya, eso no está bien. ¿Cuánto?

—Cincuenta centavos por fumar. Cincuenta centavos por puta. —El hombre Chino hizo una leve inclinación con la cabeza—. Veinticinco centavos más si vomitan.

—¡Vaya mierda, es demasiado!

El Chino cerró de un golpe la tapa de la caja y se volvió para marcharse.

—Muy bien, muy bien, hijo de puta. Stub, págale. Y no nos traigas feas —gruñó Eldon.

El Chino tomó su dinero, cerró la caja de nuevo y desapareció por la rendija dejando a los dos hombres mirando los paneles y luego el uno al otro. Tras una breve pausa apareció una China cansada. Podía tener treinta o sesenta años. No mostraba emoción alguna en el rostro. Señaló a los vaqueros que avanzaran por el pasillo ancho que dividía la tienda, separado por más paneles de seda que hacían de paredes. Una gran linterna de papel chino colgaba en lo alto; la luz amarilla dejaba ver caracteres en tinta negra. Borlas rojas de seda colgaban en un anillo bajo el globo.

Abrió un panel para cada hombre y desaparecieron dentro.

En la cantina, Roy pidió otra botella de whiskey y se sentó en una de las mesas junto al piano. Arrojó la botella y dos vasos sobre la mesa y gritó:

—¡Ven aquí, Ellie! ¡Richie, toca ese piano!

Roy se recostó en la silla y esperó a que Ellie se acercara. Una nube de perfume barato y polvo barrió la mesa cuando ella se inclinó y le rodeó el cuello con los brazos.

—¿Tienes dinero para más esta noche, Roy, cariño? —susurró.

—Cállate y sírveme, y mantén mi vaso lleno —
contestó él. Ellie se encogió de hombros y sirvió otro trago.
Sabía que Roy estaba pelado y no podría pagar para
llevársela arriba.

La música y el humo llenaban la cantina a partes
iguales, entre risas y gritos. Un par de partidas de póquer
ocupaban las mesas al frente. Una mujer baja y rechoncha
de pechos enormes recorría la sala deteniéndose en cada
mesa, hablando con los hombres, riendo y coqueteando
por turnos.

Los hombres murmuraban saludos a señora Lilli, la
madame de la cantina y de la mayoría de las prostitutas que
trabajaban allí. Un flujo constante de hombres la seguía
arriba y abajo por el balcón hacia las habitaciones privadas.

—¿Cómo estás esta noche, Roy, cariño? —sonrió ella
en su dramática tonada sureña, deteniéndose junto a la
mesa de Roy.

Ellie la miró con desprecio. —Anda, Lilli, sabes que
Roy es mío.

—Tú te lo quedas, cariño —rió Lilli y se alejó.

Una figura oscura vestida de negro y con un Stetson
negro estaba en el callejón que corría junto a de Lilli Jean's
Saloon, apoyada contra la pared. Un muchacho salió por la
puerta trasera del edificio y, al caminar unos pasos en el
callejón, volcó un cubo de desperdicios. Se sobresaltó
cuando Rafe salió de la sombra.

—¡Ay, Santa María! —exclamó.

—Cálmate, chico. No te haré daño —le aseguró Rafe.

El joven mexicano entornó los ojos por la poca luz y
los abrió más. —Señor, le vi sacar su pistola contra los
Reynolds en la calle. ¡Cabrón! Es rapidísimo. Nunca he
visto nada igual.

—Bueno, chico —respondió Rafe.

—¿Eres pariente de José Ortega? ¿No? —el
muchacho dejó el cubo en el suelo.

—Sí, es mi tío.

—Los Reynolds están dentro presumiendo de lo que
le hicieron al señor Ortega y a su familia. ¡Son cerdos! Y,
señor, dicen que también lo van a matar a usted. Es a usted

a quien quieren.

—¿Cómo te llamas? —preguntó Rafe.

—Me llamo Pepe, señor.

—Bueno, Pepe, ¿puedes ayudarme con algo de información?

—Sí, señor, ¿qué puedo hacer?

CAPÍTULO 38

Pepe echó un vistazo dentro de la cantina. Al volver al callejón, le dijo a Rafe que Roy y dos hombres estaban adentro bebiendo en una mesa cerca del piano. Eldon y un tal Stub habían ido a la tienda de opio y quizá no saldrían por un buen rato. Rafe le dio a Pepe una moneda de medio dólar de plata y le pidió discreción.

—Sí, señor —respondió Pepe, girando la moneda en la mano.

Con la información en mente, Rafe caminó por un costado del edificio. Se oía la música metálica del piano a través de las puertas vaivén. Se detuvo en la esquina del edificio, aún en las sombras. El humo de cigarro flotaba a la luz que escapaba por las puertas abiertas de la cantina.

Eldon no sería mucho problema después de su dosis de opio, y Rafe se ocuparía de él al final. En su mente tenía una imagen razonable del interior de la cantina y la ubicación de Roy y sus amigos. Roy era el más peligroso; sus acompañantes probablemente tendrían menos ganas de enfrentarse a él. Roy tenía sus motivos. Rafe confiaba en sus habilidades y en sus armas, pero un salón lleno de borrachos podía ser problemático.

No deseaba ni tenía razón para herir a gente inocente. Se preguntó si los otros vaqueros del bar apoyarían a Roy contra él. Sentía el latido de su corazón retumbar en sus oídos y el sudor empapaba sus axilas. De pie en la oscuridad, sacudió los hombros y respiró hondo varias veces para calmar los nervios.

Un movimiento detrás de él en el callejón lo sacó bruscamente de sus pensamientos, y su pistola ya estaba desenfundada, apuntando sin pensarlo. El diputado Nathan se detuvo a su lado.

—Eh —dijo Nathan con una sonrisa—. Sabía que te hallaría aquí.

—¿Qué demonios haces aquí? Esta es mi pelea —susurró Rafe entre dientes mientras Nathan cambiaba el peso de un pie al otro, inquieto.

—No podía dejarte hacerlo solo. Le dispararon al sheriff Watkins y soy el diputado. Es mi deber —dijo Nathan, asintiendo para sí mismo.

Rafe miró al flacucho diputado. —No quiero que te lastimen, Nathan —dijo con un tono de advertencia. Suspiró y asintió, pensando que aquel esqueleto humano a su lado no podía quedarse quieto, pero no le faltaba valor.

—Te cubriré las espaldas —aseguró Nathan.

Dentro del de Lilli Jean's Saloon, Roy se recostó en la silla y se sirvió otro trago, dejando caer la botella medio vacía sobre la mesa. La visita con Ellie en el cuarto de arriba no había durado mucho, pero sí lo suficiente. Ella terminó apiadándose de él y le dio uno gratis. Ajustándose el pantalón, se acomodó en su asiento junto al piano. Sus dos amigos lo acompañaban.

—¿Dónde está Eldon? —preguntó Roy, dando un sorbo y secándose los labios con la manga.

—Todavía fumando la pipa, supongo —gruñó uno de sus amigos barajando unas cartas.

—Maldito sea. Estoy listo para irme. No voy a buscar a ese maldito Mex tirado en un catre de opio. Si no vuelve pronto, iré yo mismo a encontrar a ese cabrón y lo mataré —vociferó Roy.

Rafe confiaba en que Roy no lo reconocería de inmediato. Roy solo lo había visto con traje gris y camisa blanca, el cabello negro peinado hacia atrás. Ahora vestía completamente de negro y llevaba el pelo recogido bajo el Stetson.

—Quédate detrás de mí —le susurró a Nathan—, y no saques tu arma a menos que sea necesario.

Rafe salió del callejón hacia la acera y caminó hasta las puertas vaivén del de Lilli Jean's Saloon. Tragó saliva y empujó las puertas, con Nathan no muy lejos detrás. Roy y dos hombres estaban sentados en una mesa cerca del fondo. En las mesas del frente se jugaban un par de partidas de póquer. Varios vaqueros curtidos apoyaban los codos en la barra.

Roy bebía whiskey y los otros cerveza. El cantinero

miró a Nathan y luego a Rafe, y se retiró al extremo opuesto de la barra.

Rafe caminó con calma hacia el pianista, pasando junto a la mesa de Roy. Habló en voz alta:

—Toca música mexicana.

El pianista delgado levantó la mirada, y Rafe le hizo una seña con la cabeza para que se fuera, no queriendo que quedara atrapado en el fuego cruzado.

—Música mexicana —gruñó Roy, sin volverse—. Si quieres música mexicana, vete a otro lado. Aquí no nos gustan los mexicanos, ¿verdad, muchachos?

—¿Por eso disparaste a un niño y quemaste el granero de mi tío? —replicó Rafe con desdén, girando para enfrentar la mesa de Roy.

Las palabras tardaron en llegar al cerebro empapado en whiskey de Roy. Los dos hombres a su mesa se voltearon y vieron a un mexicano vestido de negro, fuertemente armado. Algo andaba mal. Cuando las palabras finalmente cobraron sentido, Roy saltó de pie, tirando la silla hacia atrás. Giró y vio al hombre que había matado a su padre, observándolo desde debajo del ala de su sombrero negro.

Rafe lo miraba con los pies firmes, el cuerpo equilibrado y las manos colgando junto a las pistolas.

—Te pregunté por qué disparaste a un niño y quemaste el granero de mi tío. Luego le disparaste al sheriff cuando intentó detenerte —dijo Rafe lo bastante fuerte para que todos lo oyeran.

Los hombres de Roy se pusieron de pie queriendo apartarse, pero quedaron inmóviles ante la mirada del hombre de negro. El cerebro de Roy ardía de odio. ¿Quién se creía ese mestizo? El sucio mexicano mugroso había matado a su padre y le había robado el rancho. No dejaría que se saliera con la suya. Tenía que pagar.

—Apestoso mugroso mexicano... ¡muere! —fueron las últimas palabras de Roy Reynolds. Movió la mano para desenfundar, y una bala calibre .45 le estalló en la frente. Roy permaneció de pie un instante, suspendido, y luego cayó sobre la mesa.

258   Robert J. Alvarado

Sus dos amigos levantaron las manos, lejos de las armas. —No nos mate, señor. Fueron Roy, Eldon y Stub. Por favor, no nos mate. Nosotros ayudamos a quemar el granero, pero no disparamos ni al niño ni al sheriff. —Entonces suelten las armas —ordenó Rafe. El salón quedó en silencio. Los parroquianos miraban desde los costados, mudos. Diputado Nathan estaba junto a las puertas vaivén con el rifle en la mano.

—Nathan, consigue unos hombres para sujetar a estos dos y llévalos a la cárcel.

—Pete, Jake, vigilen a esos dos hasta que vuelva —ordenó Nathan, con voz de autoridad.

—Vamos —dijo Rafe al pasar junto a Nathan—. ¿Dónde están las tiendas de opio?

—Por aquí. —Ambos caminaron hacia el extremo sur del pueblo. Rafe recordó haber ido a Chinatown con don Jorge en su primer viaje allí. Ahora, en algún punto de Chinatown, Eldon fumaba su última pipa. Nathan se abrió paso entre tiendas iluminadas hasta detenerse ante una grande que resplandecía en la noche. El olor punzante del opio flotaba en el aire.

—No quiero que nadie más salga herido —susurró Rafe.

—Tengo una idea —respondió Nathan—. Vuelve a la calle y espéralo allí. Eldon saldrá pronto por ese lado. —Nathan entró en la tienda atravesando los paneles de seda hasta el fondo. Encontró a Eldon tumbado en un catre.

—Eldon, tu hermano Roy acaba de recibir un balazo en la cantina —dijo Nathan.

—¿Qué? ¿De qué diablos hablas? —balbuceó Eldon, con la voz quebrada.

—Sí, ese mexicano vino y le disparó. Roy está muerto.

—Hijo de puta, lo mataré. ¿Dónde está? —gruñó Eldon—. Levántate, Stub, y deja esa pipa. —Stub lo miró y soltó una carcajada. El hombre pequeño estaba completamente ido. Eldon lo sacudió, pero ya no reaccionaba. —Maldito inútil —refunfuñó soltando el cuerpo de su amigo en el catre.

Eldon se calzó las botas y revisó su pistola. Se tambaleó intentando mantenerse de pie, pero logró salir de la tienda con el arma en la mano. Nathan lo siguió a varios pasos.

Rafe caminó de vuelta a la calle. No sabía qué planeaba Nathan, pero confiaba en él y esperó en las sombras.

—¡Estúpido Mex! —oyó la voz de Eldon antes de verlo—. ¿Dónde estás, Mex? ¡Sé que estás aquí! ¡Mataste a mi padre y ahora a mi hermano! ¡Sal y pelea, maldito mugroso mexicano!

—Aquí estoy —dijo Rafe desde las sombras.

Eldon dio un salto al oír la voz y tropezó, tambaleándose bajo los efectos del opio. Su pistola temblaba en la mano. —Cobarde de mierda. Enfréntame como hombre, a la luz, maldito mugroso mexicano.

Rafe avanzó con calma hasta quedar bajo la luz, donde Eldon podía verlo.

—Mataré a todos los malditos mexicanos, empezando por ti —gruñó Eldon al verlo—. Tu clase no pertenece aquí.

Rafe observaba sus manos. La pistola oscilaba en la diestra, pero Eldon seguía hablando.

—No, Eldon —replicó Rafe con voz firme—. Tu clase es la que no pertenece aquí.

—¿Mi clase? ¡Mi clase tiene derechos aquí! La tuya es basura. Todos merecen morir —Eldon levantó el arma para apuntar. Era momento de mostrarle a ese mestizo insolente quién mandaba.

La mano de Rafe se movió suavemente hacia la pistola de su cadera derecha. Eldon jamás vio el arma que lo mató. El impacto de la bala lo lanzó de espaldas al suelo. Rafe supo que le había dado en el corazón.

Nathan salió de las sombras. —Vete, Rafe. Dile al sheriff lo que pasó. Yo llevaré a Stub y a los otros dos a la cárcel.

—Gracias —dijo Rafe, estrechando la mano huesuda del diputado.

Rafe había hecho lo que vino a hacer. Humo y silencio flotaban en el aire. El disparo atrajo a varias personas desde la cantina, curiosas por lo ocurrido en la calle.

Por las calles de El Paso, los cascos de Rayo tronaron en la oscuridad. En minutos el pueblo quedó atrás y dio paso al campo abierto. Pronto el caballo se asentó en un trote firme que devoraba la distancia hasta el rancho. Bajo la brillante luna del desierto, las millas pasaban rápido. Rafe pasó bajo el arco donde colgaba el letrero del Rocking R Ranch. Detuvo a Rayo, giró y sacó la escopeta de cañón corto. Un disparo bastó para que el letrero cayera al suelo. Rafe devolvió la escopeta a la aljaba de su espalda y siguió hacia la casa de su tío.

Rafe contó a la familia y al sheriff que Roy y Eldon estaban muertos y que Nathan tenía a los otros tres en la cárcel. El sheriff Watkins estaba mejor.

—Se necesitará más de una bala para matarme —le dijo el sheriff a Rafe—. Prometo mantener la paz. Tu tío y su familia estarán a salvo. Yo me encargaré —prometió. Rafe le creyó.

—Debo irme —dijo Rafe a su tío. Después de muchos abrazos y besos, cabalgó de nuevo por el camino. Se detuvo al llegar al arco y miró atrás. Tirando de las riendas, giró a Rayo hacia el norte, rumbo a Santa Fe.

Una vez más dejaba El Paso en medio de la noche. Pero esta vez no huía. Las cosas habían cambiado esta noche, y él las había cambiado. Su familia estaría segura y pronto su madre y su hermana llegarían de México. Rafe puso a Rayo en un trote constante, sonriendo al pensar en Chiwiwi esperándolo. Anhelaba volver a verla y también a don Jorge, aunque sabía que tendría que dar muchas explicaciones. Con la velocidad de Rayo, esperaba alcanzarlo al día siguiente.

CAPÍTULO 39

Tropezando y dejándose caer contra Rubén, Laapu soltó una risita mientras él la ayudaba a subir las escaleras.

—El vino ya le hizo efecto —le gritó Rubén a Benicío—. Puede que no recuerde esta noche.

Chiwiwi miró a su amiga y pensó que quizá sería mejor así para ella. Chiwiwi sabía lo que los hombres pretendían. Benicío le sujetaba con fuerza el brazo mientras subían despacio detrás de Rubén y Laapu por las escaleras. No había escape.

A mitad de camino, Rubén acabó por alzar a la inerte Laapu y se la llevó en brazos hasta lo alto. Siguió por el pasillo y entró en un cuarto a la izquierda.

—Disfruta —le dijo Benicío a Rubén.

Benicío abrió la puerta de su alcoba, al otro lado del pasillo, y condujo a Chiwiwi adentro, cerrando la pesada puerta tras de sí. Echó el cerrojo y guardó la llave en el bolsillo.

Chiwiwi se encogió contra la pared mientras Benicío se desataba la faja y se quitaba la camisa. Su pecho era ancho y musculoso, cubierto de vello oscuro y rizado. Una larga cicatriz blanca le cruzaba el vientre.

—Ven acá, mi chiquita. No te haré daño. —Benicío quería que esta noche fuese especial y tierna. La forma en que Chiwiwi alzaba orgullosa la cabeza le recordaba a Sabrina. Era fuerte y orgullosa, y él admiraba esas cualidades en ella. Sería una noche de amor y no de brutalidad. Sería tierno y haría el amor a aquella indita virgen como lo habría hecho con Sabrina.

Benicío se acercó a Chiwiwi y le acarició el cabello suelto. Ella no apartó la mirada, sino que lo miró con desafío. El hedor de su cuerpo era repugnante. Los cerdos del pueblo olían mejor. Podía tomar su cuerpo, pero no su pasión. Esa era y siempre sería para Rafael. Intentaba no pensar en su amado esa noche; sólo empeoraría las cosas.

—Mi chiquita, eres hermosa —susurró Benicío,

tomándole el rostro entre las manos. Chiwiwi no entendía sus palabras, pero su voz era suave. Él inclinó la cabeza y la besó en la boca. Ella intentó resistirse, pero sus grandes manos le sujetaban la cara. El aliento le apestaba a vino y comida. Tras el beso, él le sonrió y bajó las manos para tomar el dobladillo de su vestido. Poco a poco tiró de los costados y se lo alzó por encima de la cabeza, hasta dejarla desnuda frente a él.

Dejando a un lado el vestido bordado, le tocó con suavidad los pechos. Era menuda, pero bien proporcionada. Benicío notó los cortes y raspones en sus piernas y brazos. Juró tener cuidado de no lastimarla más. Inclinándose, le besó el cuello, bajando hasta el pecho. Con ternura, le pasó la lengua alrededor del pezón.

Aunque él le repugnaba, su pezón respondió al beso y eso la indignó aún más. Permaneció inmóvil mientras él la acariciaba.

Llevándole las manos al pecho, él quiso que ella lo tocara, que lo deseara. Sus manos vagaron por su piel morena y tierna. Benicío hundió el rostro en su cabello y respiró sus suaves aromas florales. Así debía oler una mujer, no como las putas, que olían a tabaco rancio y whiskey.

—Querida —suspiró. Benicío alzó a Chiwiwi con sus brazos fuertes; apenas pesaba nada. La depositó sobre la colcha blanca.

Chiwiwi decidió que no pelearía con ese hombre, no porque no quisiera, sino porque quería vivir. Con esas manos grandes podía matarla con facilidad. Ella quería vivir para volver a ver a Rafael, así que soportaría a aquella bestia y viviría.

Podía ver un gran bulto en su ingle, pero él no parecía tener prisa. Se tendió a su lado y, acariciándole los pechos y bajando hasta su ingle, notó su humedad y sonrió. Ella gemiría la primera vez que él la penetrara, pero lo acogería, entero. Volvió a tocar su humedad y la llevó a sus labios. Dulce.

Chiwiwi permaneció completamente quieta ante sus avances. Rezó para que la tomara de una vez y aquello terminara pronto, pero él se tomaba su tiempo.

Un grito ahogado y angustioso resonó en el pasillo. Chiwiwi reconoció la voz de su amiga y se le encogió el corazón. Laapu ya no era inocente. Tras varios alaridos, los sonidos cesaron.

Benicío le habló con tonos suaves mientras acariciaba su hermoso cuerpo. Al oír los gritos al otro lado del pasillo, sonrió para sí. La virgen de Rubén ya había sido tomada. Pronto llegaría su turno. Se preguntó cómo habría sido con Sabrina. ¿Se habría hecho la esquiva o habría respondido a su tacto? Quiso que la indita gimiera al sentirlo. Sus pezones se endurecían cuando él los besaba y estaba deliciosamente húmeda entre las piernas, pero lo miraba con desafío.

Se puso de pie, se quitó las botas y desabotonó los pantalones, dejándolos caer al suelo. Al salir de ellos, su enorme garrancha quedó tiesa. Era gruesa y grande, con una mata de vello rizado en la base. Sabía que era más dotado que la mayoría y eso le llenaba de orgullo varonil. Hasta las putas a veces gritaban. Se volvió hacia ella. Ella intentó no estremecerse, pero sus ojos la delataron. Su miembro oscuro estaba henchido y duro como piedra. Benicío advirtió el leve movimiento de sus ojos y sonrió. Aquella noche sería desflorada por un hombre de verdad cuando su tesoro húmedo y blando envolviera su garrancha.

Le tomó la mano pequeña y se la puso alrededor del miembro. Su tacto fue exasperante y la garrancha se endureció aún más, haciéndolo gemir. Cubrió la mano de ella con la suya y la movió arriba y abajo, deteniéndose sólo cuando pensó que ya no podría contener la explosión. Apartándole la mano, se tendió junto a ella, rodó sobre un costado y se serenó. Lento, dejó que sus manos vagaran por su cuerpo y entre sus muslos, abriéndoselos. Mientras sus manos la recorrían, le besó el cuello y los pechos. No podía creer cuán suave y tierna era, y esperaba que sus dedos ásperos no la lastimaran.

Chiwiwi odiaba tocarlo, tocar aquel cuerpo sucio y velludo. Él la obligaba a tocarlo, cubriéndole la mano con la suya. Miraba sus manos rudas en sus pechos y las sentía entre sus piernas, pero yacía completamente quieta y lo soportaba. Al menos no la estaba hiriendo. Por fin, él le abrió las piernas y se le echó encima.

Ella estaba lista para él y él ya no podía esperar más. Hubiera querido que respondiera a sus caricias, pero ya no podía demorarse en entrar en ella. Abriéndole las hermosas piernas y dejando a la vista el vello negro y suave entre ellas, estaba seguro de que estaba lo bastante húmeda.

Su virilidad grande empujaba y forcejeaba por entrar. Ella contuvo el grito con desdén, sin querer darle satisfacción, y rezó para que terminara pronto.

Él le introdujo la garrancha despacio, para no lastimarla demasiado. Por fin quedó totalmente envuelto en su suavidad. La sujetaba y gemía, meciéndose, queriendo que ella acompañara cada embestida. Como no respondía, metió sus grandes manos bajo sus nalgas y la empujó al compás de su ritmo.

El rostro de ella quedó aplastado contra su pecho, y el hedor insoportable de sus axilas le provocó arcadas. Rezó para que terminara.

Poco después ya no pudo contener la excitación y ondas de descarga recorrieron todo su cuerpo. Gimió fuerte, se puso rígido y se desplomó sobre ella. Exhausto, se quedó dormido aún parcialmente dentro de ella. Satisfecho y feliz, Benicio soñó con Sabrina. Soñó con hacerle el amor con ternura.

Chiwiwi se asfixiaba con aquel hombre enorme tendido sobre ella, pero no quiso despertar al cerdo. Anheló la dulzura de Rafael, sus caricias tiernas y sus besos de amor. Hacían el amor muchas veces en una noche, jugando, tocándose y abrazándose. Por fin, se retorció un poco y el español rodó hacia un costado. Al menos ya podía respirar mejor. Su brazo seguía apretándola con fuerza y no lograba zafarse. Si tan sólo pudiera tomar la llave de sus pantalones.

Benicio había bebido varias botellas de vino esperando a que su querida estuviera lista. El vino y el sexo, y los largos días de camino, lo dejaron rendido. Durmió profundamente por primera vez en mucho tiempo. Hacer el amor con la indita había sido delicioso. La próxima vez ella lo desearía y le respondería. Al fin y al cabo, él era buen amante.

Chiwiwi yacía mirando al techo, repitiendo sus oraciones en silencio. Después durmió levemente hasta que la luz de la mañana inundó el amplio dormitorio con un resplandor dorado. Respiraba despacio para no despertar a la bestia dormida a su lado. Oyó el gorjeo de los pájaros en los árboles y el estómago le crujió por la falta de comida. Casi lamentó no haber comido algo anoche.

Se preguntó dónde estaría Rafael. ¿Cuándo volvería al pueblo? ¿Sabía que ella había sido raptada? ¿Vendría la tribu a rescatarla a ella y a Laapu? Tenía muchas preguntas y ninguna respuesta.

El tiempo avanzaba con lentitud y la habitación se hacía cada vez más luminosa. De pronto oyó un grito afuera, y luego otro. Una piedra rebotó en los barrotes de metal de una ventana. El grandulón se removió, pero no despertó. Otro grito y entonces oyó abrirse y cerrarse la puerta del otro lado del pasillo.

—Benicío, despierta —vociferó Rubén—. ¡Nos atacan! —Rubén golpeaba la puerta e intentaba el picaporte cerrado. Volvió a golpear y Benicío saltó de la cama.

—¿Qué?

—Vístete y ven al patio —gritó Rubén.

Libre por fin de aquel abrazo de oso, Chiwiwi se estiró y rodó sobre la cama. Benicío miró la colcha blanca bajo ella. Estaba arrugada, pero limpia. Su mente nublada tardó en aceptar lo que veía. ¿Dónde estaba la sangre? Miró su garrancha y vio que también estaba limpia. ¡Aquella indita no era virgen! Lo había engañado.

—Pinche puta —gruñó. Un manotazo enorme cruzó la cara de Chiwiwi y la dejó tendida en la cama.

—Puta, otra pinche puta —le gritó—. Ya me encargaré de ti luego. Vas a ver cómo trato a las putas mentirosas.

Se puso los pantalones y las botas, dejando la camisa en el suelo; luego se ciñó las pistolas y la espada. Abrió la puerta con la llave y salió. Chiwiwi oyó el clic del cerrojo al cerrarse. Con el escozor del ojo y la mejilla que se le hinchaban, se preguntó por qué la había golpeado. De pronto estaba furioso, pero ella no sabía por qué. Tenía que escapar ya. Si volvía enfurecido, sabía que moriría.

Apresurándose a la gran ventana, corrió la cortina sólo para descubrir que estaba enrejada con gruesos barrotes de hierro. La puerta sería su única vía de escape. Agarró el picaporte con ambas manos y tiró con todas sus fuerzas. No cedió.

Arrodillándose, empujó a un lado la tapita de la bocallave y miró por la abertura. Oyó un ruido y la puerta del otro lado del pasillo se abrió. La mujer mexicana corpulenta que ayer las había bañado tiraba de Laapu, desnuda, del brazo. La vieja estaba claramente enojada y armaba gran escándalo empujando a Laapu. El cabello largo de Laapu estaba pegado a su rostro. Al volverse, Chiwiwi vio sangre seca en sus piernas. Laapu gimió y tropezó fuera del cuarto, y ambas se perdieron por el pasillo, fuera de su estrecho campo de visión. Al menos su amiga seguía viva.

Chiwiwi estaba atrapada. Pateó el suelo por un momento, maldiciendo en su lengua Tiwa. Se sentó en el baúl acolchado a los pies de la cama, temblando de ira incontenible, hasta que comenzó a recitar la oración a la doncella *kachina*, Wauxupili, para calmarse. Poco a poco recuperó el dominio. De rodillas ante la puerta, estudió la bocallave y comprendió que necesitaba algo afilado.

Sobresaltada por el estampido de un tiro en el patio, corrió a la ventana. Españoles apostados en el parapeto disparaban a intervalos contra una amenaza invisible y se agachaban. Chiwiwi vio varias flechas esparcidas en el polvo del patio y soltó un chillido de alegría. Su gente había venido por ella y por Laapu. Emocionada ante la visión, supo que debía escapar, ahora. Tenía que salir de ese cuarto, encontrar a Laapu y de algún modo salir de la casa. Volviendo a su batalla inmediata con la puerta, oyó más tiros y gritos en el patio.

Afuera, Benicío cruzó el patio y trepó por la escalera

apoyada en el muro de guardia que llevaba al parapeto junto a la puerta principal. Allí se reunió con Rubén. Jadeando, alcanzó la plataforma, con los ojos enrojecidos por la parranda de anoche. El sol acababa de asomar por la sierra al oriente y era imposible distinguir detalles entre los matorrales, árboles y rocas fuera del muro. Benicío evaluó la situación y se agachó de golpe cuando una lluvia de flechas y piedras pasó por encima.

—Rubén, ¿qué pasa? ¿Cuántos son? —Benicío miró a los hombres en la plataforma. Se les veía cansados y crudos.

—Indios. No sé cuántos. Poco antes del amanecer cayó una andanada de flechas y piedras desde los cuatro rincones del conjunto. Mis hombres no los ven bien. Hay algunos heridos, pero nadie muerto —informó Rubén.

—Beto dice que vio a un hombre con yelmo de conquistador. Raymundo jura que también lo vio. Creen que los indios van vestidos como conquistadores, pero a lo mejor se pasaron con el vino anoche —siguió Rubén, mirando a Beto en busca de explicación.

—Al principio pensamos que eran pocos; ahora no estamos seguros. Puede que haya muchos indios rodeando el conjunto. Las flechas y las piedras vienen de todos lados. No creemos que puedan abrir brecha en el muro, jefe. Los iremos cazando desde aquí cuando se asomen —explicó Beto.

—Bueno, rota a tus hombres para comida y agua y que se les baje la borrachera. Mantén a los indios a raya, pero no gasten munición. —Las órdenes y la evaluación fluían en Rubén con naturalidad—. Benicío, reúne a tus hombres —mandó.

Rubén estaba furioso porque su amigo le había causado este problema. La criada no valía la pena. Era perezosa cuando él la montaba y lloraba toda la noche.

Benicío llamó a sus hombres, que iban a trompicones hacia el patio. Los apostó sobre los muros. —Gritarán si asaltan este tramo o si ven movimiento —ordenó mientras más hombres subían a los parapetos. Otra descarga de piedras y flechas cayó dentro del conjunto. Un español apoyó el fusil sobre el muro y disparó. Alrededor de la cerca se respondió con fuego esporádico.

—¡Fuego sólo a blancos! —vociferó Benicío, y los disparos amainaron.

Benicío y Rubén bajaron por la escalera, y otra andanada de flechas y piedras pasó sobre el muro. Un hombre que cruzaba el patio lanzó un alarido cuando una flecha le atravesó la bota y se le clavó hondo en la carne del pie.

—Benicío, nos trajiste problemas, amigo —silbó Rubén, fulminándolo con la mirada.

Benicío le sonrió con indiferencia. —Pero ¿no disfrutaste a tu señorita, cabrón?

—La señorita se desmayó por el vino. Esta mañana estaba enferma —gruñó Rubén—. Ya tengo bastante con los americanos. No necesito este tipo de líos con indios —añadió sombrío—. Más vale que tus hombres estén listos para pelear. —Se alejó hacia la casa, dejando a Benicío plantado. Benicío no estaba acostumbrado a que le hablaran así. Una flecha se clavó en la tierra a unos pasos. Refunfuñando por lo bajo, cruzó el patio a zancadas.

En el segundo piso, Chiwiwi buscaba frenética algo, cualquier cosa afilada para forzar la cerradura. Revisó cada rincón y cada cajón sin hallar herramienta alguna que le sirviera. Frustrada, se sentó con la espalda contra la pared, temblando e indefensa. Las lágrimas le corrían por el rostro y cerró los puños de rabia. Seguían oyéndose gritos y tiros en el patio y piedras contra la casa. Chiwiwi golpeó la nuca contra la pared de pura impotencia, pero no se rendiría.

En un gran armario encontró ropa de hombre variada. Se vistió deprisa con un pantalón y una camisa blanca, demasiado grandes, y se ciñó el pantalón con un cinto. Mejor que el vestido bordado. Tal vez llamaría menos la atención si lograba escapar. En el suelo del ropero había unos zapatos de mujer. Eran de tacón alto y se abrochaban al frente hasta bien arriba del tobillo. Chiwiwi los miró y se echó a reír. Una mujer se caería tratando de caminar con semejantes cosas. Agarró uno y lo lanzó contra la pared. Pegó junto al grueso poste de roble del cabecero y cayó al suelo. Algo fino y brillante salió rebotando del zapato y tintineó sobre las duelas.

Chiwiwi se lanzó junto a la cama y recogió el objeto. Al girarlo entre las manos, no supo qué era. Medía unas siete pulgadas, con empuñadura de marfil. El extremo metálico era largo y delgado, con un gancho; ojalá cupiera en la bocallave y aquel ganchito pudiera abrir la puerta.

Renovada la esperanza, se puso a trabajar, metiendo el gancho y retorciéndolo, empujándolo y jalándolo contra lo que fuera que tocara. A la par, con la otra mano forzaba la manija. Una y otra vez empujó y jaló hasta cansarse, pero siguió forcejeando con la cerradura. Mientras lidiaba con el cerrojo, recitó la Oración Diaria:

Doy gracias al Creador, a las Cuatro Direcciones, a los Ancestros, a los Aliados y a la Única Fuente Verdadera por la Vida dentro de esta forma y por toda la Vida en todas partes.

Doy gracias por las lecciones aprendidas, los dones y todo lo recibido en el pasado en este momento de mi Vida y por lo que aún ha de llegar a mi Vida en el futuro.

Pido que se ofrezca sanación a todos los que estén listos y abiertos a ella; ayúdame, sáname, guíame, muéstrame, condúceme.

Haz de mí el mejor canal posible para tus energías y ábreme a estar conectada con el Espíritu para ayudar a quienes me rodean.

De pronto la cerradura hizo un fuerte chasquido metálico. Cedió y la puerta se abrió unos centímetros. Se quedó mirándola, incrédula, conteniendo el aliento. Metió el gancho en el bolsillo, entreabrió la puerta y miró al pasillo. Lo único que se oía eran gritos intermitentes y disparos afuera. Salió al pasillo, cerró la puerta tras de sí y avanzó de puntillas hacia las escaleras.

CAPÍTULO 40

Rafe apremió a Rayo y al caballo de carga tan rápido y lejos como pudo en la oscuridad. Durante dos días los sucesos en El Paso le habían robado el sueño y el cansancio se le metía en los huesos. Dejó el rancho de su tío bien entrada la noche y ahora la luna estaba alta en el cielo. Por fin se detuvo y amarró los caballos cerca del Río Grande; se permitió dormir hasta el amanecer. Cuando los primeros rayos de luz le tocaron el rostro, ensilló a Rayo y montó de un brinco. Sin fogata, sin café, sin comida. Eso podía esperar. Don Jorge sólo viajaría de día y Rafe estaba seguro de que iba en algún punto del camino adelante. Quería detenerse en Isleta para ver a Chiwiwi, pero primero quería alcanzar a don Jorge.

Naranjas, rosas y grises rayaban el cielo de la mañana. Los colores se reflejaban en las nubes y detrás se abría un glorioso cielo azul verdoso. Ya hacía calor y el día sería ardiente. Al galopar hacia el norte, varias carretas pasaron junto a él. Las andanzas del día comenzaban a animarse en el Camino de Chihuahua.

Le rugieron las tripas, pero intentó ignorarlo. Al salir a toda prisa anoche, no llevó alforja de comida. Rayo se hartó de las hierbas largas junto al río, pero Rafe no tuvo esa suerte. Estaba casi por llegar a Socorro cuando vio un letrero con la marca de distancia de treinta millas en una flecha que apuntaba al norte. Socorro sería una buena parada para comer.

Una hora después divisó a un jinete solitario que venía al sur. Al acercarse, Rafe reconoció a George Summers. Espoleó a Rayo más fuerte. Los dos hombres se detuvieron frente a frente en el camino.

—Bueno, ya veo que sobreviviste El Paso —fueron sus primeras palabras. El hombre mayor permaneció a caballo esperando respuesta. Tenía el rostro demacrado y el entrecejo fruncido por la preocupación.

—Don Jorge, lo siento. Desobedecí su confianza y

fui a El Paso —se disculpó Rafe.

George alzó la mano como desechando la idea y el gesto se le suavizó. —Sólo importa que estés a salvo, hijo —dijo con cansancio—, pero sí quiero oír el motivo. Josefina y los niños están fuera de sí de tanta angustia.

Los dos hombres enfilaron al norte, cabalgando lado a lado. Rafe comenzó a contar la historia, empezando por salvar al joven indio, Baqito. Compartió cómo consiguió las monedas de oro y su deseo de ayudar a la familia de su tío, y a su madre y hermana. Explicó por qué acudió al banquero para comprar tierras para su tío y cómo se ejecutó la hipoteca del Rocking R Ranch. No había buscado problemas ni los quería, pero Henry Reynolds iba a matar al banquero y luego a él. George apretó los labios cuando Rafe le dijo cómo disparó a Henry en el banco y escuchó la descripción del juicio y lo que sentía respecto del sheriff.

—El sheriff Watkins es duro, pero justo —intervino George—. Lo conozco como a un buen hombre.

—Sí, ahora también lo sé. —Rafe siguió con la descripción del enfrentamiento con Roy y Eldon Reynolds: cómo ellos y su cuadrilla balearon a Francisco y al sheriff, quemaron el granero de su tío y amenazaron a su familia. Cómo juraron matarlo.

—No iban a parar. Tenía que detenerlos. —Le contó a don Jorge el tiroteo en de Lilli Jean's Saloon y cómo abatió a Eldon en la calle—. No me enorgullecen esas muertes, pero las repetiría —dijo—, de lo contrario nada habría cambiado.

—Rafe, lo hecho, hecho está. Lo importante es que sigues con vida —dijo George Summers, mirándolo con una cálida sonrisa de aprobación.

—Pero, don Jorge, rompí mi promesa con usted —balbuceó Rafe.

—Quisiera que me llamaras papá. Te considero como a un hijo —dijo George Summers, mirándolo con intensidad.

—Pues sí… papá—respondió vacilante, saboreando la palabra—. Sabe que me honra que me llame su hijo.

—Papá, quiero detenerme en el pueblo de Isleta de

regreso a Santa Fe. Hay una muchacha allí que es muy especial para mí. Chiwiwi. Me gustaría que la conociera. Cuando Rafe pronunció el nombre, Chiwiwi, le rodó por la lengua como música. George echó la cabeza hacia atrás y soltó una risita.

—¿Qué le hace gracia? —preguntó Rafe a su padre adoptivo, ladeando la cabeza.

—Hijo, pensaba... Mientras cabalgo mirándote, estoy seguro de que, si yo no estuviera aquí ahora mismo, tú y Rayo irían a escape tendido rumbo a Isleta.

Rafe intentó parecer indiferente, pero sabía que se estaba sonrojando. Más tarde, cuando tomaron el camino de tierra hacia el pueblo, el corazón de Rafe latía con fuerza ante la anticipación de ver a Chiwiwi. George sonrió al verlo esforzarse por mantenerse estoico y varonil al aproximarse a la aldea, pero para él era obvio que Rafe estaba enamorado.

Apenas entraron al pueblo, sin embargo, fue evidente que algo andaba mal. Bastó un momento para notar que no había hombres en la aldea, salvo algunos ancianos. Uno de ellos, a quien Rafe reconoció del mitote, se acercó cuando desmontaron y les contó lo ocurrido desde que Rafe llevó a Carlos al pueblo.

Rafe quedó fulminado por la noticia. Chiwiwi no estaba. Se la habían llevado. El ánimo se le tornó pronto en ira hirviente.

—Cálmate, hijo. Saquemos toda la información posible y luego decidiremos cómo ayudar —dijo George, sujetándole el brazo, pero Rafe se lo zafó de un tirón.

El anciano los condujo a la choza donde Carlos descansaba.

—Carlos, tu pinche hermano se llevó a Chiwiwi —lo increpó Rafe al entrar. Sabía que Carlos no tenía la culpa, pero la rabia le hervía.

—Sí, lo siento. Vino a buscarme y no estoy seguro de qué pasó. —Se tocó un gran moretón violáceo en la sien—. Las muchachas estaban aquí cuando vino por mí. —Tocándose de nuevo, añadió—: Esto es lo último que recuerdo. La gente dice que mató a una joven aquí y se llevó a otras dos. Estuve inconsciente más de un día. —A Carlos se le humedecieron los ojos.

—El anciano dice que están en Corrales, en una hacienda, y los guerreros de la tribu han salido a rescatarlas. ¿Dónde queda ese lugar? —exigió Rafe.

Aunque Carlos no estaba del todo repuesto de sus heridas, se ofreció a guiarlos hasta la hacienda Anaya. Carlos compartía con Rafe la culpa por la congoja que había llevado al pacífico pueblo y a su gente.

—¿Puedes montar? —preguntó George Summers.

—Creo que sí —respondió Carlos—. Puedo llevarlos a la hacienda y quiero ayudar. Mi hermano es cruel y violento, y merece morir por lo que ha hecho. Ha hecho muchas cosas por las que debería morir, y yo lo mataré por esto.

Shuren llevó comida y bebida a los hombres. Rafe había olvidado cuánta hambre tenía hasta que el olor invadió la choza. Mientras comían, Carlos describió la disposición de la hacienda y cuántos hombres podían enfrentar.

Mientras Carlos alistaba sus cosas, George le preguntó a Rafe:

—¿Crees que podamos confiar en este hombre? Es a su hermano a quien buscamos.

Rafe respondió:

—Confío en él.

Los tres hombres dejaron el pueblo pasado el mediodía. Shuren envió una pequeña bolsa de comida con Rafe. Antes de partir, lo tomó del brazo.

Una mujer con Shuren habló por ella:

—Shuren te pide que encuentres a su hermana y a su esposo y los traigas a casa sanos y salvos.

—Dile que así lo haré —aseguró Rafe.

CAPÍTULO 41

Letoc y los jóvenes guerreros llegaron a la hacienda Anaya pasada la hora del mediodía. El viaje llevó más tiempo del normal, pero era necesario rodear Albuquerque en un amplio círculo. El regimiento del ejército en Albuquerque y los Tiwa mantenían buenas relaciones, así que Letoc no quiso provocar pánico. Con toda seguridad sonarían las alarmas al ver una partida de guerra india en movimiento. Letoc notó que los canosos no salieron de sus chozas a despedirlos. La mayor parte del pueblo aún dormía cuando los guerreros partieron esa mañana, pero le pareció extraño que su amigo Nakwa no deseara buena fortuna a los guerreros. Por lo general se ofrecía una bendición.

El explorador de Letoc regresó en silencio hasta el jefe.

—Los canosos ya están aquí —informó—. Han estado hostigando a los guardias y manteniéndolos ocupados toda la mañana, mi jefe, pero ahora descansan.

Letoc soltó una risita. Nakwa y los guerreros de cabello gris se le habían adelantado. Debería enfadarse por haber desoído sus deseos, pero se alegró de su ayuda.

—Ven, te llevaré con ellos —dijo el explorador al jefe. Letoc hizo una seña a los bravos y avanzaron sin hacer ruido por el sendero hasta el anillo de guerreros mayores que rodeaba el caserío. Las cigarras chirriaban en los altos álamos y de detrás de varias rocas llegaban ronquidos suaves. La calma del entorno desmentía la dura realidad. Letoc sonrió al ver a Nakwa, su viejo amigo, recostado contra una gran piedra, dormido.

—Nakwa, despierta —Letoc sacudió con suavidad el brazo del anciano.

—¿Qué... qué? —El viejo tanteó su lanza a la carrera.

—Shhh —dijo Letoc, sujetándole el brazo.

—Oh, oh, mi jefe, los tenemos encerrados en su

fuerte. No pueden escapar —susurró el viejo guerrero, aún adormilado, limpiándose la barbilla con el dorso de la mano.

—¿Has visto a las doncellas? —preguntó Letoc.

—No, mi jefe.

—¿Alguno de tus hombres herido?

—A Nahchu le dieron en la cabeza. Por suerte, la bala sólo le rozó. Llevaba su viejo yelmo de conquistador. La bala nada más lo noqueó y le dejó un chichón grande —dijo Nakwa—. Dice que le zumba algo en los oídos. —Nakwa bostezó y se estiró.

Letoc asintió. —Lo veré después. Vuelve a dormir. Has hecho un buen trabajo aquí. Planearemos el ataque cuando hayas descansado. —Dejó al viejo canoso sonriendo, acomodándose de nuevo, y se apartó para hablar con los bravos. Envió exploradores alrededor de la hacienda para observarla por todos los costados y reportar. Al resto de los bravos les ordenó montar un campamento en la arboleda de encinas y sauces entre la hacienda y el río.

Letoc observó a los hombres y suspiró. Su gente no había nacido para la guerra, pero eran orgullosos y valientes. Se sentía orgulloso de los ancianos y los necesitaría a todos en ese ataque. Se preguntó, con el corazón apesadumbrado, si sería un líder digno. No deseaba decir a ninguna mujer del pueblo que era responsable de la pérdida de un esposo o un hijo. Sopesó si Chiwiwi y Laapu estarían muertas o vivas y rogó porque siguieran con vida.

Letoc ordenó a varios jóvenes que arrojaran piedras y dispararan flechas al interior del conjunto para mantener ocupados a los guardias. No quería que los bravos usaran aún sus rifles. Que los guardias siguieran creyendo que el mismo grupito de indios se limitaba a tirar piedras. A algunos de los jóvenes no les agradó el plan, pero obedecieron. Ellos querían asaltar el conjunto rifles en alto. Él sabía que sería un suicidio.

Descalza, Chiwiwi avanzó en silencio por el pasillo. Afuera podía oír piedras golpeando las paredes de la casa. Rogó porque los hombres estuvieran todos afuera, en especial el gran español. Asomándose por el hueco de la escalera, oyó voces. Sin hacer ruido, se pegó a la penumbra de un quicio. Era toda la cobertura de la que disponía.

Sonaron pasos en la escalera. Oyó sollozos y llantos. ¡Laapu! La mujer corpulenta arrastraba a la muchacha aún con resaca escaleras arriba. Al menos estaba limpia.

—Muchacha estúpida —gruñó la mujer grande a Laapu. La llevó por el pasillo y la metió en el dormitorio. Chiwiwi observó desde las sombras, temiendo que la mujer revisara su cuarto. A los pocos minutos, la mujer se fue y continuó por el pasillo. Cuando salió de su vista, Chiwiwi corrió de vuelta al cuarto de Laapu. La puerta estaba sin llave.

Chiwiwi casi no reconoció a su amiga de toda la vida. Tenía los ojos casi cerrados por la hinchazón y el rostro amoratado. Laapu estaba hecha un ovillo en la cama, meciéndose de atrás adelante.

—Laapu, Laapu —susurró Chiwiwi—. Despierta. —Laapu siguió meciéndose.

—Laapu, tenemos que salir de aquí. Debemos irnos ya. —Chiwiwi sabía que debían escapar y hacerlo de inmediato. Los hombres podían volver en cualquier momento—. Ven conmigo, Laapu. —Le tocó el hombro para calmarla, pero Laapu gimió. Era evidente que tendría que dejar a su amiga si quería tener alguna posibilidad de escapar.

Chiwiwi abrió la pesada puerta y asomó. El pasillo estaba despejado. Sabía que la escalera principal bajaba al vestíbulo abierto frente al comedor. Era un espacio abierto sin dónde ocultarse. Dio media vuelta y tomó la dirección por donde había desaparecido la mujer grande. Tal vez la llevaría a algún sitio por donde escapar o esconderse.

Al final del pasillo en penumbra, otro tramo de escaleras bajaba. Era estrecho y empinado. Bajó peldaño a peldaño, atenta al menor ruido. Oía voces lejanas, pero la casa parecía tranquila. La escalera estaba oscura, aunque abajo había luz. Sus pies descalzos no hacían ruido. Llegó al final y miró a la vuelta. Las escaleras desembocaban en una despensa y la cocina. Varias mujeres trabajaban preparando comida. Ninguna era la mujer corpulenta y ambas estaban de espaldas. En la despensa vio manzanas y una pila de tortillas sobre un plato. Entró en la despensa y se guardó un par de cada cosa en los bolsillos. Luego vio un cuchillo. No muy grande, pero lo bastante afilado para servirle. Se lo metió al bolsillo.

Un grito desde afuera distrajo a las cocineras. Una se volvió y se encaminó a la despensa. Chiwiwi se encogió en un rincón. La mujer entró, tomó las tortillas y salió sin mirar alrededor. Chiwiwi vio cómo la cocinera y la otra mujer, que cargaba una olla, salían de la cocina hacia el exterior.

Apresurándose hacia la puerta abierta de la cocina, observó a las mujeres cruzar el patio y perderse de vista. Enfrente estaba el granero. La puerta estaba abierta, pero no podía saber si habría hombres dentro. Cerca de la puerta colgaba un sombrero viejo. Recogió su cabello bajo el ala y se caló el sombrero hasta las cejas. Salió con naturalidad por la puerta de la cocina y caminó bajo el sol. No corrió, sino que avanzó cansinamente hacia el granero como un anciano. A ojos de la mayoría, parecería un hombrecillo camino del granero, o eso esperaba.

Al llegar a la puerta del granero, percibió el olor a caballos. Se fundió con la oscuridad del interior y se quedó inmóvil, atenta. No se oían sonidos humanos dentro. A su izquierda estaba la escalera de tablones hacia el altillo. Subió a toda prisa y se acurrucó en un gran montón de heno. Tardó varios minutos en lograr que le dejara de martillar el corazón en el pecho. Por fin sacó el cuchillo, una manzana y una tortilla del bolsillo y devoró la comida.

CAPÍTULO 42

Cuando los viejos guerreros hubieron descansado, Letoc y Nakwa reunieron a los guerreros, jóvenes y viejos, para presentar el plan de ataque. Nahchu se sentó orgulloso con su abollado yelmo de conquistador, la cara redonda desbordándose por debajo, aparentemente tan campante. En total sumaban cuarenta y cinco.

Organizados en grupos, los bravos se apostaron en las esquinas del conjunto. A una señal de mano de Letoc, unos comenzaron a lanzar piedras contra los puestos de guardia. Otro grupo empezó a disparar flechas hacia la plataforma sobre la puerta principal. El propósito de estas acciones, resolvieron Letoc y Nakwa, era mantener agachadas las cabezas de los españoles mientras sus hombres cruzaban el claro frente al muro para amontonar yesca y leña contra la portona macizas. Los jóvenes querían usar los rifles, pero Letoc no quería desperdiciar balas ni revelar al enemigo su poder de fuego real. «Mejor que crean que sólo tenemos piedras y flechas», les dijo a los jóvenes. «Guardaremos los rifles para después, cuando estén cansados de pelear.»

Letoc ordenó a los canosos, Nahchu y Kopi, que dispararan los mosquetes antiguos tan rápido como pudieran recargarlos para confundir aún más a los españoles. —Apunten alto, para no dar a uno de los nuestros —les dijo.

Las piedras que no alcanzaban a pasar el muro rebotaban en la puerta y llovían sobre los bravos que corrían de ida y vuelta con sus haces de leña, hasta que un montón grande quedó recargado contra la puerta de madera. Uno de los guardias se asomó sobre el muro, vio a los bravos abajo y comprendió su intención. Un grito a los otros guardias, seguido de una descarga, derribó a dos bravos en el claro antes de alcanzar el resguardo. De inmediato, otros corrieron desde la cobertura y arrastraron a los heridos fuera del tiro. Uno estaba gravemente herido y sangraba por la espalda. El otro recibió un balazo en la pierna.

Letoc hizo seña a varios hombres junto a una hoguera. Ellos hundieron sus flechas embreadas en las llamas y, tensando los arcos, las dispararon al montón frente a la puerta. Pronto las llamas prendieron y el fuego ardió con fuerza a los pies de la portona. Mojaron más flechas en el fuego y las lanzaron al interior del conjunto. Se oyeron gritos tras los muros cuando los españoles reaccionaron al humo y a las llamas que trepaban y lamían bajo la puerta. Una de las flechas encendidas dio cerca del granero y prendió un montón de heno.

Rubén ordenó a seis de sus hombres formar una cadena de cubos. Uno a uno, asomaban sobre el muro para vaciar agua sobre el fuego de la puerta. Flechas de los arqueros diestros de Nakwa volaban hacia los hombres que se inclinaban con los cubos. Al poco, sólo manos y cubos asomaban por lo alto del muro.

Con el tiempo, el fuego en la puerta empezó a amainar, falto de combustible para encender la madera pesada y sofocado por la lluvia constante de agua desde arriba. El fuego se redujo a humo y brasas. La portona, chamuscadas y todavía humeantes, seguían intactas.

Chiwiwı alcanzaba a ver los fuegos por rendijas entre las tablas del granero. Vio una flecha incendiaria dar en un montón de heno cerca del granero y prenderlo. En silencio animó a sus salvadores a quemar el conjunto hasta los cimientos, aunque temió que pronto ardiera también su escondite.

El humo quedó colgado sobre el conjunto después de que los españoles lograron apagar los incendios. Hombres apostados en las garitas de las esquinas hacían tiros sueltos hacia los árboles donde se ocultaban Letoc y sus bravos. Las balas rebotaban y silbaban en rocas y troncos, obligando a los bravos a mantenerse en cubierta.

—Si acercamos en silencio a uno de nuestros mejores arqueros hasta ese gran afloramiento —preguntó Letoc a Nakwa, señalando la garita de la esquina—, ¿crees que podría abatir a uno de esos hombres?

Nakwa miró el parapeto a través de los árboles y el humo y asintió.

—Es una distancia larga para un tiro certero comparado con una descarga, pero puede hacerse. He visto a Tuveyam abatir venado varias veces desde distancia parecida —dijo el viejo guerrero.

—Necesitamos que los de dentro respeten lo suficiente como para temer asomar la cabeza sobre el muro. Empiezan a anticipar la llegada de nuestras salvas. Debemos hacerles temer nuestras destrezas. Otra cosa, Nakwa: pide a los demás arqueros que apunten más alto. Quiero que las flechas caigan como lluvia sobre los hombres pegados al muro. —Nakwa asintió y reptó hasta los bravos en espera.

Los vaqueros de Rubén estaban en las garitas a lo largo del parapeto. Los indios llevaban todo el día tirando piedras y flechas, con poco resultado. Los hombres empezaban a confiarse ante aquellas armas, pensando que su superioridad los tendría a raya a la larga. Beto tomaba apuestas sobre cuántos indios mataría.

Nakwa explicó a Tuveyam lo que debía hacer. El canoso arquero asintió. Era el mejor tirador del pueblo y buen amigo. La tarea exigía que Tuveyam alcanzara el afloramiento. Si uno de los guardias lo veía, sería blanco fácil. Los demás arqueros debían mantener ocupados a los guardias con descargas de flechas.

Viendo al viejo bravo arrastrarse despacio y sigiloso, cada vez más cerca del afloramiento, a Nakwa se le secó la boca. Estaba seguro de que alguno en el muro lo vería y abatiría a su amigo.

Tuveyam, también diestro rastreador, avanzó con cautela entre sombras de arbustos y rocas. Tras lo que a Nakwa le pareció una eternidad, Tuveyam alcanzó su punto. Nakwa contuvo la respiración al verlo encajar una flecha. A través del sol de la tarde, Tuveyam fijó al blanco en la garita. El viejo se acuclilló sobre las puntas de los pies, listo para alzarse y apuntar.

El rifle de Beto tronó desde el muro, seguido de un grito entre los árboles a la derecha de Nakwa. Los del muro rieron. Uno señaló y palmoteó la espalda de Beto. Beto se volvió para hablar, pero en cambio se echó hacia atrás. La flecha de Tuveyam dio en el blanco. Los ojos de Beto reflejaban incredulidad mientras llevaba sus manos a la flecha clavada en su garganta. Los ojos de Beto reflejaban incredulidad mientras llevaba sus manos a la flecha clavada en su garganta Soltó el rifle, dio unos pasos tambaleantes y se desplomó desde la plataforma al suelo.

—Ahora —señaló Letoc, y los arqueros soltaron una salva alta, apuntando apenas por encima del muro. Gritos estallaron dentro del conjunto. Las cabezas del parapeto desaparecieron de inmediato y el fuego amainó. Tuveyam, imperturbable, volvió a encajarse en el afloramiento y aguardó. Vivaces vítores y alaridos de celebración brotaron de los bravos.

En el pórtico de la casa, Benicío y Rubén discutían táctica y logística. Sabían que tenían comida y agua en buena cantidad y una provisión regular de munición. Sus hombres eran buenos tiradores y, en general, leales, pero empezaban a cansarse de esa pelea. Lo que ignoraban les preocupaba: no sabían cuántos indios había afuera. Parecían aumentar. El aislamiento de la hacienda Anaya la hacía perfecta como escondite, pero también la dejaba sin esperanza de ayuda. Además, los americanos no ayudarían a españoles contra indios; sólo vitorearían que se mataran entre sí.

—Rubén, tus hombres están perdiendo interés. Deberían estar tirando hacia esos árboles —dijo Benicío, cortante.

Rubén se erizó ante el comentario. —Tenemos munición, pero no sabemos cuánto tiempo estaremos cercados. No hay forma de conseguir más pertrechos. —Rubén no estaba contento. Tres hombres suyos habían muerto, incluido uno de sus mejores, Beto, y varios más estaban heridos. Antes de que Benicío llegara ayer, su único problema era irse a la ruina con el vino.

—Quizá a tus hombres les falta un verdadero líder —lo aguijoneó Benicío.

—Ocúpate de los tuyos, Benicío, y yo de los míos —

cortó Rubén.

—Mira, Rubén, los indios usan armas antiguas. —
Benicío le mostró la bala de mosquete que había sacado del
muro, alzándola entre pulgar e índice.

Rubén conocía el apetito de su amigo por la pelea,
pero aquella era su hacienda y eran sus hombres los que
morían. —Devuelve a las muchachas y termina con esto.
Ya nos divertimos. Mándalas de vuelta echadas a perder y
listo —exigió—. Esta no es mi guerra, es la tuya.

A Benicío le ardía el engaño de su indita. Pagaría, con
la vida, pero antes quería hacerla sufrir por burlarse de él.
Nadie lo superaba. Nadie. Rubén nunca sabría que él se
quedó con la única virgen. La rabia le quemaba por dentro.
Las devolvería sólo muertas.

—Tú y tus hombres son cobardes. Esos cabrones les
están ganando con piedras y palos —lo mordió—. Tus
vaqueros pelean como mujeres.

Rubén se crispó con los dardos. En la academia,
Benicío siempre lo superaba: mejor con la espada, a tiros y
a puñetazos. Siempre lo hacía sentirse inferior.

Rubén se puso en pie y salió al patio. —¡Fuego,
muchachitas! ¡Disparen si no quieren pelear con ellos
dentro del conjunto! —Injurió su hombría llamándolos
niñas, y los acicateó a levantarse. Benicío sonrió, sabiendo
que otra vez había dominado a Rubén.

Oyeron tiros de rifle a varias millas atrás, y Carlos los
guió a un punto seguro. Desde una loma al sur de la
hacienda Anaya, Rafe, George y Carlos se sentaron en sus
monturas, mirando flechas elevarse hasta su arco y caer
dentro del conjunto. Hilos delgados de humo flotaban
sobre la casa.

Los tres vieron a un indio avanzar hacia un
afloramiento.

—Vamos —insistió Rafe—. Necesitan ayuda.

—Despacio, hijo. No entremos a una emboscada de
ningún bando —previno George. Rafe empujó a Rayo por
la ladera hacia el combate y los otros dos lo siguieron.

—Desmontemos aquí y llevemos los caballos del
ronzal. Necesitamos hallar a los exploradores indios. Deben

saber que estamos de su lado —advirtió George. Los tres
venían a buen paso desde que salieron del pueblo y los
caballos estaban sudados y cansados. La hacienda quedaba
a unos cientos de yardas, cruzando terreno mayormente
abierto. Llevaron los caballos por un cauce somero, fuera
del alcance de los rifles. Se acercaron despacio hasta
colocarse tras el afloramiento.

Oyeron un grito desde el muro cuando la flecha de
Tuveyam dio en su blanco. Vieron al indio agazapado tras
la roca. Rafe dijo a los otros dos que esperaran en el cauce y
se arrastró hasta colocarse detrás de Tuveyam, lanzando un
ulular bajo. Era una seña que los bravos le habían enseñado
cuando rastreaban los caballos cimarrones. Tuveyam giró al
oírla, vio a Rafe, lo reconoció y le hizo señas de avanzar.

—¿Dónde está Letoc? —preguntó Rafe. Tuveyam
señaló al otro lado del conjunto, donde los árboles
formaban una espesura. Rafe asintió y retrocedió despacio
hasta Carlos y George. —Debemos rodear hasta esa
espesura —indicó—. Allí están Letoc y los bravos.

En la protección del soto se convocó otra reunión
para decidir el siguiente plan de ataque. Habló el jefe de los
jóvenes bravos.

—Mi jefe, no quemamos la puerta, pero quizá la
debilitamos. Podríamos embestirla con el álamo caído que
han estado preparando los bravos —dijo a Letoc—. Ya es
hora de dejar el modo de los canosos. Usemos los rifles.

Letoc meditó lo dicho. —Cuéntanos tu plan.

—Haremos que nuestros bravos del otro lado del
conjunto inicien el ataque, para atraer a algunos de sus
hombres lejos de la puerta. Dispararemos a las esquinas y al
parapeto sobre la puerta. Los más fuertes embestiremos la
puerta y la romperemos. Entonces entraremos al conjunto
y tendremos venganza sobre estos hombres que tomaron a
las doncellas —aconsejó el joven a su jefe.

Letoc asintió. Era buen plan. —Avisa a los bravos
que no desperdicien tiros. Sólo disparen cuando los
guardias asomen sobre la puerta y el muro. El choque del
fuego de rifles quizá dé a tus hombres que embisten un
poco más de tiempo —concedió—. Los arqueros seguirán

lloviendo flechas sobre el muro. Preparen a sus hombres. Rubén estaba de pie en el patio de su hacienda. Reinaba el silencio en el conjunto. Los indios estaban callados, demasiado callados. Habían matado a Beto en el parapeto, un hombre que llevaba más de veinte años con él. Los gritos de Beto aún le zumbaban en los oídos. De pronto, estalló fuego de armas fuera del conjunto. No era mosquete: era tiro de rifle. Las flechas volvieron a caer del cielo, como lluvia. Rubén quedó atrapado en el patio, sin resguardo contra la muerte que caía. Corrió a todo lo que pudo, cruzó el claro y se encaramó al pórtico de la casa. El techo ofrecía algo de abrigo contra las flechas.

Un estruendo sacudió el aire. ¡BUM! Otro estruendo, ¡BUM! Y otro más.

—¡Están embistiendo la puerta! —gritó Rubén.

—¡Tiren sobre ellos! —ordenó Benicío a los suyos.

Ambos voceaban instrucciones a los hombres agazapados en el parapeto.

Los hombres de la plataforma se alzaron y alzaron sus armas por encima del muro para apuntar a los bravos que estrellaban un tronco enorme contra la puerta. Inmediatamente brotó una descarga de rifles desde la espesura frente a la entrada, acompañada por un muro de flechas. Un hombre cayó del parapeto y otro se retorció en la plataforma con una flecha en el pecho.

Benicío miró a Rubén. La batalla acababa de cambiar, si los indios tenían rifles. Los golpes contra la puerta continuaron. Rubén gritó a los suyos que dispararan. Ellos respondieron con tiros sin apuntar por sobre el muro, sin atreverse a asomar la cabeza. Benicío se estremeció cuando una bala reventó el yeso del pilar a su lado.

La puerta vibraba con cada golpe y empezaba a ceder. Con el último golpe dio un crujido hondo.

—¡Fuego, babosos! —aulló Benicío, desesperado—, ¡o los mato yo!

Los hombres tenían más miedo de que Benicío los matara que de los indios. Alzándose desde el resguardo del parapeto, dispararon hacia los que embestían la puerta.

Letoc observó horrorizado cuando varios bravos se

desplomaron bajo el granizo de balas. Tres jóvenes dieron la espalda y echaron a correr cuando el tronco cayó al suelo, pero ninguno alcanzó a dar muchos pasos antes de ser abatido. Uno intentó incorporarse. Letoc reconoció al hijo de su primo. El muchacho, malherido, siguió arrastrándose hacia la protección de los árboles.

—¡Fuego! —gritó Letoc a los suyos—. ¡Denle cobertura! —Mientras los jóvenes tiraban, Letoc vio otra bala abrirle la nuca al chico, reventándole un ojo y arrancándole un pedazo de frente. Murió boca abajo, en la tierra.

Rafe, George y Carlos deshicieron el camino, bien fuera del alcance de los rifles, y luego empezaron a abrirse paso hacia la espesura. Tiros retumbaban en torno a ellos. Conduciendo los caballos a paso vivo, se mantenían del lado de los animales para cubrirse. De pronto, cinco indios los rodearon. Rafe alzó la mano en saludo y un joven bravo lo reconoció y les hizo señas de seguirlo.

Rafe ató las riendas de Rayo a un árbol junto a un arroyo, detrás del soto. Al ver a Letoc, Rafe corrió hacia él, dejando atrás a los otros dos. Nakwa y un joven bravo se plantaron rápido delante de su jefe, bloqueando el paso. Letoc alzó la vista, reconoció a Rafe y apartó con la mano a sus protectores.

—Rafael, es bueno que hayas venido —Letoc se incorporó con pesadumbre y le aferró el antebrazo derecho; Rafe respondió del mismo modo. Letoc parecía años mayor que hacía apenas unas semanas. El rostro surcado y tiznado de sudor, polvo y humo. Las manos y la ropa salpicadas de tierra y, probablemente, sangre. Los ojos enrojecidos, cansados y tristes. El peso de la batalla lo encorvaba. Ya había visto caer a varios jóvenes y otros estaban heridos.

—Letoc, ¿la has visto?

—Las tienen dentro del conjunto —dijo Letoc—. No las hemos visto, pero rezo para que sigan con vida. Si no, todo esto no habrá servido para nada.

CAPÍTULO 43

Los sonidos de la batalla amainaron. Letoc recorrió el perímetro hablando con sus guerreros y revisando a los heridos. Tenía sangre en las manos. La muerte de hombres y muchachos a quienes había conocido toda su vida le revolvía el estómago, pero también estaba furioso. La venganza por sus muertes consumía ahora sus pensamientos y compartió ese fuego de convicción con sus guerreros. Ellos respondieron con férrea determinación. En ese punto, Letoc y los suyos ya no eran pacíficos indios de pueblo. Habían sido puestos a prueba y no se quebraron. Sus hombres continuarían la lucha y se bañarían en la sangre de los españoles dentro de los muros. Vengarían a sus caídos y a las doncellas, o morirían.

Dentro del conjunto llevaban a los heridos a los barracones, una hilera de tres construcciones de madera a lo largo del muro oriental. Allí también se ocultaban las mujeres de la hacienda, junto con los heridos. Las mujeres hacían cuanto podían por atenderlos.

—Llévense a los muertos y apílenlos en la bodega del vino —ordenó Rubén. En el último ataque habían muerto tres más. Se alegró de que dos fueran hombres de Benicio y no suyos. Oyó cantos de los indios y deseó que los vaqueros hubieran matado a muchos.

Por ahora la batalla estaba en pausa. ¿Cuánto tardarían los indios en golpear de nuevo? Se preguntó cuántos más tendrían que morir por esas dos inditas. —Carajo con Benicio, las voy a aventar por encima del muro y acabar con esta pelea —murmuró.

Rubén cruzó el patio a zancadas, abrió de golpe la gran puerta de la casa y subió las escaleras de dos en dos. Avanzó por el pasillo e intentó su llave en la puerta de la alcoba de Benicio, esperando que estuviera cerrada. El picaporte giró y la puerta dio a un cuarto vacío. Se volvió, cruzó al cuarto de enfrente, el suyo, y también estaba sin llave. Laapu se encogía en una esquina.

Rubén la alzó de un tirón y la levantó al hombro. Ella colgó inerte sobre él. Rápido, recorrió el pasillo y bajó por la gran escalera principal de su casa. Casi alcanzó la puerta, pero Benicío bloqueó la salida.

—¿Qué haces? —le gruñó a Rubén.

—La voy a lanzar por el muro y detener esta pelea inútil. No sé dónde está la otra muchacha, pero la encontraré y haré lo mismo. Tengo que salvar mi hacienda.

—Eres débil —se burló Benicío—. Siempre fuiste débil y cobarde.

Benicío desenvainó el cuchillo y, en dos pasos, hundió la hoja en la espalda de Laapu. —¿Mancharías tu honor por estas putas? —le gritó.

Rubén sintió cómo Laapu se le deshacía muerta sobre el hombro. Benicío se volvió y salió de la casa con zancadas orgullosas.

—¡Chíngate! —maldijo Rubén y dejó caer a la moribunda Laapu en el suelo.

Chiwiwi espiaba desde debajo del heno en el altillo del granero del lado occidental del conjunto. Miraba a los hombres abajo arrastrar cuerpos hacia el enorme edificio de piedra y madera detrás de la casa. Sus grandes puertas dobles estaban abiertas y los cuerpos se quedaban dentro.

—Bien, dejen las puertas abiertas, porque habrá más cuerpos —se susurró.

Letoc se detuvo un momento y observó a un guerrero anciano sentado con las piernas cruzadas junto a un pequeño fuego. Los canosos entonaban un canto de muerte por los guerreros cuyos cuerpos yacían inmóviles en el suelo. Sus cantos ayudarían a que los espíritus dejaran el cuerpo. Su voz se alzaba extraña en el aire quieto y caluroso.

Nakwa exploraba el perímetro. Escudriñó y estudió la fortaleza tratando de hallar un punto débil. Esquivó algún disparo ocasional desde el muro. Al viejo jefe de guerra comenzaba a preocuparle la situación. El conjunto parecía inexpugnable desde todos los flancos. Se sentó tras una roca, en un arroyo arenoso al norte, descansó un instante y bebió de su guaje. Con un palo, dibujó distraído un cuadrado en la arena y un círculo alrededor. Una avispa le zumbó varias veces en torno a la cabeza. Nakwa la ignoró, concentrado en cómo abrir brecha. La avispa volvió a su cara. Nakwa se echó hacia atrás y la vio ascender hasta su nido, alto, en un árbol cercano. De pronto arrojó el palo, saltó de pie y apuró el paso de regreso con Letoc al lado oriental del conjunto.

Letoc alzó la vista al oír los pasos apresurados.

—Mi jefe, no podemos entrar. Ellos están protegidos tras el muro y tienen muchas armas. Nuestros guerreros son valientes, pero esta es una pelea que no podemos ganar —dijo Nakwa.

Molesto, Letoc lo miró por debajo de las cejas. —Esperaba mejores noticias.

—No, por favor escuche, mi jefe. ¿Recuerda el verano pasado, cuando las avispas construían nidos dentro y fuera de nuestras casas en el pueblo? Lo peor que habíamos visto. No sabíamos de dónde salían tantas y no abandonaban las casas. Destruíamos los nidos y construían otros nuevos.

—Sí, Nakwa, ¿y tu punto? —gruñó Letoc, cansado e irritado.

—¿Cómo nos deshicimos de ellas?

Letoc lo miró sin entender y luego dijo:

—Les hicimos desagradable quedarse. Usamos fuego y humo para sacarlas de sus nidos. Mantuvimos los fuegos hasta que construyeron nuevos nidos en el desierto.

—Mi jefe, si no podemos romper el conjunto por la fuerza, hagamos que ellos deseen romper hacia afuera. Podemos llover fuego sobre ellos, prender los edificios y ahumarlos. Seguiremos arrojándoles fuego hasta que salgan.

—Nakwa, si hacemos esto corremos el riesgo de matar a las doncellas —dijo Letoc.

—Cierto, mi jefe, pero tal vez ya no estén con vida y no tenemos otra opción. Seguimos perdiendo hombres intentando lo imposible —Nakwa cruzó los brazos y estudió el rostro de Letoc.

Rafe estaba cerca de Letoc y oyó el plan. Chiwiwi tenía que estar viva. No podía pensar otra cosa.

Se adelantó junto al jefe y Nakwa y dijo:

—Letoc, oí el plan. Cuando los españoles abran la puerta y salgan, yo entraré a buscar a las muchachas. —Se palmeó las pistolas—. Tengo el fuego suficiente para protegerme.

Letoc clavó la vista en el suelo frente a él. —Muy bien, que llueva fuego —dijo en voz baja, apenas más que un susurro—. Nakwa, prepara a los guerreros.

Rascándose los puntos de comezón en las piernas por el heno, Chiwiwi se sentía relativamente a salvo en su escondite y dejó volar la mente. «Rafael, ¿dónde estás? ¿Volveré a verte? ¿Me amarás cuando sepas que he sido ultrajada? ¿Acaso no volveré a ver a nadie?» Sus pensamientos sólo abrían preguntas, sin respuestas. Una opresión le trepó a la garganta, pero sacudió la emoción.

Gritos en el patio la sacaron de sus cavilaciones. Asomándose más desde el heno para ver mejor por la ventana del altillo, contuvo el aliento al ver decenas de flechas incendiarias dibujar arcos gráciles en el cielo. La mayoría cayó al suelo, pero varias dieron en el techo del edificio donde yacían los muertos. Un español, que volvía de los barracones, gritó cuando una flecha llameante se le clavó hondo en la espalda. Casi de inmediato, el fuego prendió en su camisa y fue un bulto de llamas y alaridos en la tierra. Otra andanada descendió con más flechas clavándose en la bodega y algunas en la casa principal. Muchas rebotaron inofensivas de las tejas, pero unas cuantas entraron por ventanas e incendiaron cortinas.

Chiwiwi vio al gran español —el cerdo, como lo llamaba— y a su amigo correr bajo ella dando órdenes y señalando con urgencia a los hombres para que atendieran los fuegos. Sonrió al comprender lo que su gente estaba tramando. Se oyeron más gritos de dolor cuando las flechas alcanzaban a los hombres que corrían hacia los incendios y formaban cadenas de cubos. Tronaron disparos desde las plataformas y respondieron desde árboles y rocas.

Chorros de flechas en llamas cayeron fuera de su campo de visión, por poco no alcanzan a Benicio y a Rubén en el patio. De pronto, oyó golpes secos en el techo del granero al clavarse flechas encendidas. El humo se elevó de los montones de heno alrededor cuando empezaron a arder. Su escondite se iba a convertir en humo. Era hora de moverse. Los caballos bufaban y pateaban en los establos, temiendo al fuego y al humo espeso.

Chiwiwi bajó de espaldas la escalera del altillo. Flechas incendiarias prendían pacas junto a la puerta lateral del establo. Las llamas lamían la pared a ambos lados y el techo empezaba a humear. Los caballos resoplaban en pánico en sus pesebreras y no podía dejarlos morir.

Cubriéndose la boca con la manga, corrió por el pasillo. Abriendo las puertas de los establos, arreó a los animales aterrados hacia las grandes puertas delanteras, que daban al interior del conjunto. Cuando el último salió disparado del establo y cruzó el patio, Chiwiwi se volvió y se zambulló por la puerta lateral. Las llamas le rozaron al tropezar ilesa hasta el espacio entre el establo y el muro. Con el cuchillo apretado en la mano, se deslizó hacia el extremo sur del edificio, deteniéndose tras un acopio de barricas de vino.

Arriba, en lo alto del muro, los españoles tiraban con sus rifles, agachándose entre andanadas de flechas. Debajo de la plataforma, Chiwiwi alcanzó a ver el cuerpo de un hombre boca arriba, medio oculto por las buganvilias que crecían altas y tupidas junto al muro. Una flecha, o lo que quedaba de ella, le salía del pecho. La mayor parte del frente de la camisa se había quemado, dejando piel negra y ampollada que humeaba al sol. Chiwiwi corrió hacia el hombre, empujó el cuerpo aún humeante bajo el arbusto y sopló sobre la pequeña llama hasta que prendió la planta. Rápido, volvió a la seguridad de las barricas. Observó cómo el gran arbusto se encendía con el fuego del cadáver y sonrió.

Benicío gritaba órdenes a los de los muros. Rubén dirigía a los hombres para apoyar escaleras contra la casa principal. Desesperado, agitaba los brazos, animando a los de las escaleras a apagar las llamas que prendían en la casa. Seguían cayendo flechas, la mayoría sin dar a los que pasaban cubos por el patio y trepaban. Los barracones estaban completamente envueltos en fuego. Decenas de caballos despavoridos atravesaban el patio y rodeaban el pozo y la fuente frente a la casa. Los hombres que pasaban cubos tenían tantas probabilidades de morir atropellados por un caballo como por una flecha. En el caos, nadie advirtió a una personita agazapada tras las barricas.

Rubén estaba furioso. Volviéndose hacia Benicío, con la cara encendida, le gritó:

—¡Mira lo que has hecho, maldito diablo!

Benicío le clavó la mirada un instante, pero no dijo nada. Se dio la vuelta y abofeteó a un hombre que no quería volver al muro. Desenvainó la espada y se la puso al cuello. El hombre, aterrorizado, subió poco a poco por la escalera hasta la plataforma de tiro de la esquina.

Rafe explicó el plan a George y a Carlos y miraron cómo se desarrollaba el ataque. Cuando la puerta se abriera, Rafe entraría a buscar a las muchachas. A George le dolía el corazón al ver a Rafe —su hijo— prepararse, pero sabía que debía hacerlo.

—Entraré contigo —dijo Carlos—. Puedo ayudar. Tengo cuentas que ajustar con mi hermano.

George Summers fue a su caballo y sacó un fusil GSW de cada funda a los lados de la silla. Miró a Carlos. —Usa esto. —Le entregó el fusil y una caja de munición.

Carlos aceptó con gusto el arma y probó el equilibrio en sus manos. Rafe recogió su rifle de la montura de Rayo y los tres buscaron posiciones entre los árboles que les dieran campos de tiro despejados hacia la puerta.

CAPÍTULO 44

Fuera del conjunto, Letoc y Nakwa se movían de un grupo de guerreros a otro, agachándose bajo las balas y ayudando a mantener los fuegos encendidos. Para frustración de los españoles, los hombres de Letoc seguían ocultos tras la gran formación de rocas y árboles. Un arroyo que serpenteaba entre las piedras les permitía desplazarse de una posición a otra exponiéndose rara vez al fuego. Desde esas posiciones protegidas, los guerreros alzaban sus armas sin ponerse en peligro.

—Mi jefe, el humo está asfixiando la hacienda. ¿Seguimos con más flechas incendiarias? —dijo Nakwa, señalando el conjunto por una hendidura entre las rocas.

—Sí. Diles a los bravos que apunten al granero y a la casa. Mantengan ardiendo la puerta. Prepárenlos para disparar a la puerta cuando se abra —dijo Letoc, inclinado para mirar entre los peñascos.

Nakwa se irguió para regresar con los guerreros. Una bala le atravesó el pecho. Cayó en los brazos de Letoc.

—Es una buena pelea —dijo, mirando a Letoc—. Me honra morir como guerrero, como mis antepasados. — Letoc acunó a su viejo amigo hasta que el último aliento abandonó su cuerpo.

—Has cumplido tu destino. Serviste bien a nuestra tribu. Ahora duerme —dijo Letoc, y depositó con cuidado el cuerpo de Nakwa tras el peñasco.

Letoc encontró a Honapsi. —Nakwa ha muerto —le dijo—. Ahora tú mandas a los canosos. Ordena a los bravos que se sitúen frente a la puerta y estén listos cuando los españoles corran hacia la libertad. Es su única salida.

Dentro del conjunto, a Chiwiwi le escocían y ardían los ojos mientras miraba entre el humo sofocante. El fuego devoraba la bodega de vino cerca de su escondite y el calor se volvía insoportable. El granero ardía por el techo. Gracias a Dios había liberado a los caballos, o habrían muerto. La mayoría corrió detrás de la casa, a relativa seguridad, pero uno recibió una flecha encendida en los ijares y se quemaba hasta morir en medio del patio. El sufrimiento le partió el corazón.

Ahora, sin embargo, debía moverse, y rápido, para no quedar atrapada por las llamas. Varios caballos se apiñaban detrás de la casa. Los bravos disparaban sobre todo desde el frente. Observando la parte posterior de la vivienda, a unos veinte metros de sus barricas, pensó que podría mezclarse con los caballos para cubrirse. Se puso en pie y echó a correr.

Saltó: un paso, dos, tres, cuatro. De pronto la levantaron de un tirón y la cabeza se le fue hacia atrás, estrellándola contra el suelo. Aturdida, miró un par de botas frente a ella. Alzó la vista entre el humo para ver la figura de un hombre con el sol justo detrás. Entornando los ojos llorosos, se le detuvo el corazón. Era Juan.

Rafe estudiaba el asalto. El fuego arrasaba el interior del conjunto y aun así los españoles no abrían la puerta. Sabía que las muchachas corrían peligro, si seguían dentro de la casa.

—No podemos esperar mucho más si queremos salvarlas —le dijo a Letoc—. Mi padre y yo centraremos fuego en los del parapeto y las esquinas. Tenemos que atacar la puerta ahora y derribarla. Está ardiendo y debería estar debilitada.

Letoc y Honapsi conferenciaron y luego miraron a Rafe y a George. —¿Pueden hacerlo? ¿Pueden impedir que los españoles tiren desde el muro sobre nuestros bravos?

Rafe asintió. —Los mantendremos ocupados... o muertos.

Letoc se volvió hacia Honapsi:

—Reúne a nuestros guerreros. Envíalos a la puerta y que empiecen a abrirla a golpes. —Miró a George. La preocupación estaba escrita en ambos rostros.

—Creo que ha llegado el momento —dijo George a regañadientes, posando una mano en el hombro de Letoc—. Rafe y Carlos entrarán al conjunto a buscar a las muchachas cuando la puerta ceda.

Rafe recargó su rifle y apuntó al parapeto sobre la

entrada. George y Carlos tomaron cada uno una esquina del muro. Cinco hombres asomaban disparando de cuando en cuando. Los tres repetidores hicieron su trabajo.

En el parapeto, los hombres quedaron incrédulos cuando una nubecilla rosada estalló por la nuca de su compañero. El impacto lo lanzó de espaldas desde la plataforma a la tierra, en una nube de polvo y sangre. Otro corrió por el parapeto intentando alcanzar la escalera, pero cayó atravesado por una bala del rifle de Carlos. Rafe abatió a otro en el lado opuesto.

Una docena de guerreros salió de entre rocas y árboles, corriendo hacia la puerta en llamas donde antes habían dejado la pértiga de embestida.

Detrás de la bodega, Juan aferró un puñado del cabello de Chiwiwi, echándole la cabeza hacia atrás para obligarla a mirarlo. Con los pies bien plantados, la alzó hasta las rodillas. Mirándola desde arriba, Juan le dedicó una mueca retorcida y maligna.

—India puta, no eres más que problemas. Ahora probablemente moriremos todos por tu culpa —escupió a su derecha—. Debí violarte y matarte en la cueva —gruñó, acercándole la pistola a la cabeza.

Chiwiwi tanteó el cuchillo en su mano, afirmando el agarre. Tenía un único blanco en la mente. De un solo movimiento, hundió la hoja de seis pulgadas con fuerza, recto hacia arriba, entre sus piernas abiertas. Juan aulló de agonía y soltó su pelo. Ella sujetó el cuchillo con ambas manos y lo retorció con todas sus fuerzas en la ingle. Juan se desplomó de espaldas sobre la tierra. Rodó de un lado a otro llevándose las manos a la entrepierna y gritando:

—¡Ayyyy, ya, ayyy!

Chiwiwi se incorporó y lo evaluó con odio desbocado. Él intentó rodar, débil. Con toda su fuerza, ella le propinó una patada en el vientre que lo volteó de costado. Agachándose, agarró el mango del cuchillo hincado en la ingle, lo torció y lo arrancó. Juan lanzó un chillido desgarrador. La sangre cubrió el cuchillo y la mano de ella. Chiwiwi lo miró fijamente a los ojos antes de clavarle la hoja en la garganta. Un chorro le salpicó la camisa.

Atontado y moribundo, Juan la miró desde el suelo. Intentó hablar, pero no salió nada de su boca. La sangre le resbaló por el cuello. Notó las manos frías y el rostro de Chiwiwi se transformó en oscuridad.

Con el pecho jadeante, la camisa manchada, Chiwiwi lo observó boquear, como pez moribundo en la orilla. No oía la batalla a su alrededor. El tiempo pareció detenerse mientras veía apagarse la vida de aquel monstruo. Después, quería lo mismo para el gran español.

Una bala le zumbó cerca de la cabeza y la devolvió a la realidad. Arrancó el cuchillo del cuello de Juan y corrió a cubrirse entre unos arbustos junto al costado de la casa.

Rubén veía consumirse todo lo que poseía. —¡Pendejo! —maldijo. La última vez que había visto a Benicío, estaba de pie en el pórtico, protegiendo su cuello de gachupín. —Voy a matar a ese bastardo por esto — refunfuñó.

Corrió hasta uno de sus caballos y saltó a pelo. Guiando al animal por el costado de la casa, divisó a Benicío aún en el pórtico. —Pinche pendejo —masculló.

Benicío vio a Rubén doblar la esquina montado mientras él contemplaba el combate con entusiasmo desde la seguridad del pórtico. El fervor de la pelea lo hacía sentirse vivo, de pies a cabeza.

—Rubén, amigo, ganaremos esta batalla. ¡Somos superiores, somos gachupines! ¡Nadie puede con los gachupines! —le gritó.

Rubén pasó frente al pórtico y vociferó:

—¡Desgraciado! ¡Tú trajiste este infierno! —Benicío lo miró, viendo cómo alzaba la pistola. No le cabía en la cabeza que Rubén intentara matarlo. Rubén era su camarada.

Rubén apuntó a Benicío. Una andanada de flechas cayó sobre el patio, clavándose en anca y costado del caballo. El animal corcoveó con furia, se encabritó y lanzó a Rubén hacia atrás, antes de caerle encima. Mil libras de bestia aplastaron el pecho de Rubén, hundiéndole las costillas en el corazón. Sus ojos quedaron vacíos, perdidos en el cielo a través del humo.

CAPÍTULO 45

Los bravos embistieron con el pesado tronco de álamo contra la puerta en llamas. Cada vez cedía un poco, pero no se rompía. Un joven guerrero gritó a los demás que dieran todo lo que tenían. Una vez más cargaron contra la puerta con el tronco y esta vez cedió el lado izquierdo. —¡Otra vez! —gritó. Inspirados, la embistieron de nuevo y rompieron la hoja izquierda.

Chiwiwi observaba desde su escondite entre los arbustos al costado de la casa cuando la puerta cedió y se vino abajo. Benicio estaba en el pórtico mirando cómo los indios lograban abrirse paso. Rubén yacía muerto en la tierra frente a su casa.

—Voy a vivir —lloró Chiwiwi con las lágrimas inundándole los ojos. De rodillas, vio a varios bravos avanzar entre las llamas de la puerta y entrar al patio. Entonces presenció un milagro. Vio a Rafael, su amado, con la pistola en mano cruzando la entrada.

Chiwiwi se puso de pie con dificultad y corrió a su encuentro. Cayó en sus brazos, hundiendo el rostro en su pecho y llorando de alegría y alivio.

—Rafael, viniste por mí. Te amo. ¡Te amo!

—Chiwiwi, ya terminó, estás a salvo. —Rafe la sostuvo, meciéndola de un lado a otro. Tenía en sus brazos a la mujer que amaba—. Te amo —susurraba una y otra vez en su cabello.

Los indios inundaban el patio a través de la puerta rota. Carlos venía con ellos.

Chiwiwi alzó el rostro del pecho de Rafe, lo miró profundamente a los ojos y sonrió antes de rodearle el cuello con los brazos. Él se inclinó para recibir su beso. Ese beso unió sus corazones en un solo instante.

—Vete ahora. ¡Corre! Letoc está en el matorral. Te encontraré allí después de buscar a Laapu.

—Por favor, ven conmigo. No te necesitan. Los guerreros acabarán con los españoles. ¡Por favor! —suplicó.

Chiwiwi le tomó la mano intentando arrastrarlo hacia la puerta.

—No, debes irte. —Él la empujó suavemente en dirección a la salida—. Estaré enseguida —dijo, volviéndose hacia la casa en llamas.

—¡Promételo! —rogó Chiwiwi volviendo la vista, pero Rafe ya avanzaba decidido hacia la vivienda.

—Hija de puta —gruñó Benicío al ver a la india puta en brazos de un vaquero. Lo había engañado y arrastrado a aquel desastre. No era virgen, solo otra estúpida puta.

Rafe se detuvo a mitad de paso. Benicío, de pie en el pórtico con las llamas saliendo por la puerta, le apuntaba con el rifle.

Vio el destello del cañón y se arrojó instintivamente al suelo rodando a la izquierda. Al notar que no estaba herido, oyó cuatro disparos rápidos tras de él.

Miró atrás y vio a Chiwiwi llevándose las manos al pecho de su camisa blanca y cayendo de rodillas. Se desplomó boca abajo en el patio, cerca de la entrada, como una muñeca rota, sin fuerzas, en la tierra.

Él se levantó de un salto y corrió hacia ella, arrodillándose a su lado. Con cuidado, Rafe la volteó y la alzó, acunándola en sus brazos. Su brazo izquierdo cayó sin vida y su mano tembló apenas en el suelo, palma arriba. La sangre brotaba débilmente de la herida abierta justo bajo su seno izquierdo. Rafe miró horrorizado un trozo de costilla rota que asomaba por su camisa.

—No, Dios, ¡no! —gritó Rafe.

Carlos vio a su hermano levantar el rifle y apuntar a Rafe. Dos segundos después, las cuatro balas de Carlos impactaron en el pecho y la cabeza de Benicío. Dos segundos demasiado tarde.

Carlos observó a su hermano caer hacia atrás en la puerta en llamas y desplomarse en el pórtico. —¡Benicío! El diablo tiene un lugar especial en el infierno para ti —le gritó.

Benicío alcanzó a ver a su hermano, Carlos, sosteniendo el rifle humeante. El pecho le ardía y el arma le pesaba en la mano. Caía, caía… y luego nada.

Los guerreros de Letoc invadieron el conjunto. Los canosos seguían a los jóvenes bravos que irrumpieron por la entrada. Los vaqueros comprendieron pronto que sus jefes estaban muertos. No tenían razón para seguir peleando. Los pocos que continuaron fueron abatidos. Los demás arrojaron las armas.

—¡Alto! —gritó Carlos, levantando el arma al aire. El silencio descendió sobre la hacienda. Solo el crepitar de los edificios incendiados persistía.

Un joven guerrero salió de la casa en llamas cargando el cuerpo de Laapu envuelto en una manta chamuscada.

Carlos se acercó a Rafe, que aún sostenía a Chiwiwi. El claro estaba en silencio, salvo por el sonido de su respiración. El corazón le dolía por él. Se arrodilló y le puso una mano en el hombro.

—Chiwiwi —susurró Rafe—. Chiwiwi, te amo. —Alzó la vista hacia Carlos.

—Ella está vengada, amigo mío —dijo Carlos.

Rafe se puso en pie, exhausto, cargando el pequeño cuerpo de su amada. Juntos, los dos hombres caminaron de regreso al matorral. Carlos miró por encima del hombro hacia la hacienda en llamas. Las llamas devoraban el pórtico donde yacía su hermano. *Arde en el infierno, Benicío*, pensó con amargura, y siguió a Rafe fuera de la puerta ardiente.

Letoc observaba desde el matorral mientras la batalla se apaciguaba. Los disparos cesaron. La casa ardía intensamente. George Summers puso una mano en su hombro. A través del humo vieron a los guerreros de Letoc regresar al matorral, algunos cargando a los muertos en brazos. Letoc sabía que habría muchos funerales en el pueblo.

Entre el humo, George y Letoc vieron a Rafe cruzar el campo abierto cargando un pequeño cuerpo. Cuando se acercó, distinguieron el largo cabello oscuro que caía de sus brazos, y comprendieron juntos que llevaba el cuerpo de Chiwiwi.

—No —gritó Letoc.

Rafe se acercó a Letoc con Chiwiwi en los brazos. —

No pude salvarla —dijo Rafe, llorando en su cabello. George y Letoc lo abrazaron a él y a su amada.

El cuerpo de Laapu fue depositado con cuidado junto al de Nakwa. Doce bravos habían muerto, y dos canosos, entre ellos Nakwa.

Dentro del conjunto, un grupo de guerreros acorraló a los vaqueros restantes en medio del patio. Habían dejado caer las armas y levantado las manos cuando los indios invadieron el lugar. Algunos más yacían sangrando en la tierra.

—Honapsi, ¿qué hacemos con ellos? —preguntó un joven bravo al anciano canoso. Uno de los vaqueros cayó de rodillas con las manos juntas.

—No era nuestra pelea —dijo el vaquero—. Nuestros líderes están muertos y no los vengaremos. Déjenos ir.

—Llévense a sus muertos y heridos —dijo Honapsi—. No vuelvan jamás.

Honapsi ordenó a los guerreros recoger a los bravos muertos y heridos y llevarlos al matorral. La batalla había terminado.

CAPÍTULO 46

—Cálmate, mi amigo —susurró Rafe. Rayo hundió el hocico en el pecho de su amo. Rafe apoyó la mejilla en la frente del Appaloosa y la mantuvo allí un buen rato, acariciando el cuello del caballo. El animal permaneció quieto, rozándole el hombro con ternura, percibiendo su necesidad.

Por fin, Rafe revisó la silla de Rayo y guardó sus armas. Luego se volvió y cruzó el matorral. Rayo lo siguió de cerca por voluntad propia.

George Summers apretaba la cincha de su montura.

—Padre, déjeme hacerlo. Está herido —dijo Rafe.

—Es solo un rasguño —respondió George, sonriendo al oírlo llamarlo padre. Una mancha roja de sangre empapaba su hombro donde la camisa estaba rota—. La bala solo me rozó. Sanará.

Rafe lo apartó con suavidad y ajustó la silla. Era ya un hombre, no un muchacho. Un hombre que había amado y que había perdido algo que amaba. Un hombre que se había probado en la batalla. George lo observó con orgullo mientras trabajaba; no podía amar más a un hijo.

Los dos hombres se acercaron a Letoc. Los bravos preparaban camillas para los heridos y los muertos. Los cuerpos de las muchachas estaban envueltos en mantas y yacían lado a lado sobre una litera.

Los tres hombres permanecieron en silencio durante varios minutos. Letoc puso una mano en el hombro de Rafe y al fin dijo:

—Eres bienvenido en nuestro pueblo cuando lo desees, hijo mío. Compartimos tu dolor. Ella te amaba mucho. Para nosotros, es un honor morir por aquel a quien se ama.

Las lágrimas inundaron los ojos de Rafe. No pudo responder, ahogado por la pena. Se acercó a la litera donde yacía el cuerpo de Chiwiwi y posó la mano sobre su manta.

Rafe ayudó a su padre a montar y luego subió a Rayo.

Miró a los indios cargando sus camillas y el círculo de caballos. No había victoria, solo muerte. La hacienda seguía ardiendo con fuerza, iluminando el cielo del atardecer.

Rafe y George sacaron sus caballos del matorral y regresaron al camino. A caballo los esperaba Carlos, sosteniendo el rifle GSW sobre la rodilla mientras observaba acercarse a los dos hombres.

—Tu arma fue certera, pero yo no fui lo bastante rápido. Lo siento. —Extendió la culata del rifle hacia George Summers.

—No fue tu culpa —dijo Rafe en voz baja—. ¿Adónde irás?

—Pensé, quizá, a Santa Fe —respondió Carlos. Rafe asintió.

Los cascos crujieron sobre la grava en un ritmo lento, y luego aceleraron mientras los tres hombres cabalgaban hacia Santa Fe.

FIN

Continúe leyendo un avance de la próxima aventura de la serie Joven Pistolero de Robert J. Alvarado, Estrella del Joven Pistolero.

CAPÍTULO 1

Los ojos negros de Chiwiwi lanzaron una mirada seductora hacia Rafe antes de que ella corriera alrededor de la esquina de la iglesia encalada en medio del Pueblo de Isleta. La luz del mediodía se reflejaba en la pared frontal de la iglesia y lo hizo parpadear. Los ojos de Rafe alcanzaron a ver un mechón de cabello negro enroscándose en la esquina de la iglesia antes de que ella desapareciera. Sí, estaba seguro de que era Chiwiwi huyendo de él, provocándolo como siempre, invitándolo a seguirla. Sus entrañas se agitaron con la anticipación de abrazar a su querida Chiwiwi. Podía sentir el tacto de su piel aterciopelada y el aroma de su cabello. Olía a lilas. Su naturaleza juguetona siempre lo sorprendía y era una de las cosas que él más amaba de ella.

—¡Chiwiwi! —llamó Rafe mientras corría tras ella, esperando atraparla antes de que se escondiera. Al doblar la esquina de la iglesia se detuvo bruscamente. Chiwiwi estaba atrapada en los brazos del gachupín, el español Benicío. En sus ojos vivía el mal. Sangre goteaba de la túnica de Chiwiwi y su cabeza colgaba hacia un lado. Benicío mostró una sonrisa cruel y sus ojos de diablo se encontraron con los de Rafe.

Un gruñido grave brotó de la garganta de Rafe. Benicío soltó su presa y Chiwiwi se desplomó sobre la tierra a sus pies. Con la mano derecha, Benicío sacó lentamente el esbelto y afilado estoque que colgaba al costado del pantalón raído de su polvoriento traje.

El cuerpo inerte de Chiwiwi yacía en el suelo polvoriento y la sangre manchaba su ligera túnica de piel de venado. Rafe supo que estaba muerta. Instintivamente su mano buscó la pistola, sólo para encontrar un cuchillo a su costado. Benicío azotaba la hoja esbelta de un lado a otro, extendiéndola desde su mano. El diablo con la espada le sonreía con desdén, acercándose con la hoja larga. Rafe no era rival sin sus armas, pero no encontraría paz hasta matar a ese diablo de hombre o morir.

—Desgraciado —gruñó Rafe al gachupín llamándolo miserable—. ¡Te mandaré con tu padre al infierno!

—Me cago en esa india puta —gruñó Benicío de vuelta amenazando con cagarse en la india.

—Rafe, despierta.

Rafe oyó una voz desde lo que parecía un túnel. —¡Despierta! —la voz repetía una y otra vez, cada vez más clara y más fuerte, mientras su cuerpo era sacudido de un lado a otro. Los ojos malignos y el largo estoque se desvanecían en la negrura, y de pronto el rostro del diablo y su querida Chiwiwi desaparecieron. Abriendo un ojo, el rostro del diablo fue reemplazado por el de su amigo, Carlos Zúñiga.

Habían pasado cuatro meses desde la batalla en la hacienda Anaya en Corrales, Nuevo México, donde Chiwiwi perdió la vida y Carlos mató a su propio hermano, Benicío. Tras la tragedia, Carlos se fue con Rafe y George Summers, el padre adoptivo de Rafe, para construir una nueva vida en Santa Fe.

Él y Rafe trabajaban en la fundición de armas de George Summers. Por las tardes Carlos cuidaba los caballos de cría de Rafe mientras buscaba un trabajo de maestro. Carlos solía tener pesadillas del día en que mató a su hermano, pero despertaba sabiendo que fue la única manera de terminar con la locura de éste. Últimamente las pesadillas eran menos frecuentes, pero sabía que su amigo Rafe no tenía la misma suerte. Lo había visto deslizarse más y más en la desesperación.

Al principio eran periodos de silencio desolado. Rafe cabalgaba hacia las colinas y no regresaba durante varios días. Luego empezó la bebida. Carlos olía el tequila y veía el efecto en el comportamiento de su amigo. Si intentaba hablarle, Rafe gruñía y con frecuencia se le lanzaba encima con furia. Esperaba que el tiempo sanara el corazón de

Rafe antes de que el alcohol lo matara o muriera en una riña de borrachos. Carlos sabía que George Summers estaba sumamente preocupado por Rafe, pero ambos se sentían impotentes para intervenir. Rafe era un hombre y tenía que resolver su duelo a su manera. Había pasado más de un mes desde la última vez que lo vieron.

Tres días atrás, George le pidió a Carlos que encontrara a Rafe y lo trajera a casa, porque el tío José de Rafe había llegado de El Paso. —Haz lo que tengas que hacer —le dijo George—. Sólo tráelo a casa.

Metódicamente, Carlos recorrió las muchas cantinas y salones de Santa Fe. Habló con cantineros, vaqueros y putas. Algunos lo miraban con suspicacia y Carlos se preguntaba si le decían la verdad. Su descripción de Rafe sonaba como la de otro mexicano borracho más. Se fue moviendo cada vez más hacia las afueras de Santa Fe, frustrándose más y más. Finalmente, al atardecer del tercer día, un vaquero le dijo que había visto a un hombre con la descripción de Rafe bebiendo en una cantina llamada El Coyote varios días atrás. Tras encontrar la cantina, Carlos describió a Rafe al cantinero.

—Sí, estuvo aquí ayer —dijo el cantinero—. Ha estado pasando tiempo con la sobrina del dueño, pero no los he visto hoy. Nunca había visto a Elena tan clavada con un hombre. Se pone como fiera y lanza botellas si él no se presenta —continuó—. Ella trabaja aquí la mayoría de los días y vive con su hermano. Su tío sabe dónde vive, pero no está aquí.

El cantinero sólo sabía que vivían en el barrio, pero no exactamente dónde.

—Su apellido es Montoya —añadió el cantinero—, por si eso ayuda. Ten cuidado con Elena. Puede ser una gata salvaje —advirtió.

Carlos esperó en la Cantina El Coyote hasta pasada la medianoche, pero Rafe no apareció. Finalmente regresó al rancho de los Summers para dormir un poco, volviendo poco después del amanecer. Con la ayuda de algunos vecinos no tardó en localizar la casa donde vivían Elena y su hermano. Se sintió aliviado al ver que era una casa pequeña y ordenada en una de las mejores calles del barrio. Observó la casa y esperó, sin querer provocar problemas. Era media mañana cuando un joven abrió la puerta principal.

—Buenos días —saludó Carlos acercándose al frente de la casa—. Busco a mi amigo. El cantinero de El Coyote dijo que podría estar aquí con su hermana.

Carlos esperó una respuesta y vio al joven, que supuso era el hermano de la muchacha, evaluándolo con la mirada.

—¿Está aquí? —preguntó Carlos.

Rodrigo estudió el rostro de Carlos. Mostraba una larga cicatriz blanca desde el ojo derecho hasta la barbilla, algo disimulada por varios días de barba oscura. El hombre delgado no llevaba pistola y vestía un traje de lana gris con corbata ancha. La cicatriz desmentía su apariencia elegante. Encogiéndose de hombros, Rodrigo se hizo a un lado.

—Está en el dormitorio del fondo.

Al entrar en el dormitorio tenuemente iluminado, Carlos encontró a Rafe dormido con una joven desnuda enredada entre las sábanas.

—Despierta —repitió Carlos una y otra vez. Queriendo despertarlo con suavidad, empujó el hombro de Rafe intentando hacerlo reaccionar. Filamentos de luz atravesaban la oscuridad diurna del pequeño cuarto. La muchacha desnuda roncaba suavemente y ambos apestaban a tequila. El rostro normalmente apuesto de su amigo se veía gris y demacrado.

—Vete, vete —murmuró Rafe en un susurro empujando a su amigo con el brazo. Hasta su propia voz le retumbaba dentro de la cabeza.

—Rafe, tienes que levantarte —dijo Carlos retrocediendo unos pasos. El olor rancio a tequila y sexo llenaba la habitación. Varias botellas vacías yacían en el suelo junto con sus ropas arrugadas.

Lentamente, Rafe se sentó al borde de la cama encorvado con las manos en la cabeza palpitante. Su cabello oscuro caía en mechones sobre sus huesudos dedos. Carlos esperó pacientemente. Notó que el hermano de la muchacha lo había seguido y se mantenía inmóvil en la puerta del dormitorio observando.

Rafe odiaba despertar con el martilleo en su cabeza y el sabor agrio en la boca, pero el licor era la única manera de olvidar lo que le había pasado a su amada Chiwiwi. Sin embargo, no detenía los sueños; los sueños que revivían al desgraciado de Benicío matándola. Quería matar a Benicío en esos sueños, pero siempre algo lograba despertarlo antes de vengarse. Al final sólo quería morir en los sueños, estar con Chiwiwi y no despertar jamás.

—Rafe, don Jorge quiere que vuelvas a casa —dijo Carlos en voz baja usando el nombre respetuoso de Rafe para su padre adoptivo, George Summers—. Tu tío José está aquí en Santa Fe.

Rafe no respondió. Se sentó, aún sosteniéndose la cabeza, hasta que Carlos se preguntó si se había vuelto a dormir.

—No puedo ir —susurró Rafe al fin—. No puedo dejar que me vean así.

—Debes ir. Yo te ayudaré. ¿Dónde está tu caballo? —preguntó Carlos.

—Tequila —exigió Rafe—. Consígueme una botella. Me ayudará.

—No. Necesitas un baño, comida y café fuerte. ¿Dónde está tu caballo? —repitió Carlos.

Rafe levantó la vista con ojos oscuros y sin vida, pero no contestó. Carlos le entregó los pantalones. Rafe se movió lentamente y gimió con cada movimiento. Al levantar la pierna para ponerse los pantalones, cayó hacia atrás sobre la muchacha dormida.

—¿Arghh qué pasa? —murmuró ella. Carlos levantó a Rafe y le entregó la camisa. La muchacha alzó la cabeza y los miró a través de los cabellos largos y enredados. Comenzó a decir algo más antes de dejarse caer de nuevo sobre el colchón.

Rafe se volvió a mirar a la muchacha en coma y dijo:

—No puedo dejarla así.

—No, amigo. Tenemos que irnos. Su hermano está aquí.

Carlos lo ayudó a levantarse y abotonarle la camisa. Ayudó a su tambaleante amigo a calzarse las botas. Con Rafe medio vestido, Carlos lo sacó por la casa hasta la puerta principal.

—¿Dónde está su caballo? —preguntó Carlos al hermano de la muchacha.

—Atrás —respondió él—. Yo me encargaré de mi hermana.

Rodrigo se alegró de ver marcharse a Rafe. Su hermana estaba loca por él. No es que le cayera mal Rafe, pero su hermana había vuelto a la botella y eso le preocupaba. Beber era su manera de lidiar con el pasado. Él la había ayudado a mantenerse sobria antes de que Rafe atrapara su corazón. Rodrigo no sabía qué demonios poseían a Rafe. Sólo sabía que Elena estaba loca de amor por él y que se imaginaba un futuro con ese hombre. Rodrigo no veía futuro, sólo tristeza.

El otoño estaba en el aire, los árboles cambiaban de color en Santa Fe y las mañanas eran frías. No era el frío sino la luz brillante lo que le taladraba el cerebro a Rafe cuando él y Carlos salieron por la puerta.

—¡Mierda! —maldijo tropezando contra Carlos.

—Vamos. Tenemos que irnos.

—Mis pistolas —murmuró Rafe recordando sus armas. Se dio la vuelta y entró de nuevo en la casa. Carlos oyó a Rafe gritarle al hermano de la muchacha que le entregara sus armas. Al poco rato, Rafe bajó tambaleante los escalones del frente con el cinto de armas en las caderas. Rodrigo estaba en el escalón mirando cómo los dos montaban y se alejaban lentamente por el camino.

Cuando Elena despertara estaría furiosa, pero Rodrigo esperaba que Rafe no volviera. Quería volver a tener a su hermana sobria. La mayor parte de su joven vida parecía destinada a ser responsable de su familia. Primero su padre, ahora Elena. Rodrigo extendió la mano por la puerta abierta y tomó su sombrero. Cerrando la puerta, caminó por la calle hacia la Cantina El Coyote. Le diría en persona a su tío que Elena no iría a trabajar ese día.

Aunque ansioso por llevar de vuelta a Rafe al rancho

de los Summers, Carlos marcó un paso lento. Sabía que el paso del caballo lastimaría cada parte del cuerpo de Rafe. Carlos guiaba el caballo mientras Rafe se inclinaba hacia delante en la silla. Ninguno hablaba. Carlos esperaba que Rafe pudiera resistir. Pronto empezó a caer una lluvia ligera. Carlos sintió las gotas frías en el cuello, pero Rafe parecía dormido u ajeno a todo.

Desplomado sobre el cuello del caballo y tratando de sostenerse, Rafe murmuró para sí:

—No quiero ver a don Jorge ni a mi tío José, ni ahora ni nunca. ¿Por qué no pueden dejarme en paz?

Lo único que sabía era que no podía sacar la imagen de Chiwiwi de su alma, sin importar lo que hiciera, y que no quería vivir sin ella.